SCHULD-STAU

Die Schönstadttrilogie Teil 2

ISBN: 9783735737472

Schuld ist das Einzige, mein Kind,
das Du mit keinem teilen kannst.
Sie bleibt Dir stets.
Sie bleibt Dir ganz.
Schuld macht aus uns das,
was wir sind.

(Friedrich Porsch, Schönstadt)

DAMALS

Wenn Waltraud Porsch, geborene Scheppan, eine schlechte Eigenschaft hatte, dann war das ihre Unpünktlichkeit. Jeder in Schönstadt kannte sie als Omi Porsch; eine reizende ältere Dame, vital und lebensklug, nie um eine ungebetene Antwort verlegen und stets bereit, heikle Fragen zu stellen, die geeignet waren, dem Gefragten das Rot in die Ohren zu treiben. Sie tat das ohne Vorsatz und spürbar ohne verletzen zu wollen; alles, was sie sagte, wurde von einem bezaubernd arglosen, noch immer mädchenhaften Lächeln begleitet, das es unmöglich machte, ihr etwas zu verübeln.

Sollte es dennoch jemals einen Menschen gegeben haben, der sie nicht mochte, dann war der schon vor Jahrzehnten gestorben, während sie mit einem unerschütterlichen Lächeln weiterlebte. Ebenso wie dieses Lächeln schien auch die Unpünktlichkeit zu ihr zu gehören und niemanden zu stören. Manche hielten sie für angeboren, aber das ließ sich nicht mehr nachprüfen, weil niemand in Schönstadt alt genug war, um Omi Porsch aus diesen Tagen zu kennen. Als sie, das muss an ihrem 90. Geburtstag gewesen sein, vom Bürgermeister zum hochoffiziellen Seniorenjubiläumskaffeekränzchen eingeladen wurde, erschien sie auch dort zu spät. Statt einer Entschuldigung erklärte sie freudestrahlend: „Ich werde mich bestimmt auch zu meiner Beerdigung verspäten."

Der Bürgermeister, eher als Terminpedant bekannt, hatte den ihm eigenen strafenden Blick auf die Armbanduhr unterlassen, einfach mitgelacht und sie in den Arm genommen. Er wirkte bei dieser Pose sogar ausnahmsweise natürlich. Selbst der stets gehetzt scheinende Fotograf vom Tageblatt rief: „Kurz so bleiben!", und wollte dann gar nicht mehr aufhören zu knipsen. Diese Wirkung hatte Omi Porsch auf alle Menschen

Als der Bürgermeister sie endlich aus seiner Umarmung entließ, wedelte sie einwenig mit der Hand vor ihrer Nase und erklärte heiter: „Manche Menschen haben Mundgeruch. Omi Porsch hat die Verspäterei. Da kann man nichts machen. Gibt`s Kirschkuchen?"

Wenn Waltraud Porsch gewollt hätte, sie hätte sich an den Tag erinnern können, an dem sie sich mit der Verspäterei infizierte. Oder besser: An dem sie von der Pünktlichkeit kuriert wurde.

Diese Kur begann am 2. Januar 1964.

Es war ihr erster Arbeitstag in der neuen Holzfabrik, die kurz vor Weihnachten sechs Kilometer vor der Stadt eröffnet worden war. Mit eigenem kleinen Hafen, auf dem das Holz verladen wurde und eigenem kleinen Bahnhof, an dem der Vorortzug ankam, den man eigens in den Fahrplan hineingeschrieben hatte, um die Arbeiter morgens zum Werk zu bringen und abends wieder abzuholen. An diesem 2. Januar verließ der Zug mit Waltraud Porsch an Bord pünktlich 6:38 Uhr den Hauptbahnhof Schönstadt, der auch erst seit kurzem „Hauptbahnhof" hieß, nämlich seit der Bahnhof „Schönstadt-Holzwerk" existierte. Der Zug fuhr 13 Minuten bis zum neuen Bahnhof; von dort hatten alle noch vier Minuten zu gehen, bis sie das Werkstor erreichten. Dort standen sie dann in der Januarkälte und warteten, dass es sieben Uhr würde. Denn das Werkstor öffnete pünktlich um sieben Uhr. Keine Sekunde früher.

In diesen verfrorenen fünf Minuten ging Waltraud Porsch Einiges durch den Kopf. Zum Beispiel, wie unsinnig es doch war, am frühen Morgen verschlafen durch die Wohnung zu stolpern, anschließend, kaum gekämmt und unbefrühstückt, durch die Straßen zum Hauptbahnhof und zum Vorortzug zu hetzen, nur um dann hier vor einem verschlossenen Tor zu stehen und zu frieren. Das war einfach verrückt.

Der Gedanke, von nun an jeden Morgen hier so herumzustehen, war nicht akzeptabel. Die Sache musste geändert werden!

Gebildetere Menschen als Waltraud hätten nun nach komplizierten und äußerst langwierigen Wegen gesucht, das Problem durch höhere Mächte aus der Welt schaffen zu lassen. Sie hätten Briefe geschrieben: an die Werksleitung, damit die das Tor früher öffnet, oder an den Bahnchef, damit der den Zug später fahren lässt. Oder an den Bürgermeister, damit der sich um beides kümmert. Solche komplizierten Umwege lagen Waltraud fern. Nicht nur, weil sie Schreiben und Lesen nie gelernt hatte, sondern vor allem, weil ihr das Leben beigebracht hatte, sich um ihre Probleme selbst zu kümmern und nicht darauf zu warten, dass andere sie aus der Welt schaffen.

„Wenn Du willst, dass sich was tuet, dann machst besser du et", war ihre Lebensregel Nummer eins, die sie schon damals, mit erst 52 Jahren, gern, oft und ungefragt anderen anbot. Auch jetzt murmelte sie den Satz halblaut vor sich hin. Sie glaubte daran. Es schien, als wäre sie damit nicht die Einzige.

Einige andere Arbeiter rüttelten bereits am Gitter und redeten auf den Pförtner ein, der auf der anderen Seite des Tores stand, ebenfalls fror und ihnen nicht zuhörte. Stattdessen starrte er auf die große beleuchtete Uhr an seiner Pförtnerloge, deren Sekundenzeiger unglaublich langsam vorwärtstickte. Seine ganze Haltung sagte: „Reden zwecklos! Ich habe Anweisung!"

Das erkannte Waltraud mit einem Blick und beteiligte sich deshalb gar nicht erst an den Überredungsversuchen der Anderen. Und während die allmählich resignierten und sich ins Warten fügten, hielt sich Waltraud an ihre Lebensregel Nummer 2. „Irgendwas geht immer." Und sie beschloss, das zu tun, was kein anderer hätte tun können.

Sie würde dafür sorgen, dass der Zug fünf Minuten später ankam. Und zwar deshalb, weil er fünf Minuten später am Hauptbahnhof abfuhr. Und das bereits ab morgen früh.

In diesem Moment war Waltraud Porsch wohl die einzige Arbeiterin vor dem Werktor, die lächelte. Sie stellte sich bereits vor, wie schön es wäre, sich fünf Minuten länger in die Kissen zu kuscheln, die so warm nach ihrem Friedrich dufteten ...

Am nächsten Morgen blieb sie tatsächlich fünf Minuten länger liegen, kam auch fünf Minuten später zum Hauptbahnhof, wo der Vorortzug stand und auf sie wartete. Sie wusste, der Schaffner würde ihn keinesfalls abfahren lassen, ehe sie eingestiegen war. Schließlich hieß der Schaffner Friedrich. Und er war ihr Mann.

Natürlich: Am Abend dann zu Hause machte er ihr Vorhaltungen, redete von Dingen wie „Fahrplan", „Beamtenpflicht" und „Dienstbeschwerden". Aber das waren nur Worte. Und Worte konnte Waltraud Porsch schon damals einfach weglächeln.

Drei Jahre lang ging das gut. Sehr gut sogar. Die Arbeiter gewöhnten sich schnell daran, dass der Zug später abfuhr; es regte niemanden auf. Natürlich nicht. Alle kamen ja trotzdem pünktlich ins Werk. Auch bei der Bahn selbst verstörte das niemanden. Fünf Minuten später hielt man schon damals für „im Grunde noch pünktlich" und es wurde ja auch keine folgende Zugverbindung dadurch gestört. Weil auf dieser Strecke ja kein anderer Zug fuhr. Nur der Pförtner auf seiner Seite des Werktores war etwas verwirrt: Er fühlte sich irgendwie bedeutungsloser. Und er konnte sich nicht erklären, woran das lag.

Manchen Menschen hat Waltraud Porsch später diese Geschichte erzählt. Einige Voreilige glaubten nun, sie könnten die Sache mit der chronischen Unpünktlichkeit erklären. Waltraud Porsch würde eben mit Pünktlichkeit ein Gefühl von Frieren und Sinnlosigkeit verbinden, während sich Unpünktlichkeit für sie warm und kuschelig anfühle. „Das mag schon sein", pflegte Waltraud zu antworten, wenn wieder einmal jemand versuchte, sie zu analysieren. Tatsächlich aber war sie bis hierher noch nicht unheilbar verspätet. Im Grunde war sie noch gar nicht eigentlich „verspätet", sondern eben nur fünf Minuten später pünktlich. Das alles war noch ein Spiel. Ernst wurde es am 27. Februar 1967. Ein Montag. Das war der Tag, an dem sie endgültig von der Pünktlichkeit kuriert wurde.

Beim Sonntagskaffee gestern hatte Friedrich die halb volle Tasse fallen lassen. Einfach so. Hatte sie von der Untertasse genommen, zum Mund gehoben und dann, nur ein kleines Stückchen, bevor sie die Lippen erreichte, war sie ihm aus der Hand gefallen.

Er war aber auch ein Tollpatsch! Waltraud hatte einwenig gezetert: „Das gute Hemd … die gute Hose … die gute Tischdecke … der gute Teppich … Wer soll die Flecken wieder rausschrubben??!!"

Derb klang es, und das sollte es auch. Nur so einwenig. Denn sie liebte ihn ja, ihren Friedrichtollpatsch. Aber sie war doch auch ein kleinwenig wirklich böse auf ihn, wenn auch nur ein ganz kleines bisschen.

Und Friedrich?

Der hatte stumm da gesessen, sie mit seinen grauen Augen regungslos angestarrt, den Mund leicht geöffnet, als ob er gerade „Wallimäuschen" sagen wollte, aber beim „Wa…" aufgehört hätte. Und nicht einmal das war zu hören gewesen, sondern einfach nur nichts.

„Plötzlicher Herztod", meinte später der Arzt, „da kann man nichts machen. Es war wohl seine Zeit."

Waltraud Porsch hatte es an diesem Abend in ihrer Wohnung nicht mehr ausgehalten. Die ganze Nacht hindurch irrte sie durch die Straßen von Schönstadt, von einer Straße zur nächsten, nur um nicht nach Hause gehen zu müssen. Sie verfluchte ihren Friedrich und dass er sich immer so genau an alle Zeiten hielt, sogar als es seine Zeit war. Und sie verwünschte sich, weil das Letzte, das sie ihm gesagt hatte, etwas Böses und so völlig Belangloses gewesen war. Was bedeutete schon ein Kaffeefleck auf der guten Tischdecke?

Und dann, es war schon Morgen, saß sie mit leergeweinten Augen auf dem Hauptbahnhof. Es wurde halb sieben und sie stieg in den Vorortzug, den heute ein anderer Schaffner abfahren ließ. Pünktlich, zum ersten Mal seit drei Jahren.

Der Zug war noch beinahe leer, nur wenige Arbeiter waren so früh schon am Bahnhof gewesen; längst hatten sich alle auf die spätere Abfahrt eingestellt. Dass sie an diesem Tag den Zug verpassten und zu spät zur Arbeit kamen, blieb allerdings für sie ohne Konsequenzen. Acht Minuten später nämlich überrollte der unglücklicherweise pünktliche Zug einen Mann, den Papierhändler Wilsbach. Er hatte versucht, über den Bahndamm zu klettern. Eine Abkürzung auf dem Weg zum Krankenhaus, wo seine Frau gerade in den Wehen lag.

Wäre der Zug unpünktlich gefahren wie immer: ihm wäre nichts geschehen. Niemandem wäre etwas passiert.

Aber leider war Waltraud Porsch an diesem Morgen pünktlich gewesen und der Zug auch. Eines schwor sie sich: Das mit der Pünktlichkeit würde ihr nie wieder passieren. Sie würde sich für den Rest ihres Lebens daran halten, noch 44 Jahre lang.

JETZT

Michael lag auf gefrorener Erde. Wieder einmal. Er hörte nicht die kreischenden Bremsen des Güterzuges neben sich. Er spürte nicht, wie die Kälte in seine Knochen kroch, durch die Mullbinden hindurch, in die er eingewickelt war, bemerkte nicht, dass sich in den nässenden Brandwunden längst Eiskristalle bildeten, die seinem verbrannten Rücken nun auch noch Erfrierungen zufügten. Er hätte die Kälte als Linderung seiner Schmerzen empfinden können, aber nicht einmal das tat er. Er fühlte einfach nichts, sah nur diesen unglaublich blauen Himmel und direkt über sich eine kleine, verirrte Wolke. „... sehr weiß und ungeheuer oben ..." schoss es ihm durch den Kopf, „genau wie im Gedicht von ..." Nicht einmal der Name fiel ihm ein, dabei war Berthold Brecht sein Lieblingsdichter.

Was er gestern wusste oder morgen wissen würde war belanglos. Die Leute würden ihn weiter für einen Brandstifter und Mörder halten. Oder auch nicht. Vor achtundvierzig Stunden war sich die Stadt in diesem Punkt einig gewesen. Davon würde keine Rede mehr sein, wenn morgen die Zeitungen erschienen. Es ging ihn nichts an. Sie würden glauben, sie könnten die Schuld von ihm nehmen, nur weil sie den wahren Täter gefunden hatten. Aber er würde sich weiter schuldig fühlen. Er ahnte, dass er am Ende seiner Reise durch die Straßen von Schönstadt angekommen war. Er hatte gefunden, wonach er gesucht hatte; so sehr und so lange gesucht hatte, dass ihm mit der Zeit der Grund für die Suche abhandengekommen war. Sylvia. Noch einmal hatte er sie gesehen. Sie lebte. Und sie hatte ihn nicht erkannt. Sie war geflohen. Vor ihm? Vor diesem anderen Mann, der hinter ihr her stürmte? Er würde sie erreichen, vielleicht schon erreicht haben, auf der anderen Seite des Bahndamms. Michael konnte nichts dagegen tun.

Wie oft in den letzten Jahren hatte er sich ausgemalt, was er sagen, wie er sich geben würde, wenn er nur einmal noch diese Chance bekäme. Wie er so ganz anders sein würde als damals: endlich fürsorglich, zärtlich, entgegenkommend, entschuldigend, neu beginnend. Wie flehentlich hatte er sich das herbeigewünscht.

Er war kein gläubiger Mensch, er hatte nie darum gebetet. Jedenfalls nicht zu einem Gott. Aber er traf, wie er es nannte, sehr dringliche Verabredungen mit dem Universum. „Wenn ich sie noch einmal sehen darf, dann höre ich im Gegenzug auf zu trinken und schreibe ein großes Buch über deine Gerechtigkeit." So etwas in der Art.

Nun hatte er sie noch einmal sehen dürfen. Für einen lebendigen Moment und nur für diesen einen. Jetzt war sie fort. Für immer wohl. Das Universum hatte seinen Teil der Verabredung eingehalten. Er allerdings würde sein Versprechen vielleicht nicht halten können.

So also ist das Ende.

Es fühlt sich nach Nichts an.

In einem hilflosen Aufflackern versuchte ein Gedanke, sich in den Vordergrund zu drängen: der Gedanke, dass es eigentlich logisch sei, dass sich das Ende nach „Nichts" anfühlt, weil „Nichts" genau das ist, was nach dem Ende kommt. Dem Schriftsteller Michael Garnstädter hätte dieser Gedanke wohl gefallen. Der hätte in seinen besten Zeiten am Tisch beim Lieblingsitaliener aus dem Stegreif einen philosophierenden Vortrag darüber gehalten, befeuert vom besten Rotwein des Hauses und ein paar Zügen aus der „Spezialzigarette", die ihm Paolo hin und wieder aus Tabak und etwas Haschisch gedreht hatte. Er hätte auch nicht die merkwürdige Ironie übersehen, die darin lag, dass sein Übergang ins „Nichts" vor jenem brennenden Haus begonnen hatte, das gegenüber der Pizzeria, direkt auf der anderen Straßenseite stand.

Aber dieser Michael Garnstädter war nicht hier. Hier lag ein, halb verbrannter, vom Frost ausgezehrter, unendlich müder Michael Garnstädter, der nicht einmal genügend Kraft aufbrachte, die Augenlider zu schließen. So starrte er auf einen frostigblauen Himmel mit einer einzigen, verirrten Wolke darin. „... so weiß und ungeheuer oben ..."

Er sah die Wolke in Flammen aufgehen und durch die Häuserschlucht der nächtlichen Charlottenstraße schweben, während er, eine menschliche Fackel, auf dem wunderbar kalten Boden liegt. Jemand wirft eine

Decke über ihn, der eben noch, eine junge Frau neben sich, vor dem brennenden Haus gestanden hatte. Er sah eine alte Frau in Pantoffeln und Nachthemd, eine Stola über die Schultern geworfen danebenstehen, und einen Familienvater mit Frau und zwei Kindern. Und einen hageren mittelalten Herren im Bademantel mit Collegemappe unter dem Arm. Und sie alle starrten auf ihn und auf das Haus und wieder auf ihn und wieder auf das Haus. Und keiner sah den brennenden Fetzen einer Gardine davonschweben, der langsam verlosch und nun eine weiße Wolke geworden war.

Als er schon nichts mehr sah, träumte er die Wolke weiter. Sie schwebte noch vor ihm, als die Sanitäter kamen, ihn auf die Trage hoben und in den Rettungswagen schoben. Er träumte sich an ihr fest, als die Sirene aufheulte und der Wagen rumpelnd anfuhr. Er nahm sie noch war, als der Wagen wenig später noch einmal bremste, die Türen sich öffneten und eine Frau neben ihn gesetzt wurde, deren Gesicht irgendwie seiner Wolke ähneln wollte, aber er konnte das durch die geschlossenen Lider nicht erkennen.

Vielleicht, sagten später die Ärzte, vielleicht hätte er den Tag nicht überlebt, ohne diese Wolke, an die er sich zu klammern schien und die ihn festhielt, bis Körper und Hirn wieder stark genug waren, sich selbst zu halten. Allzu viele medizinische Erklärungen dafür, dass er noch lebte, fanden sie jedenfalls nicht.

Und hätte er noch im Krankenwagen die Wahrheiten erkannt; hätte er das Wolkengesicht ernsthaft betrachtet, das dem Gesicht, nach dem er suchte, so sehr ähnelte; hätte er bemerkt, dass es diesem Gesicht so gar nicht glich; hätte er erfahren, dass die Frau, nach der er seit Jahren verzweifelt suchte, längst tot war; hätte er verstanden, dass die Frau neben ihm im Krankenwagen nur deshalb noch lebte, weil er sie für die andere gehalten hatte: Es hätte ihm womöglich den Rest von Leben ausgetrieben. Denn in diesem Moment war der Rest von Leben so klein und so leicht, dass eine Wolke ihn tragen konnte.

Doch er hatte die Augen vor der Realität verschlossen, wie er es seit Jahren getan hatte, als er hoffte, in Alkohol und Haschisch eine bessere Realität zu entdecken; besser, weil in ihr noch Hoffnung bestand, Sylvia wieder zu finden.

Einmal, dieses eine Mal vielleicht, hatte ihm die Weigerung, das Leben so zu akzeptieren, wie es war, das Leben gerettet.

Er würde später versuchen, das Weiß der Wolke mit dem Weiß der Unschuld zu vergleichen und zu begründen, warum diese Wolke Schönstadt verlassen musste, diese Stadt, die so sehr unter angestauter Schuld litt. Als „überspannte Allegorie eines vom Schicksal gebeutelten Dichterkollegen" wird es später ein Kritiker abtun und dafür einigen Beifall ernten. Aber was Schönstadt betraf, hatte er ganz sicher keinen Schimmer.

Und er fand auch kein Besseres sprachliches Bild dafür. Natürlich nicht.

Denn Michael Garnstädter hatte es tatsächlich und ganz genau so vor sich gesehen. Kein Kritiker würde daran etwas ändern können.

CHRISTIAN

Der rechte Fuß war gebrochen. Vielleicht sogar abgerissen. Kein Zweifel. Es fühlte sich heiß an und stechend, fremd und endgültig. Es konnte unmöglich etwas anderes bedeuten als dies: Der Fuß würde nicht mehr zu gebrauchen sein.

Christian schaute gar nicht erst hin. Ein wenig aus Furcht, einen blutenden Stumpf zu entdecken, wo vorhin noch sein Schuh gewesen war. Und weil er unbedingt den Bahndamm im Auge behalten musste. So zwang er sich, den Schmerz am Bein ebenso zu ignorieren wie die Platzwunde neben der Schläfe, wo ihn vorhin die Frau mit der Handlampe geschlagen hatte. Läge er jetzt nicht gerade hier, verborgen im Gestrüpp am Bahndamm, er hätte sicher geschrien. Eine Hand, fest auf seinen Mund gepresst, hinderte ihn daran: seine eigene.

Wenn er aus dieser Sache irgendwie herauskommen wollte, durfte er jetzt nicht schreien. Nicht einmal wimmern, wie er es von klein auf getan hatte, wenn er allein war und ihm etwas weh tat.

Christian hatte eigenen Schmerzen nie etwas Positives abgewinnen können. Der Spruch: „durch Schmerzen gestählt", den er als Junge im Zeitungsinterview eines Boxers gelesen hatte, mochte für andere Leute gelten. Für ihn galt er nicht. Wenn er in der Kindheit von anderen gequält wurde, hatte er nicht das Gefühl, dadurch abgehärtet zu werden. Es tat einfach nur weh. Schmerz war für ihn so etwas wie ein bissiger Hofhund: Man ging ihm besser mit möglichst großem Abstand aus dem Weg. Und wenn das nicht möglich war, schrie man eben, bis er verschwindet. Hier und jetzt allerdings war das keine Option. Dabei hatte er reichlich Grund dazu: Immerhin hatte ihm die dornige Hecke auch noch die Haut zerkratzt.

Aber die Männer in den schwarzen Uniformen konnten jeden Moment wieder auftauchen, mit ihren Helmen und den Maschinenpistolen vor der Brust.

Er musste weg hier, raus aus diesem Gestrüpp. Schnell. Solange ihn die anderen noch für tot halten konnten. Solange auf dem Gleis noch der bremsende Zug quietschte, oben, auf dem Bahndamm, wo er selbst eben noch gestanden hatte.

Im Moment würden sie wohl vermuten, der Zug habe ihn erwischt.

Irgendwie hatte er das ja auch.

In der letzten Hundertstelsekunde aber war er doch noch von den Schienen gesprungen. Eigentlich hatte ihn der heranpreschende Zug da schon erreicht. Er hatte sich das nicht vorgenommen, nicht geplant. Es war ihm passiert.

Er hatte den Zug ja zuvor auch gar nicht bemerkt, die Freude hatte ihn abgelenkt. Das Ende der robusten Stahlkette, mit der er ihren Knöchel gefesselt hatte und die sie hinter sich her schleifen musste, als sie vor ihm flüchten wollte – er hatte es wieder zu fassen bekommen. Mit dem Kopf nach unten lag sie auf der Böschung. Ja, er hatte sie wieder. Ja, er würde auch sie bestrafen, wie er alle Frauen bestrafte, die ihn verlassen wollten. Nur erst fort von hier, weg von den Polizisten, die ihnen auf den Fersen waren.

Den heranpreschenden Zug hatte er tatsächlich nicht gesehen oder gehört. Lediglich gespürt. Sein Körper hatte reagiert und er war gesprungen.

Was für ein Sprung! Der Flug durch die Luft hatte ewig gedauert, wenigstens kam es Christian so vor. Einen solchen Hechtsprung hätte ihm niemand zugetraut. Er sich auch nicht. Die Lok hatte ihm natürlich den wesentlichen Schub dafür gegeben, und dabei wohl seinen Fuß … Nicht daran denken!

Christian war nie ein Athlet gewesen, eher einwenig pummelig. Das war Veranlagung. Er war nicht wirklich fett, aber alles an ihm wirkte irgendwie weich. Als Kind hatten ihn die Leute meist für ein verzärteltes Muttersöhnchen gehalten. Inzwischen war er über vierzig, seine Mutter tot. Und doch hielten ihn die meisten wohl noch immer dafür. Ignoranten! Aber hätten sie diesen Sprung gesehen, die Böschung hinab und ins Gebüsch hinein, mit lang gestrecktem, sich längs durch die Luft schraubendem Körper, ohne jede Rücksicht darauf, wo er aufschlagen, wie sehr er sich verletzen würde: Sie hätten ihre Meinung geändert. Ganz sicher hätten sie das.

Andererseits würden sie ihn ab heute ohnehin mit anderen Augen betrachten. Jetzt, da sein Geheimnis wohl keines mehr war. Deshalb schließlich jagten ihn doch wohl die Polizisten in den schwarzen Uniformen. Sie mussten den Keller der bestraften Mädchen längst entdeckt haben.

Auf den Schienen kreischten die Bremsen. Der Lokführer hatte bestimmt sofort die Notbremse gezogen, aber noch immer war der mehrere hundertmeterlange Güterzug nicht zum Stehen gekommen. Das war gut für Christian. Solange die Waggons noch rollten, mussten seine Verfolger auf der anderen Seite des Bahndammes bleiben. Wenigstens so lange war er hier sicher.

Er zwang sich zum Lächeln. Sein Lächeln. Das Geschäftslächeln, das er als kleiner Junge seiner Mutter abgeschaut hatte. Seine Kunden im Papiergeschäft verwechselten es stets mit naiver, leicht kauziger Freundlichkeit. Und das sollten sie ja auch. Dass dieses Lächeln in Wahrheit eine Waffe war, mit der er sie üblicherweise überrumpelte, das ging sie nichts an. Aber es war noch mehr als das. Das erzwungene Lächeln war zugleich ein Ordnungsruf an sich selbst, sachlich zu sein, logisch zu denken. Nie war er ernsthafter, als mit diesem Lächeln, das er nach Belieben ein- und ausschalten konnte. Also zog er die Mundwinkel leicht nach hinten, bis sie in perfekter Position hingen, zwei Daumen breit unterhalb der Nasenflügel.

Er hatte das bereits als Kind trainiert. Denn dieses Lächeln war es gewesen, das den Gesichtsausdruck seiner Mutter prägte, wenn sie von ihm forderte, dies zu tun oder das zu lassen. Nie, wirklich nie hatte er sich dagegen aufbegehren oder gar diesem Ausdruck widerstehen können. Dabei wirkte diese Grimasse nur wegen seiner fleischigen Wangen und der vollen Lippen wie ein gut gelauntes fröhliches Lächeln. Im schmalen Gesicht seiner Mutter hatte dieselbe Lippenstellung nur einen übellaunigen Strich ergeben; wenig attraktiv, übellaunig, humorlos. Dass er als Kind darin ein Lächeln zu entdeckte, lag mehr an dem Wunsch, genau das zu sehen. Dennoch: die bezwingende Wirkung, die diese Lippenstellung bei seiner Mutter auf andere ausübte, die war sehr real. Es machte auf einen Blick deutlich, wer die Situation kontrollierte.

Sobald Christian dieses Lächeln trug, hatte er sich komplett im Griff. Und die Welt tat ohne Widerspruch, was er von ihr erwartete, so wie er es früher für seine Mutter getan hatte. Zumindest galt das, solange er sich dabei in seinem Papiergeschäft befand.

Das war nun allerdings unerreichbar für ihn. Aber falls es in seinem Leben je einen Moment gegeben haben sollte, in dem er Kontrolle wirklich brauchte, dann war es dieser, in dem das Stechen am Ende des Beines unerträglich zu werden begann.

Die Lokomotive hatte ihn noch gestreift, ganz leicht nur. Bei der Geschwindigkeit des Zuges hatte die Berührung jedoch ausgereicht, ihn wegzuschleudern, in der Luft herumzuwirbeln. Insgesamt war das ein Glücksfall, fand Christian, dem es lächelnd nun leichter fiel, seine Situation zu beurteilen. Aus eigener Kraft hätte er keinesfalls diese vielleicht fünfzehn Meter weit springen können, hinein in die mannshohe, dichte Hecke. Sie hatte ihm Gesicht, Hals und Hände zerkratzt – vor allem aber hatte das Gestrüpp verhindert, dass er ungebremst auf die Erde aufschlug und sich womöglich alle Knochen brach. Und jetzt, da er am Boden lag, würde es ihn vor den Männern mit den schwarzen Uniformen verbergen, die ihn so weit entfernt kaum vermuten würden. Wenigstens fürs Erste.

Sechsundfünfzig Sekunden später verstummte das Kreischen der Bahnbremsen.

Der Zug war zum Stehen gekommen. Noch immer versperrten Waggons den Weg für seine Verfolger. In der Ferne, dreihundertsiebzig Meter entfernt, steckte ein Lokführer den Kopf aus dem Fenster, starrte an der endlosen Reihe der Güterwagen entlang und versuchte, irgendetwas zu erkennen. Aber da war nichts zu sehen, nur die Kette aus siebenundvierzig aneinandergehängten Waggons. Auf der anderen Seite des Bahndamms trabten einige Polizisten in seine Richtung, andere trabten zum Ende des Zuges, auch das war noch einmal gut hundert Meter entfernt. Zwanzig Sekunden später sah Christian die Ersten von ihnen schemenhaft auf seiner Seite des Dammes auftauchen und allmählich näherkommen.

Vielleicht würden sie sich zunächst um die Frau kümmern, die ein Stück von ihm entfernt kopfüber benommen an der Böschung lag. Dann aber würden sie weiter suchen. Nach ihm oder etwas, das von ihm übrig geblieben wäre. Zunächst entlang der Schienen und unter den Waggons. Und wenn sie in zwei, vielleicht drei Minuten die Lok erreicht und nichts gefunden hatten, würden sie, langsamer und gründlicher nun, wieder zurückkehren und beiderseits des Bahndamms noch einmal suchen.

Es konnte nicht lange dauern, bis sie erkennen müssten, dass er nicht vom Zug mitgerissen, überrollt, zerfetzt worden war.

Ihm blieben zwei Minuten, vielleicht auch drei, wenn es günstig für ihn lief.

Zu wenig Zeit jedenfalls, um hier im Gebüsch liegen zu bleiben, sich auszuruhen oder gar wegen der Schmerzen zu bedauern. Er musste weg hier. Schnell. Soviel wusste Christian.

Also kroch er durch die Hecke, die sich für einen auf dem Boden liegenden Mann als erstaunlich durchlässig erwies. Nur eilig fort vom Bahndamm, hin zur Straße, die nur zwanzig Meter dahinter lag.

Sie war eins parallel zur Bahnstrecke gebaut worden. Oder umgekehrt, so genau wusste das wohl niemand mehr. Sie war eben da, wie so vieles in Schönstadt.

Außer von Radfahrern war sie kaum benutzt worden. Ein Stück hinter dem Horizont nämlich trennte sie sich von den Schienen. Während die weiter zu einer Brücke und über die Elve führten, mündete die Straße etwas später in einen unbefestigten Feldweg, der sich entlang des Flusses durch die Elveauen schlängelte. Man konnte auf ihm beinahe bis in die Landeshauptstadt fahren. Außer, wenn starker Regen ihn aufgeweicht hatte. Oder wenn zu lange Trockenheit ihn sandig machte. Kilometerweit nichts als Landschaft.

Für Autofahrer war sie einfach eine Sackgasse, die im Nichts endete; es gab eigentlich keinen Grund, sie zu befahren. Und wenn in den vergangenen Jahren an Sonntagabenden hier doch manchmal Autos fuhren, dann saßen darin meist besorgte Eltern, die solange es ihnen möglich war, neben dem Zug her fuhren und einer Tochter winkten, die sie am Bahnhof gerade in den Zug gesetzt hatten und die nun an einen fernen Urlaubsort reiste, oder zu einem Studentenheim oder in ein neues Leben. Es war ja ein offenes Geheimnis in Schönstadt, dass immer wieder Mädchen grundlos verschwanden und den Eltern später nicht mehr Lebenszeichen schickten als ab und zu eine Ansichtskarte:

„Liebe Mami, lieber Papi …" Dass man ihre Leichen im Keller unter dem Papiergeschäft finden würde, konnte niemand ahnen.

Christian erreichte das Ende der Hecke, schon konnte er den Kopf zur Straße heraus strecken. Er hatte gehofft, sie würde leer sein.

Zu seinem Glück war sie es nicht.

Keine vier Meter rechts von ihm parkte ein Kipplaster. Mit weit geöffneten Türen.

Er gehörte zu den vier Bauarbeitern, die ein Stück der Straße abgesperrt hatten, wo sie Löcher im Asphalt ausbesserten.

Aufgeschreckt vom Kreischen der Zugbremsen auf dem Gleis hinter der Hecke, waren sie dem Lärm gefolgt. Sie liefen ein gutes Stück neben der für sie nicht sichtbaren Bahn her, sechzig, siebzig Meter vielleicht, bis sie eine Stelle erreichten, an der die Hecke nicht ganz so hoch gewachsen war, sodass sie darüber hinweg sehen konnten. Da standen sie nun, reckten die Hälse und versuchten, etwas Aufschlussreiches auf dem Bahndamm zu entdecken; irgendein Detail, das dramatisch genug wirkte, um das nervtötende Geräusch zu rechtfertigen.

Sie registrierten nicht, wie Christians Kopf sich aus der Hecke schob. Sie hatten nur Augen für den Bahndamm, niemand blickte zurück. Nicht zur Baustelle. Nicht zum Lastwagen.

Unbemerkt robbte Christian aus der Hecke; nur einen Moment später war er bereits auf der Beifahrerseite hinter dem Laster verschwunden. Selbst wenn die Männer jetzt in seine Richtung geschaut hätten – sie hätten ihn nicht mehr entdecken können.

Am Trittbrett des Führerhauses zog er sich langsam hoch, schlüpfte durch die Beifahrertür ins Innere.

Wieder hätte er nicht sagen können, warum er das tat. Er hatte keinen Plan. Er wollte nur weg von der Hecke, fort vom Bahndamm. Alles an ihm war Reflex und Flucht.

Hinter den Sitzen für Fahrer und Beifahrer gab es im Führerhaus eine kleine Kabine, abgeteilt mit einer Gardine, wohl gedacht als notdürftiger Schlafplatz. Jetzt gab es dort zwar keine Matratzen, decken oder Kissen. Dafür aber einen Berg unordentlich zusammengeraffter Planen und drei orangefarbene Wetteranzüge, die wohl den Arbeitern draußen gehörten.

Christian zwängte sich auf den Boden der Kabine, deckte Planen, Hosen und Jacken so gut es ging über sich. Jetzt erst gestattete er sich, mit der Hand vorsichtig nach seinem rechten Bein zu tasten. Langsam glitten die Finger an der Wade abwärts Richtung Fuß.

Er war noch da. Dick geschwollen am Knöchel, aber noch da. Vermutlich sogar nur heftig verstaucht, nicht einmal gebrochen. Kein Blut. Beinahe hätte Christian erleichtert aufgeatmet. Der stechende Schmerz, der ihn durchfuhr, weil er dabei mit den Fingerspitzen einwenig zu stark auf den Knöchel drückte, verwandelte das das Aufatmen sofort in ein Wimmern. „Scheiße. Scheiße. Scheiße!" Es war ein kurzer, tonloser Aufschrei. Für seine Ohren allerdings so viel lauter als die Bremsen des Güterzuges vorhin, dass er verschreckt sofort die Luft anhielt. Das war unnötig, natürlich. Niemand war nah genug, um sein Keuchen unter dem Berg aus Planen und Schutzbekleidung hören zu können.

Auch das war ein gut trainierter Reflex. Schon als Kind, wenn er sich unter dem Sofa des Wohnzimmers versteckt hatte oder im Schrank des Schlafzimmers, um seine Mutter zu beobachten, hatte er stets die Luft angehalten, solange er konnte. Selbst wenn niemand außer ihm im Zimmer war. Es war mit der Zeit so etwas wie eine Selbstbestätigung geworden, ein Signal an den eigenen Körper: „Ich habe das Ziel erreicht!"

Abgesehen davon war es ohne die störenden Geräusche des eigenen Atems sehr viel leichter, zur Tür hin zu lauschen, von woher jeden Moment Mutters leise Schritte hörbar werden mussten … Natürlich konnte auch er die Luft nicht endlos anhalten. Über die Jahre jedoch hatte er seinen Körper damit sehr intensiv trainiert. Bis zu vier Minuten waren für ihn nichts Besonderes. Und wenn die Lungen dann doch wieder nach Sauerstoff verlangten, dann sog er die Luft kontrolliert und beinahe geräuschlos ein. Ohne das rasselnde, saugende Quieken, das Filmschauspieler von sich geben, wenn sie einen Ertrinkenden spielen.

Später, als er längst selbst das Papierwarengeschäft führte, hatte er im Laden hin und wieder ganz bewusst den Atem angehalten; bei Preisverhandlungen mit Lieferanten etwa oder wenn Kunden wortreich versuchten, ihn zu Mengenrabatten zu überreden. Es half ihm, sich zu konzentrieren und es verunsicherte die anderen auf eine Weise, die sie nicht hätten beschreiben können. In Verbindung mit seinem Geschäftslächeln war er so für Preisverhandler eine uneinnehmbare Bastion geworden.

Jetzt half es ihm, sich zu beruhigen. Und nachzudenken. Sein Geschäft, die Papeterie Wilsbach? Den Laden würde er wohl nicht wiedersehen können. Das konnte er verschmerzen. Den Keller darunter mit seinen Mädchen, den würde er allerdings sehr vermissen. Und die Tagebücher mit den wunderbaren Ledereinbänden, die er selbst genäht hatte. Eins für jedes von seinen Mädchen, in stundenlanger, manchmal nächtelanger Kleinarbeit, bis sich der Einband anfühlte, wie ihr Gesicht … Ein wohliges Gefühl flackerte in ihm auf, wollte sich im Gesicht breitmachen. Das Geschäftslächeln löste sich auf, wurde zu einem verträumten, weichen, kindlich, glückseligen Strahlen …

Er musste jetzt Luft holen. Drei, vier tiefe, ruhige Züge. Und schon hielt er erneut den Atem an, schloss die Augen, holte sein Geschäftslächeln zurück. „Wachsam bleiben!"

Christian hatte keine Idee, was er jetzt tun sollte. Zum Friedhof? Zu Mami und Papi? Mit Mami konnte er über alles reden, dort würde er eine Lösung finden, ganz sicher. Und Papi würde verständnisvoll zuhören.

Aber zwischen ihnen und ihm stand der Zug. Und da waren immer noch die schwarzen Männer mit den Maschinenpistolen, die vorhin seinen Laden gestürmt hatten. Die ihn holen wollten. Die bald bemerken würden, dass er nicht tot war, nicht vom Zug überrollt wie sein Vater, damals am Tag seiner Geburt.

Weg hier!

Der Sauerstoffmangel beruhigte ihn jetzt spürbar. Die Gedanken wurden klarer. Als würde er mit den Fingern durch die Kärtchen eines Karteikastens wandern, ging er im Kopf seine Möglichkeiten durch.

Er fand vier.

Die Augen aufreißen und bemerken, dass alles nur ein böser Traum ist. Christian riss die Augen auf. Nein, er lag wirklich hier unter müffelnden Planen und Wetterjacken versteckt in einem LKW hinter dem Fahrersitz.

Einen der Wetteranzüge überstreifen und ganz einfach, auf der Straße schlendernd weggehen. Die Arbeiter? Naja, die würden das zunächst nicht bemerken, wenigstens auf den ersten Metern würde der Laster die Sicht auf ihn versperren. Ein Stück weiter, die Straße aufwärts, kam eine Kurve, ab da wäre er ohnehin aus ihrem Sichtfeld verschwunden. Und dann käme auch schon bald der Bahnübergang. Natürlich würden genau aus der Richtung in Kürze auch Polizisten kommen. Sie würden nicht ihn erkennen, sondern nur einen schlendernden Straßenarbeiter. Und falls sie ihn anhielten, würde er ihnen erzählen, dass er unterwegs zu einer Telefonzelle sei, weil da hinten gerade verdächtig eilig ein Mann in Richtung Elve gestürmt sei. An diesem Punkt wurde Christian von seinem Knöchel daran erinnert, dass diese Idee auf mehr als nur eine Art hinkte. Er würde keinesfalls so weit gehen können.

Bliebe ihm drittens noch die Möglichkeit, einwenig abzuwarten, dann wieder ins Gebüsch zurück zu kriechen und darauf zu hoffen, dass genau die Stelle bereits abgesucht worden war und er unentdeckt bliebe. Aber: Wie lange müsste er da warten? Und würde die Polizei, wenn sie das Gestrüpp abgesucht hatte, nicht auch den Lastwagen entdecken und durchsuchen. Und überhaupt: Musste das nicht zwangsläufig ohnehin gleich geschehen?

Blieb nur Möglichkeit Nummer Vier.

Den Lastwagen starten und losrasen.

In Christians Hals gluckste es. Er hätte nicht sagen können, ob sich damit die nach Sauerstoff gierende Lunge meldete oder doch ein unterdrücktes Lachen über diesen wirklich dummen Einfall.

Einen LKW kapern? Womöglich eine Verfolgungsjagd mit der Polizei? So etwas würde es vielleicht in einem Fernsehkrimi geben, der in der Landeshauptstadt spielt. Ganz sicher nicht hier in Schönstadt.

Allein schon die Anmaßung, mit einem 20-Tonnen-LKW durch die engen Straßen zu poltern und dabei schneller sein zu wollen als die Polizei mit ihren Streifenwagen? Das war lächerlich! Abgesehen davon würde er mit seinem verstauchten rechten Knöchel nicht mal richtig das Gaspedal treten können. Oder war rechts die Kupplung? Christian hatte sich das nie merken können. Er hatte nicht nur keinen Führerschein, er konnte auch tatsächlich nicht Auto fahren.

Nein, auch Alternative Nummer Vier erwies sich bei näherer Betrachtung als unrealistisch.

Christian atmete aus. Und ein.

Ihm blieb nichts übrig, als hier liegen zu bleiben, sich damit abzufinden, was geschehen würde und zu hoffen, dass er im entscheidenden Moment erneut richtig reagieren würde. Er konnte nur warten.

Lächeln, die Luft anhalten und warten: Abgesehen von seinem Talent für sehr persönliche Bucheinbände waren das die drei Dinge, die er am besten beherrschte.

Christian hatte hin und wieder darüber gelesen, dass die meisten Menschen nicht damit umgehen können, wenn sie aus einer Situation keinen Ausweg finden, dass sie dann nervös werden, unruhig, fahrig.

Ihm hingegen beruhigte das. „Wenn's scheint, als würde gar nichts nützen, die Augen zu. Bleib einfach sitzen." Er hatte sich das einst ins Tagebuch geschrieben. Weil es sich so schön reimte. Es hatte sich für ihn bewährt.

Ihm fiel jetzt nichts ein, dass er tun könnte. Also tat er nichts. Wie damals als Kind lag er einfach da, zählte die Atemzyklen.

Nach dem vierten Atemholen hörte er die Bauarbeiter.

„... wahrscheinlich einer die Notbremse gezogen."

„Meinste? So kurz hinterm Bahnhof?"

„... vielleicht den Koffer vergessen ..."

„In einem Güterzug? Schon klar ...„

„Ach, ich glaub eher, ne Bombendrohung oder so. War ja doch reichlich Bullerei da ..."

„... ne Riesenherde ..."

Die Männer lachten. Ihre Stimmen wurden deutlicher, ihre Schritte lauter. Sie kamen näher.

„Oder da hat sich doch mal wieder einer auf die Schiene gelegt und n bisschen Zug gekriegt ..."

„Quatsch, hier doch nicht. Wenn schon, dann da vorne beim Bahnübergang."

„Na, immerhin ..." Diese Stimme klang älter als die anderen, abwägender, „... fast genau hier ist schon einmal einer vom Zug überrollt worden ..."

„Echt? Hab ich noch nie gehört ..."

„Ist auch schon ne Weile her, da war ich zwanzig."

„... und wieso?"

„Angeblich wollte der Mann damals ganz dringend nach da oben, zum Krankenhaus, weil seine Frau ein Kind gekriegt hat. Da stand ja hier die Hecke noch nicht, die wurde erst danach gepflanzt. Man konnte noch einfach so über die Schienen klettern. War wohl für ihn der kürzeste Weg. Das war der Vater von dem Papier-Wilsbach. Naja, und als er so die Böschung hoch gekraucht ist …"

„… kam die Lok, machte tut und bekam ihm gar nicht gut!" Die Männer kicherten.

Christian kannte die Geschichte, seine Mutter hatte sie ihm oft genug erzählt. Täglich. Und in ihrer Erzählung, war natürlich das Kind schuld gewesen an allem, weil es getrödelt hatte und deshalb erst an einem Montag auf die Welt gekommen war, obwohl die Ärzte es doch schon für den Sonntag vorher gesagt hatten. Und sonntags fuhren damals keine Züge auf der Strecke. „Wenn Du nicht immer so trödeln würdest, könnte dein Papi noch leben!" Beinahe glaubte Christian wieder, seine Mutter diesen Satz sagen zu hören. Aber es war nur das glucksende Kichern eines der Männer.

„Vielleicht war er ja schon auf`m Rückweg aus der Klinik und hat sich mit Absicht auf die Schienen gepackt, nachdem er das Gör gesehen hat …?", prustete eine andere Stimme los. „Ich mein: so wie die Bälger aussehen, wenn sie rauskommen? Vielleicht hat er ja da auch geschnallt, dass es nicht seins war?"

„Mach Du erst mal selber welche", meldete sich wieder die bedächtigere, ältere Stimme.

Jetzt schienen alle zu lachen, nur die prustende Stimme von eben verstummte.

Christian begann unter der Plane und den dicken Wetterjacken zu schwitzen. Dennoch zwang er sich weiter zu lächeln und die Luft anzuhalten. Draußen wurde weiter geredet.

„Ach, die meisten Idioten bringen sich doch eh wegen Tussen um."

„Das hätte bei der Frau schon sein können …", meldete sich wieder die ältere Stimme. „ich meine, die Frau war zwar damals schon nicht mehr zwanzig, aber, oh doch, da hätte man schon …"

„Ach ja? Was der alte Heinz nicht alles weiß …„

„Ich lebe ja auch schon ein paar Jahre länger in Schönstadt als Du. Und die Frau … ja … die kannte ich schon ein bisschen besser."

„Schon klar: Sagen und Legenden aus Heinzemanns Jugendleben. Vor dem Abendessen noch schnell den Dinosaurier Gassi geführt und dann auf zu der Frau und Nümmer, Nümmer, Nümmerchen … Sprach der Junggeselle, der morgen in Rente geht."

Christian war es unangenehm, wie über seine Mutter gesprochen wurde. Zum ersten Mal seit Jahren fiel es ihm schwer, das Geschäftslächeln im Gesicht zu halten.

Draußen wurde wieder gekichert.

„Ach, lacht ruhig, wenn ihr wollt. Aber, ehrlich. Das war damals kein bisschen komisch."

Die ältere Stimme klang nun nicht mehr nur bedächtiger, als die der anderen Männer. Sie hatte jetzt etwas beinahe Trauriges an sich. Das bemerkten auch die anderen, ihr Gelächter verstummte.

„Erzähl schon …"

Einige Sekunden lang war es draußen still. „Na los ...“ drängelte die nächste Stimme.

„Ach, was soll ich sagen? Ich war damals bisschen über zwanzig und steckte gerade in einer Zusatzausbildung, war kurz vor dem Abschluss. Wollte Lokführer werden. Und der Zug, der den Mann erwischt hat, naja, ich hab ihn gefahren ... da steht der auf einmal auf den Schienen ... Echt, keine Chance zu reagieren. Null. Hat auch mein Fahrlehrer gesagt: Da konnte ich nix machen. Noch ehe Ich „Bremse“ und „Warnsignal“ denken konnte, war der schon ... Im ersten Moment war ich mir nicht mal sicher, ob ich ihn wirklich gesehen hatte oder ob das nur ne Einbildung war ... naja.“

„Oh Kacke!“ Die Männer schwiegen.

In die betroffene Stille drängte sich, schnell näherkommend, eine Polizeisirene. Sekunden später bremste ein Wagen hart, direkt neben dem Lastwagen.

Die Armaturen des LKW reflektierten zuckendes Blaulicht, Christian konnte das nur allzu gut erkennen.

An dem Polizeiwagen wurde eine Tür aufgerissen. Christian hörte die Heinzstimme hinüberrufen: „Morjen, Herr Kommissar! Iss`n?“

Jemand stieg aus dem Wagen, ein Polizist, wer sonst?! Christian wurde es nun doch mulmig. Das Warten hatte ihm nichts ausgemacht. Aber jetzt passierte etwas.

„Ist hier in den letzten zehn, zwanzig Minuten jemand vorbeigekommen?“

„Nee, das hätten wir mitgekriegt … vor bisschen mehr als einer Stunde kam hier ein Radfahrer lang, der kam von der Elve und fuhr dann in die Stadt rein. Aber der macht das jeden Tag, ist ein stadtbekannter Baumstreichler…. Und gestern Nachmittag war auch ein Radfahrer unterwegs, Motorradstiefel, Lederhose, hässlicher Parka und rosa Damenfahrrad … aber sonst …?"

Christian war sicher, dass sich die Männer in dieser Sekunde ansahen und die Köpfe schüttelten:

„… nee, sonst keiner."

„Ganz sicher?" Während er das fragte, war der Polizist offenbar dichter an den Lastwagen herangetreten, sein Kopf erschien in der offenen Fahrertür.

Dann folgte ein donnernder Schlag. Der Polizist hatte mit der flachen Hand auf das Blech des Kotflügels geschlagen.

Christian zuckte zusammen, seine Muskeln verkrampften sich. Seine Gedanken erstarrten. ‚Sie haben mich! Aus! Vorbei!'

Zehn Sekunden lang war er unfähig, etwas zu tun, zu sagen oder auch nur wahrzunehmen, was um ihn herum geschah. Zehn Sekunden lang lag er versteinert in seinem Versteck, sah nichts, hörte nichts, spürte nichts. Danach löste sich die Starre zuerst in seinem Hirn – um nach den nächsten Gedanken sofort wieder einzusetzen: ‚Gleich wird der Polizist seine Pistole ziehen und schießen. Es kann gar nicht anders sein. Der Polizist hat mich entdeckt, warum sonst hätte er so bedrohlich laut gegen den Wagen schlagen sollen?' Dass Christian jetzt die Luft anhielt, hatte nichts mehr mit Training zu tun. Das war pure Angst. Wie sein gesamter Körper hatte auch die Lunge aufgehört, zu arbeiten. Nur das Herz schlug immer weiter, rasend. Laut. Viel zu laut. Lauter als der Donnerschlag eben. Wenigstens erschien es Christian so in einem seiner gefrorenen Gedanken. Er musste ihn gleichzeitig mit einem anderen gedacht haben. ,Gleich wird er auf mich schießen.' Auch dieses Blld sah er wie vereist vor sich: Das Mündungsfeuer einer Pistole. Den Einschlag einer Kugel in seiner Brust. Die tiefrote Blutfontäne, die aus dem Loch pulst. Sein eigenes, erstarrtes Gesicht mit weit aufgerissenen Augen. Und einen dünnen, helleren roten Faden Blut, der ihm links aus dem Mundwinkel lief, zwei Fingerbreit neben dem Nasenflügel.

Es war anders, als in einem Film. Er sah die Bilder nicht einzeln und in schneller Abfolge vor sich, sondern alle gleichzeitig. Der Anblick schmerzte. Wie viel mehr musste es erst schmerzen, das durchzumachen? ,Nicht wehtun!' war denn auch der Gedanke, der ihn aus der Erstarrung weckte. „Nur nicht wehtun, bitte!", flüsterte er stumm. Dann gab er auf.

Zentimeter für Zentimeter, ganz vorsichtig und langsam, schob er die Hände nach oben. Schon lugten die Fingerspitzen über den Fahrersitz, jetzt legte sich die gesamte Handfläche Halt suchend auf die Kante, um dem Oberkörper zu helfen, sich aufzurichten. Jetzt konnte er über den Fahrersitz sehen und war selbst gut sichtbar für jeden, der von außen in den Wagen schaute. Christian sah den Polizisten an, sah die Arbeiter. Noch einmal bewegte er die Lippen, um zu sagen: "Nicht wehtun, bitte!" Aber noch immer war seine Stimme eingefroren. Was er deutlich und vernehmlich sagen wollte, blieb stimmlos. Niemand konnte es hören.

Wenn er sich als Kind vor etwas wirklich gefürchtet hatte, wenn die großen ihn mal wieder verprügeln wollten, dann war er manchmal komplett erstarrt, einfach stehen oder sitzen geblieben wo und wie er gerade war. Minutenlang. Er hatte dann den Spott nicht mehr gehört, die Hände nicht mehr gespürt, die versuchten, ihn hin und her zu schubsen. Und tatsächlich hatten sie dann manchmal von ihm abgelassen, noch ehe Schmerzen ihn erreichen konnten. Er war nach innen und nach außen versteinert. So erklärte er es sich selbst. Und er hatte diesen Angstreflex auch als Erwachsener nicht völlig abgelegt. Natürlich erstarrte er jetzt nicht mehr so oft, wie damals als Kind. Und die Starre dauerte auch nicht mehr so lange an, schon gar nicht mehrere Minuten. Aber ein paar Sekunden eben doch.

Wie vor zwei Tagen, als er nachts aus dem Haus flüchten wollte, in dem die unartige Silke Scheuer brannte. Er hatte schon die Hand auf die Haustürklinke gelegt, da wurde plötzlich von der anderen Seite der Tür ein

Schlüssel ins Schloss geschoben. Er hatte gerade noch die vier Stufen zum Keller hinunterspringen können und war dann erstarrt stehen geblieben. Nur ein paar Sekunden, aber die waren lang genug gewesen, dass der Zeitungsbote das Fiepen des Feuermelders hören und zu den Wohnungen hinauf laufen konnte, um die Leute zu warnen und „Feuer!" zu rufen. Und er war dann ungesehen verschwunden.

Hier im Führerhaus des LKW, verborgen unter einem Stapel Planen und Wetterjacken hinter dem Fahrersitz, hatte Christians Schreckstarre auch wieder nur Sekunden gedauert. Nur eben so lange, wie die Heinzstimme brauchte, um zu sagen:

„Nee, nur der Radfahrer … wenn hier sonst was gewesen wäre, hätten wir das gemerkt. Wassen überhaupt los?"

Aber diese Sekunden waren lang genug, um Christian zu retten. Als er sich wieder regen konnte, als er beschloss, sich zu ergeben, als er noch hinter dem Fahrersitz verborgen langsam die Hände hob, um nicht erschossen zu werden, hatte sich alles geändert. Und als Christian sich aufgerichtet hatte, als sein Kopf über der Lehne des Fahrersitzes sichtbar geworden war, blickte er nicht in die Mündung einer Pistole. Stattdessen sah er eine Ansammlung von Hinterköpfen.

Der Polizist hatte seinen Blick längst wieder vom LKW weg und auf die Straße gerichtet. Er folgte den ausgestreckten Armen der Arbeiter, die in jene unbestimmte

Ferne wiesen, in der die Elve floss und die Straße in einen Feldweg mündete, von dem der Radfahrer vor einer Stunde gekommen sein musste.

„Na wassen nu?", hörte Christian noch einmal fragen, diesmal die junge Stimme. Eine Antwort hörte er nicht, während er kraftlos wieder in sein Versteck zurück fiel; nur den Knall einer zuschlagenden Autotür, das Aufheulen eines Motors, das Quietschen von Reifen und das Quäken einer Polizeisirene, die sich rasch entfernte. Er hatte sich ergeben. Und niemand hatte es bemerkt. Während er mechanisch Jacken und Planen wieder über sich zog, hörte er eine junge, oberschlaue Stimme draußen mutmaßen:

„Hatte natürlich was mit dem Zug zu tun ...". Es ging ihn eben sowenig etwas an, wie das ironische: „Ach, echt?", einer anderen Stimme. Er vernahm noch das irgendwie vertraute Geräusch, wenn jemand einem Anderen mit der flachen Hand jemandem auf den Hinterkopf klatscht. ‚Katzekopp!', dachte er, ehe er entkräftet die Augen schloss und für einen Moment die Arbeiter auf der Straße sich selbst überließ. Als er wieder zu sich kam, redeten sie schon wieder. Oder immer noch.

„Vielleicht ist auch einer aus dem Knast abgehauen, rauf auf den Güterzug, Notbremse, rausgesprungen und weg. Aber dann natürlich auf der anderen Seite vom Damm, Richtung Stadt. Da kann man sich ja viel besser verstecken, klar, wa? Weil hier lang rennen bringt ja nix."

„So wird's wohl gewesen sein", versuchte die Heinzstimme lustlos, das Thema zu beenden. Offenkundig hatte der Heinz genug vom Fantasieren über das Warum und Weshalb. ‚Klingt wie jemand, der es eilig hat, eine Sache hinter sich zu bringen', dachte Christian, der sich jetzt wieder im Griff hatte und klarer analysieren konnte.

Jemand klatschte in die Hände. „Also los, die Schlaglöcher stopfen sich nicht von alleine …!"

Stimmen murrten.

„Hetz uns nicht so! Ist doch eh Zeit für das zweite Frühstück!"

„Und außerdem: Was ist denn nun mit Deinem Ausstand? Bist wohl doch schon senil, Opi Heinz, he?"

Jetzt schienen alle zu lachen, auch der Heinz lachte mit: „Ist ja gut, ist ja gut … Euer ewiges Gequengel wird mir ganz bestimmt nicht fehlen …" Er seufzte.

„Okay vergesst das zweite Frühstück! Ihr haut jetzt noch mal nen Schlach ran. Und ich fahr schon mal Pizza holen und dann machen wir früher Mittag …"

„Und ein bisschen länger!", rief die junge Stimme.

„Aber vergiss den Nachtisch nicht", rief ein anderer, „Gluckediegluckediegluck …!"

„Ja, was denn sonst, …", beendete Heinz das Thema.

Ein Knie erschien in der Fahrertür, dann zwei Hände, die in den Rahmen fassten. Ein Körper hievte sich in die Kabine und ließ sich ächzend in den Fahrersitz fallen.

‚Heinz', vermutete Christian, während der krachend die Wagentür schloss.

Sofort breitete sich der säuerliche Geruch von angetrocknetem Schweiß aus. Gerade hatte Christian mit einem tiefen Zug Luft geholt. Angewidert kräuselte er die Nase. Heinz schien sich an den eigenen Ausdünstungen nicht zu stören.

Er reckte sich über den Beifahrersitz, um auch die Tür auf der rechten Seite zu schließen. Er lag bereits auf dem Sitz, als es ihm endlich gelang, den Griff zu fassen und die Tür heran zu ziehen. Als er sich wieder aufrichtete, zog aus seiner Achselhöhle eine weitere Schweißwolke zu Christian – mitten hinein in einen Atemzug. Ihm wurde übel. Er hatte die Ausdünstungen anderer Männer nie ertragen können. Vielleicht, weil er ohne Vater aufgewachsen war. Eigentlich komplett ohne männliche Begleitung. Seine Mutter war für ihn auch Vater gewesen. Und die hatte nie so streng nach Schweiß gerochen, immer nur nach Zitronensaft und Rosenwasser.

In seinem Hals würgte etwas. Gleich würde er brechen müssen – da kurbelte Heinz das Fenster auf seiner Seite herunter und rief seinen Kollegen etwas zu:

„Und dass Ihr mir hier nicht die ganze Zeit nur rum sitzt! Ich will nachher was sehen, sonst gibt's nichts, klar?!"

„Sieh Du mal lieber zu, dass Du nicht ausversehen in die falsche Richtung abbiegst und plötzlich auf der Autobahn Richtung Holland landest! Die große Reise des frischgebackenen Rentners Heinz Kruse beginnt erst Morgen, hörst Du!"

„Quatsch nicht! Wenn ich was vergesse, dann höchstens Deine Pizza ...!" Heinz lachte! „Und außerdem: Ich fahre ja mit meinem Bruder auf seinem Kahn nach Amsterdam! Und den Unterschied zwischen Schiff und Laster, den kenn ich auch in hundert Jahren noch, keine Sorge!"

„Na, wenn Du es sagst."

„Ja, sag ich! Ein Laster ist ein Kahn, nur kleiner und mit Rädern draaan..." Von draußen drang Gekicher in die Fahrerkabine. Heinz startete den Motor. Ein viel zu laut eingestelltes Radio begann zu grölen, der LKW fuhr an, sanfter Fahrtwind drang zu Christian ins Versteck. Keine Sekunde zu früh. Gerade noch hatte er wieder herunterschlucken können, was ihm eben hochgekommen war.

Sie waren noch keine Minute unterwegs, als Heinz begann, sich abzutasten. Brusttasche, Seitentaschen, Innentasche, Hosentaschen ...

„Mist", zischte er, „wo hab ich denn ... wo ist denn ... das blöde Portemonnaie?" Ohne den Blick von der

Straße zu wenden, langte er hinter seinen Sitz, zerrte die oberste orange Wetterjacke zu sich nach vorn, musterte sie aus den Augenwinkeln, warf sie auf den Beifahrersitz, griff erneut hinter sich, zerrte die nächste Jacke von Christians Schulter, beäugte sie, erkannte sie als seine, tastete die Taschen ab und warf sie wieder nach hinten. Genervt schüttelte er den Kopf.

„Hab ich das Teil zu Hause liegen lassen? Na Klasse!"

Er bremste hart. Er hörte nicht das leise Poltern hinter seinem Sitz. Ein Adrenalinschub ließ sein Herz rasen. Um ein Haar hätte er eben an der Kreuzung einen Motorradfahrer überrollt! Der hatte sich mit einem ziemlich gewagten Schlenker noch außer Gefahr gebracht, während Heinz das Lenkrad hektisch nach rechts drehte und wieder Gas gab. Er prustete.

„Das hätte mir gerade noch gefehlt."

Er schleuderte auch die andere Wetterjacke zurück in die Koje. Aus den Augenwinkeln glaubte er im Rückspiegel zu sehen, wie sie langsam abwärts rutschte. Na, sollte sie ruhig. Die Hand, mit der Christian die Jacke vorsichtig wieder über sich zog, bemerkte er nicht. Denn da blickte er schon längst in den Seitenspiegel, in dem der Motorradfahrer immer kleiner wurde. Er hatte am Straßenrand gehalten und schien Heinz einige Verwünschungen hinterher zu rufen. Wenigstens vermutete Heinz das, nachdem er erkannt hatte, dass der Mann in Lederkluft und Jeansweste ihm die Faust mit ausgestrecktem Mittelfinger zeigte.

Unwirsch setzte er den Blinker. Kein Portemonnaie in der Tasche; er würde also erstmal zu Hause vorbei fahren müssen, um Geld zu holen.

Zu Hause – das war ein wenig außerhalb der Stadt, auf einem einsamen Gehöft mit Blick auf die Elve, wo er mit seiner 85-jährigen Mutter lebte.

Noch einmal ärgerte er sich, dass ihn der Abteilungsleiter vom Stadtbaubetrieb am Morgen gezwungen hatte, den großen Zwanzigtonner zu nehmen, auch wenn der nicht einmal zu einem Viertel beladen wurde. Er hätte den Kies lieber mit dem Kleinlaster transportiert. Aber der war bereits für jemanden aus der Verwaltung reserviert. Heinz hatte nicht gefragt, für wen und warum, sondern nur gemurmelt: „Kostet ja nicht mein Geld."

Aber ärgerlich war es schon. Nicht nur, weil er jetzt mit diesem Riesenlaster zur Pizzeria fahren musste, um das Ausstandsessen abzuholen, das er bei Pedro bestellt hatte. Die Fahrt durch die zum Teil engen Straßen war damit kein Vergnügen.

Beinahe noch schlimmer aber war, dass er mit dem schweren Gerät nun auch noch den Feldweg zu seinem Gehöft gründlich umpflügen würde, weil er seine Börse zu Hause vergessen hatte.

„Da wird Mami ja wieder zetern …", brummte er. Und die Jungs würden meckern, weil er mit der Pizza und dem Bier so lange brauchte. Nicht zu ändern! War ja eh das letzte Mal. Und den noch leicht angefrorenen Weg etwas durchzuwühlen, war ganz sicher nicht das Schlimmste, dass er in seinem Leben getan hatte.

Das Kreischen des Zuges vorhin hatte ihn wieder erinnert. An den Februartag vor mehr als vierzig Jahren. Als er diesen Mann überfahren hatte. Es war nicht seine Schuld gewesen. Aber er hatte sich seitdem immer schuldig gefühlt.

Hinter seinem Sitz verborgen dachte auch Christian an jenen Unfall. Nach dem, was er von den Arbeitern gehört hatte, stand für ihn jetzt fest: Der Mann vor ihm war schuld am Tod seines Vaters. Er hatte ihn überfahren. Der war schuld! Schuld daran, dass er allein mit seiner Mutter aufwachsen musste. Schuld daran, dass Mutter ihn und seine „ewige Trödelei" für den Tod des Vaters verantwortlich machte, solange, bis er es vor einigen Jahren nicht mehr ertrug und sie aus dem Fenster stieß. Ein Unfall. Und auch daran war dieser Heinzmann schuld. Eigentlich. Nein, ganz bestimmt. Und dass er in seinem Leben so viele Frauen bestrafen musste, war vermutlich auch dessen Schuld. Weil ja ohne ihn alles anders geworden wäre. Alles!

So gesehen war der Mann auch schuld daran, dass nun die Polizei hinter ihm herjagte, dass sein Fuß so schmerzte und an seinem Kopf eine Platzwunde blutete. Und dass er eben beinahe gekotzt hätte. Alles seine Schuld! Ein bisschen Schuld hatte auch noch diese Frau, die er vorhin am Bahndamm hatte liegen lassen müssen. Ach, ihre Haut war so wunderbar gewesen ...Und gerochen hatte sie ...

Der Gedanke an die Frau erregte ihn und lenkte ihn ab. Christian schloss die Augen, dämmerte minutenlang vor sich hin und lächelte ein unschuldiges, kindliches Lächeln. Er spürte nicht mehr den Schmerz in seinem Fuß, nicht das Schaukeln des Lasters, der inzwischen die befestigten Straßen verlassen hatte und über einen Feldweg rumpelte. Er kam zu sich, als der Wagen anhielt und das Motorgeräusch verstummte.

Heinz stieß die Fahrertür auf, sprang aus dem Wagen, Christian hörte, wie sich stapfende Schritte entfernten. Als sie verstummten, lugte er vorsichtig hinter dem Fahrersitz hervor. Er sah das geöffnete Zauntor eines Grundstücks.

Eilig schüttelte er Plane und Wetterjacken ab, kroch aus seinem Versteck, raus aus dem Lastwagen. Als sein verletzter Fuß den Boden berührte, strauchelte Christian und wäre beinahe gegen die Mülltonnen gefallen, die nur einen Meter neben dem LKW standen. Drei Müllcontainer mit Deckel zum Aufschieben, wie auch er sie an seinem Laden hatte: schwarz, gelb und blau, eingestellt in einen Carport. Als er sich dahinter verkroch, fauchte ihn ein Waschbär an, zeigte scharfe Zähnchen und schlängelte sich dann unter dem Port hindurch auf den Hof. Sofort gackerten ein paar aufgeregte Hühner. Sonst war alles still. Christian atmete durch.

Fünfundzwanzig Meter weiter öffnete sich die Tür des Hauses. Heinz trat über die Schwelle, die Brieftasche in der Hand. Ihm folgte eine kleine, faltige, robust wirkende Frau.

„Wenn Dein Kopp nicht angewachsen wär, Junge, dann würdest Du den auch noch vergessen und es würde dir zum Hals rein schneien!"

„Ach Mami, wenn der Kopf nicht angewachsen wär, hättest Du ihn mir längst festgenäht, damit ich ihn nicht irgendwo liegen lasse!"

Sie gab ihm einen Klaps auf den Rücken.

Heinz starrte in Richtung des Carports. Hatte sich da nicht eben etwas bewegt? Er machte einen Schritt darauf zu. Noch einen. Und noch einen. Da saß doch nicht etwa …? Das konnte doch nicht … Doch! Er erkannte es jetzt ganz deutlich. Heinz überlegte kurz, ob er vorsichtshalber das Jagdgewehr holen sollte. Er entschied sich anders. Laut rufend und wild gestikulierend lief er fünf, sechs Schritte weiter in Richtung des Carports. Dann holte er aus und schleuderte seine Brieftasche auf den Eindringling: „Du Schupp klaust hier keine Hühner!"

Es wirkte: Der Waschbär trollte sich fauchend.

Heinz holte sich seine Brieftasche wieder, steckte sie in die Hose und schlenderte zufrieden zum Wagen.

„Und fahr vorsichtig Junge, hörst Du?!"

„Natürlich Mami, was denn sonst."

„Was hast Du gesagt?", rief sie ihm hinterher, aber er reagierte schon nicht mehr auf sie.

Er stieg ins Fahrerhaus, die Tür knallte. Der Motor sprang an. Noch einmal winkte er seiner Mutter durch die Scheibe zu, dann wendete er den Laster und entfernte sich. Er hatte Christian hinter den Mülltonnen nicht bemerkt.

Heinz dachte an Morgen.

Morgen würde er Rentner sein. Und in nur einer Woche würde er mit seinem kleinen Bruder, dem Schifferkapitän, eine lange Tour machen: nach Amsterdam und dann weiter nach Frankreich. In den letzten vier Jahren hatten die beiden diese Tour geplant. Ja, es würde eine gute Zeit werden. Heinz begann, vor sich hin zu pfeifen. Unbeschwert, lächelnd.

Hätte ihn in diesem Moment jemand gesehen, der ihn gut kannte, er hätte sich ziemlich überrascht die Augen gerieben. Ein unbeschwerter Heinz?

Er war nicht eben als Mensch von Fröhlichkeit bekannt. Seine Bekannten fanden manches Wort, um ihn zu beschreiben: zuverlässig, zurückgezogen, still, hilfsbereit … das alles, sicher. Aber „unbeschwert"? Es wäre keinem von ihnen eingefallen.

Seit jenem Morgen vor fünfundvierzig Jahren war er nicht mehr „unbeschwert" gewesen. Wie auch? Das Bild von dem Mann auf den Schienen hatte sich bei ihm eingebrannt. Einfach so aus dem Nichts hatte er plötzlich auf dem Gleis gestanden, in der Dunkelheit des

Wintermorgens, für den Bruchteil einer Sekunde erfasst vom Scheinwerfer seiner Lok. Nichts davon hatte Heinz vergessen können. Nicht das Erschrecken in dessen Gesicht, das Heinz durch die Scheibe des Lokführerstandes unglaublich nah vor sich gesehen hatte. Nicht die Leere im nächsten Moment, als der Mann verschwunden war. Überrollt. Von seinem Zug. Zwei Szenen, die sich in seinen Träumen ständig wiederholten, jede Nacht, immer wieder.

Er hatte damals die Ausbildung zum Lokführer nicht beendet. Der Psychiater hatte ihn für untauglich erklärt. Seit diesem Tag hatte Heinz nicht mehr gelacht, nicht herzlich, frei und von innen heraus, aus ganzem unbeschwerten Herzen. Dieses Pfeifen, jetzt auf dem Weg zur Pizzeria kam dem noch am nächsten.

Drei Jahre nach dem Unfall war er noch immer arbeitsunfähig gewesen. Das Gefühl, Schuld zu sein am Tod eines anderen, fraß beständig an ihm. Damals kam sein Arzt auf die Idee mit der Konfrontation: Er sollte die Witwe des überfahrenen Mannes besuchen, die Frau Wilsbach und deren Sohn, Christian. Es würde ihm vor Augen führen, dass Wunden heilen und dass das Leben weitergeht. So zumindest hatte der Arzt sich das gedacht.

Also schlich Heinz wochenlang am Papiergeschäft in der Charlottenstraße vorbei, warf scheue Blicke durch die Scheibe und auf die Frau, die hinter dem Verkaufstresen stand. Bald kannte er jede ihrer Bewegungen, jedes

Detail ihres Mienenspiels, jede Geste. Wenn sie sich zum Regal drehte, aus dem Schubfach darunter einen Bogen Briefmarken entnahm, wusste er bereits, was für andere nicht wahrnehmbar war: dass sich ihr Blick gleich verhärten würde, während sie mit zackigen, kurzen Rucken die Marken vom Bogen riss. Und wenn sie mit der Zungenspitze über die Lippen fuhr, dann hätte er, ohne ein Wort gehört zu haben darauf wetten können, dass der Kunde gerade das teure Büttenpapier bestellt hatte. Und dass sie gleich die Lippen öffnen würde, wie zu einem Lächeln, um den rechten Daumen anzulecken und Büttenbögen abzuzählen. Und wenn er sah, wie sie den Rücken straffte, die Schultern leicht nach hinten bog, dann verriet es ihm, dass wohl jemand einen der besonderen Füllfederhalter sehen wollte, die hinter ihr in einer verschlossenen Vitrine lagen. Sie ging dann zwei Schritte dorthin, öffnete die Glastür, entnahm ein Tablett mit Stiften, stellte es vor sich auf den Verkaufstresen, hob andächtig einen der Stifte an und gab ihm dem Kunden; nein, sie kredenzte ihn, mit zögernder Anmut, majestätisch beinah, als wäre es nicht ein Schreibgerät, sondern ein Zepter oder ein Zauberstab. Auch ihren Blick dabei hätte Heinz vorhersagen können, wenn er die richtigen Worte dafür gekannt hätte. Ebenso wie die Verhärtung, Verstrengung, wenn ihr Blick ihren Sohn fiel. Der tummelte sich täglich in dem Geschäft, er schien dort aufzuwachsen und seiner Mutter reichlich Kummer zu bescheren.

Wenigstens dachte Heinz sich das. „Ist wohl ein kleiner Strolch", vermutete Heinz damals. Irgendwie beschlich ihn nach einer Weile das vertraute Gefühl, dass der Junge ständig zurechtgewiesen wurde. Und wenn sie sich unbeobachtet glaubte, weil kein Kunde im Laden war, wurden ihre Augen einwenig kleiner, verengten sich, fokussierten sich auf ihn. Die Mundwinkel zogen sich zurück, bis Lippen und Nasenflügel ein gleichseitiges Dreieck bildeten. Es entstand der Anflug eines selbstgewissen Lächelns. Ein Lächeln ohne jede Fröhlichkeit, nur dazu geschaffen, ihren Willen durchzusetzen. Es schien bei dem Jungen zu wirken. Und auch Heinz ertappte sich nach einiger Zeit immer öfter bei dem Gedenken, ihr jeden Wunsch erfüllen zu wollen. Ob wegen ihres Lächelns oder wegen seiner tiefsitzenden Schuld? Ein Psychotherapeut hätte das vielleicht mit ihm klären können – aber die waren zu jener Zeit nicht so in Mode. In Schönstadt gab es keinen. Und so verwechselte Heinz nach einigen Wochen sein Schuldgefühl mit einer kleinen Verliebtheit.

Sie war eine schöne Frau. Das war durch die Scheiben überdeutlich zu erkennen. Ein Dutzend Jahre älter als er vielleicht, irgendwo in der Mitte der Dreißiger. Na und? Attraktiv auf jene bezwingende Art, die Männer hin und wider den eigenen Willen vergessen lässt. Er wollte in ihrer Nähe sein.

Aber sie ansprechen? Oder gar, wie es der Arzt vorgeschlagen hatte, mit Ihr über das Geschehen jener Nacht reden? Nein, das war zu viel! War er aus Scham anfangs lediglich um den Laden herumgeschlichen, ohne ihn zu betreten, so trieb ihn jetzt die Scheu, draußen zu bleiben; er fühlte sich wie ein Schuljunge, zum ersten Mal verliebt.

Dennoch kam er ihr in den kommenden zwei Jahren näher. Langsam und nicht ganz ohne äußeren Zwang. Sein Arzt nämlich, der irgendwann eingesehen haben mochte, dass die gewünschte Konfrontation mit der Frau so nicht zustande kam, empfahl ihm, Tagebuch zu führen, seine Gedanken und Träume aufzuschreiben. Einfach so, in ein Schreibheft, wie es Schüler benutzen. Vielleicht hatte der Arzt dabei auch einen Hintergedanken: dass es ja nur ein Geschäft in Schönstadt gab, in dem man die Hefte kaufen konnte. Nach einigen Tagen, an denen Heinz wie üblich am Laden entlang geschlichen war, an denen er hin und wieder auch die drei Stufen bis zur Tür erklomm und sogar die Hand auf die Klinke legte, um sie dann eilig wieder herunterzuziehen, wurde ihm die Entscheidung abgenommen. Ein Kunde wollte in eben diesem Augenblick das Geschäft verlassen. Er stand also in der offenen Tür, von ihr und dem Kunden angestarrt, wie ihm schien. Und da wagte er es, sie anzusprechen: „Ich … guten Tag … ein Schreibheft bitte!" Sie gab ihm das Heft, er ihr zehn Pfennig. Und fand sich im nächsten Moment auf der Straße wieder, einen Hauch von Zitrus und Rosen in der Nase.

Von nun an kaufte er jede Woche ein neues Heft. Der Arzt war zufrieden, er schien Fortschritte zu machen, seine Gedanken und Träume, die er beschrieb, wurden mit jedem Heft ein wenig heller, lebendiger.

In der Adventszeit passierte es. Ihre Hände berührten sich, kurz nur. Anders als sonst hatte sie ihm das Wechselgeld nicht auf den Teller gezählt, sondern direkt in die Hand gegeben. Und sie hatte dabei gelächelt!

Nicht dieses selbstgewisse, geschäftsmäßige Lächeln. Mehr so ein Lächeln wie ein errötender Augenaufschlag, das ihm direkt in den Magen fuhr. Einen nicht enden sollenden Moment lang war etwas durch ihn hindurchgeströmt, beinahe wie „der erste Schluck Glühwein auf dem Weihnachtsmarkt". So schrieb er es später in sein Tageheft. Die Knie waren tatsächlich weich geworden. Hatte sie etwas gesagt? Er wusste es nicht mehr.

„Würden sie mit mir einen Glühwein trinken?" Das hatte er in diesem Moment fragen wollen. Ihr Lächeln verhieß so Vieles, es schien unmöglich, dass sie „Nein" sagen könnte. Und sie sagte auch nicht „Nein", weil er gar nicht gefragt hatte. Denn statt der Einladung zum Glühwein war etwa Anderes aus ihm heraus geplatzt: „Ich habe ihren Mann überfahren!"

Als ihm bewusst wurde, was er da gerade gesagt hatte, lief sein Gesicht rot an, er riss die Hand von ihr los, Münzen klimperten auf dem Verkaufstresen und er stürmte auf die Straße.

Er hatte das Papiergeschäft danach nie wieder betreten, ja, hatte jahrelang die komplette Charlottenstraße gemieden, um ihr nur ja nicht zufällig zu begegnen. Und er hatte jahrelang keine Frau mehr so anschauen können, wie er sie angeschaut hatte. Es dauerte zehn Jahre, ehe er bereit war, sich mehr für eine Frau zu interessieren. Ein Mädchen noch und auf so völlig andere Weise anziehend für ihn, als die Frau Wilsbach, die vor einigen Jahren gestorben war, Mami hatte ihm die Anzeige aus dem Tageblatt vorgelesen.

Das war ihr Sonntagsritual seit bestimmt zwanzig Jahren: Mami saß am Frühstückstisch, auf dem Hocker neben sich einen Stapel mit Zeitungen, vor sich eine Tasse Kaffee („Der gute Bohnenkaffee aus Holland, von deinem Bruder, Heinz!"). Dann las sie die Familienanzeigen der Woche, kommentierte ausgiebig Hochzeiten, Geburten, Konfirmationen, Beerdigungen, wer wen woher kannte und über wie viele Ecken mit wem verwandt war.

Als Frau Wilsbach aus dem Papiergeschäft beerdigt wurde, fuhr Heinz auch zum Friedhof, betrachtete die Szene aus der Ferne und sah noch einmal ihren Sohn, längst erwachsen, der aufrecht und sehr gefasst am Grab stand. Ein Sohn, der in diesem Moment nicht den Eindruck erweckte, am Tod seiner Mutter zu zerbrechen oder von einem vaterlosen Leben gezeichnet zu sein. Einfach ein erwachsener Mann, der seine Mutter begräbt, deren Zeit gekommen war und der weiß, dass das Leben weiter geht.

Heinz war danach seltsam heiter gewesen, er hätte nicht sagen können, warum. Vielleicht verwechselte er die aufatmende Nachdenklichkeit, die Menschen beim Verlassen eines Friedhofs oft befällt, schlicht mit echter Heiterkeit. Er hatte nicht viel Erfahrung mit dieser Art von Gefühlen.

Heinz war erleichtert. Zum ersten Mal seit jenem Wintermorgen 1967 hatte er in dieser Nacht, fast vier Jahrzehnte später, tief und traumlos geschlafen, ohne Medikamente geschluckt oder einen Joint geraucht zu haben. Das Marihuana dafür brachte ihm sein Bruder seit Jahren heimlich mit, wenn er mit seinem Lastkahn aus Holland kam. Weil er nicht mit ansehen mochte, wie Heinz sich quälte.

In den Monaten nach der Beerdigung schlichen sich die Bilder von dem Mann auf dem Gleis immer seltener in seine Nächte. Irgendwann weckten sie ihn nicht mehr. Aber da hatte er schon viel zu lange ohne Lachen und tiefe Fröhlichkeit gelebt und war zu alt geworden, um es wieder zu lernen. Meinten die, die ihn näher kannten.

Sein unbeschwertes Pfeifen zur Musik aus dem Autoradio jetzt am Steuer des LKW passte so gar nicht in des Bild, dass sie sich von Heinz gemacht hatten.

Er erreichte die Pizzeria. Wenn Pedro es nicht vergessen hatte, würden die Pizzen schon vorbereitet und belegt sein, müssten nur noch in den Ofen geschoben werden. In der Zwischenzeit würde er aus dem Getränkeladen nebenan zwei Flaschen Kräuter holen und zwei Kisten Bier. ‚Oder besser doch drei Flaschen Kräuter …‘, dachte er. Das alles würde nicht ewig dauern und dann würde er zurück zur Baustelle fahren. Die Jungs auf der Straße würden schon warten. Und sich zusammen mit ihm ordentlich zulöten.

Am späten Abend dann würde er auf sein Fahrrad steigen und auf den Heimweg machen. Knapp sieben Kilometer, das Meiste davon auf Feldwegen, bis zum Gehöft. Na, vielleicht auch nicht aufs Rad steigen, sondern eher daran festhalten und schieben. Bei der Vorstellung, wie er über den stockfinsteren, aufgewühlten Waldweg zum Gehöft torkeln würde, musste er lächeln. ‚Japp, das gehört dazu!‘ Er würde die Elve riechen. Mami würde wach werden; sie wurde immer wach, wenn er spät nach Hause kam. Er hatte sie im Verdacht, dass sie eigentlich nicht wach wurde, sondern wach geblieben war, aber das würde sie nie zugeben. Sie würde barfuß und im Nachthemd aus dem Schlafzimmer in den Flur tappen, die Hände in die Hüften stemmen, ihm streng in die Augen schauen und dann flüstern: „Ab ins Bett!" Heinz konnte all das schon vor sich sehen. Dass er vor ein paar Minuten noch um ein Haar einen Motorradfahrer überrollt hätte: Er dachte nicht mehr daran.

THORSTEN

„Du verficktes Arschloch! Ich reiß Dir die Eier ab und stopf sie Dir in den Auspuff!"

Der Lastwagen, der ihm eben die Vorfahrt genommen und ihn fast überrollt hatte, beschleunigte nach einer angedeuteten Vollbremsung wieder und fuhr weiter. Thorsten wäre wohl trotzdem von ihm mitgerissen worden, hätte er nicht instinktiv einen viel zu spitzen Schlenker mit seiner Harley gemacht. Beim Rückschwenk auf die Fahrspur hatte er dann keine komplette Kontrolle mehr über die Maschine, ein paar Meter weiter war sie ihm beim Bremsen unterm Hintern weggerutscht. Thorsten hatte sie noch abfangen und einen Sturz vermeiden können, sich dabei aber das Ende der Lenkstange auf das Knie gerammt.

Wütend stieß Thorsten den rechten Arm mit ausgestrecktem Mittelfinger dem Laster hinterher der sich weiter entfernte. Das Knie schmerzte höllisch! „Wenn ich dich noch mal sehe, ramme ich Deine Fresse in meinen Lenker!"

Das war nicht nur so dahin gesagt. Thorsten, einsneunzig, Bodybuilderfigur, wirkte durchaus wie jemand, der anderen problemlos ein paar Knochen brechen konnte. Seine Kleidung komplettierte diesen Eindruck noch und vermittelte das Gefühl, er würde dafür nicht mal einen schwerwiegenden Grund brauchen: schwarze Ledermontur, darüber eine Jeansweste, auf dem Rücken das

Bild eines einäugigen Totenschädels mit Hundeschnauze, umrandet von runenähnlichen Buchstaben: „Wotans Wölfe".

Thorsten Scheuer hatte in den vergangenen Jahren tatsächlich einige Arme gebrochen und Kniescheiben zertrümmert. Ohne solche Demonstrationen von Entschlossenheit hätte er sich wohl kaum zum Chef des Hauptstadtrudels der „Wölfe" hochgearbeitet. Mit gerade 27.

Das kannte ihn nur als „Thor". Und „Thor" war mehr als nur eine Abkürzung seines Namens. Man nannte ihn nicht zuletzt deshalb so, weil er, wie der sagenumwobene Donnergott der Germanen, hin und wieder einen Hammer benutzte, um anderen seine, Standpunkt klar zu machen.

An diesem Morgen war er zum ersten Mal seit zwei Jahren wieder nach Schönstadt gefahren. Als er das letzte Mal da gewesen war, hatte er dort nach einem seiner Mädchen gesucht, eine Prostituierte aus Litauen, die für die Wölfe anschaffte. Sie wollte doch tatsächlich abhauen. Ganz in der Nähe hatte er sie damals entdeckt, etwas außerhalb der Stadt, in der Nähe der Eisenbahnbrücke irrte sie an der Elve herum.

Sie hatte geweint, geschnieft und gebettelt, als er sie packte, sie hatte versprochen und gefleht. Und er hatte ganz ruhig mit ihr gesprochen, ohne den klammernden Griff zu lockern, mit dem er sie am Hals hielt. Beinahe sanft hatte er geklungen. Ja, natürlich könne er verstehen, dass sie nach Hause wollte. Aber sie müsse doch auch einsehen, dass das nicht ginge, weil er und die Jungs das Geld brauchten. Und dass er es ihr deshalb nicht durchgehen lassen konnte, dass sie einfach so abhaute. Wenn das Schule machte, würden bald alle Mädchen verschwinden. Und was sollte dann aus den Jungs werden? Sie hatte sich ernsthaft bemüht, zustimmend zu nicken, während er sie noch einmal von Kopf bis Fuß musterte. Schweigend, wie er es immer tat, ehe er jemanden bestrafte.

Das war auch eine seiner Angewohnheiten. Während er aufreizend langsam sein Opfer begutachtete, entschied er, was er mit ihm anstellen würde. Für manche war dieses „gemustert werden" bereits die schlimmste Strafe. Es waren oft nur winzige Details, die darüber entschieden, ob jemand einen verzeihenden Klaps auf den Hinterkopf erhielt oder sich wenig später mit zertrümmerten Gelenken in einer Mülltonne wiederfand. Das hatte nichts mit der Schwere des Vergehens zu tun. Eher schon mit der Aussicht auf Besserung. Gestern erst hatte er sich einen seiner Haschisch-Verteiler vorgenommen. Der hatte tatsächlich versucht, ihn um sechstausend Euro zu bescheißen. Ursprünglich hatte er ihn richtig zusammenfalten wollen. Aber dann, während er ihn musterte, von den angstvoll aufgerissenen Augen über die kraftlos hängenden Schultern hin zur Gürtelschnalle, unter der ein dunkler feuchter Fleck wuchs hin zu den sichtbar schlotternden Knien, hatte er sich umentschieden. Er hatte schon ausgeholt, um zuzuschlagen, als sein Blick dessen linken Schuh erreichte und er den offenen Schnürsenkel entdeckte. In diesem Moment hatte er vor sich nicht mehr den schmierigen Dieb gesehen, sondern einen kleinen, verängstigten Jungen. Er hatte sich dann einwenig zum Verteiler hinuntergebeugt und ihm ins Ohr geflüstert: „Mach Deinen Schnürsenkel zu, sonst fällst Du noch hin und tust dir weh."

Unsicher hatte der Verteiler sich hingekniet, er erwartete wohl, einen Fußtritt ins Gesicht zu bekommen. Thor jedoch hatte ihm nur mit der flachen Hand auf den Hinterkopf geschlagen, ganz leicht, und dann die Finger fest in seine Haare gekrallt, gerade lange genug, um zu sagen: „Beim nächsten Mal reiße ich Dir den Kopf ab!"

Thor konnte da nicht anders. Sobald ihn etwas an einen kleinen, hilflosen Jungen erinnerte, wurde er zurückhaltend, milde, beinahe schon sanft. Jedenfalls für seine Verhältnisse. Es weckte etwas in ihm, von dem er nicht genau wusste, was es war, das er nicht erforschte. Er sprach nie darüber und es ging auch niemanden etwas an, schon gar nicht die anderen „Wölfe". Für die war er Thor – der ebenso unerbittliche wie unberechenbare Anführer.

Das Mädchen vor zwei Jahren aber hatte nichts an sich, dass ihn an einen kleinen Jungen erinnert hätte. Ihr verschmiertes Make-up, die zerrissene Strumpfhose, das verschmutzte Top. Sicher hatte sie auf Milde gehofft, in diesem kurzen Moment, als er sie musterte und sich ihre Blicke trafen. Thor hatte die braunen Augen seiner Mutter. Sie konnten warm wirken und mitfühlend und dabei doch vollständig verbergen, was wirklich in ihm vorging. Für eine Sekunde zitternder Hoffnung hatte sich ihre ängstliche Verkrampftheit gelöst. Da hatte er zugeschlagen. Hart, präzise, schnell. Nur ein Mal. Sie sackte ohnmächtig in sich zusammen. Da hatte er sie sich über die Schulter geworfen, sie auf die Brücke getragen und in die Elve geworfen. Thor hatte seit Monaten nicht mehr an sie gedacht, ihren Namen komplett und die Nacht auf der Brücke beinahe vergessen. Zwar war ihm die Sache damals Grund genug gewesen, über die Geschäfte mit den Mädchen nachzudenken und sich schließlich daraus zurück zu ziehen, um sich voll auf Schutzgelder und den Handel mit Haschisch zu konzentrieren. Aber das hatte nichts mir Reue zu tun. Er fand vor allem die Vorstellung lästig, ständig irgendwelchen Mädchen hinterher fahren zu müssen, die lieber zu Fuß nach Riga laufen wollten, als weiter für ihn anzuschaffen. Da war der Haschischhandel erheblich komfortabler.

‚Ihre Augen waren grau', dachte er. Selbst jetzt, als ihm das wieder einfiel, regte sich nichts in ihm, keine Schuldgefühle. Eher Verwunderung darüber, dass es ihm gerade jetzt dieses Detail wieder einfiel, während er hier am Straßenrand stand und sich das verletzte

Knie hielt und auf den überfrorenen Asphalt starrte. „Grau wie die Straße hier'.

Dass er seit damals nicht mehr in Schönstadt gewesen war, hatte mit dem Mädchen gar nichts zu tun. Schon zuvor hatte er die Stadt so gut es ging gemieden; Geschäfte, die hier zu erledigen waren, ließ er von anderen erledigen.

Dabei kannte er sich hier bestens aus. Siebzehn Jahre hatte er hier gelebt; siebzehn Jahre, in denen er noch nicht Thor war, der Mann mit dem Hammer, der unberechenbare Rudelführer von „Wotans Wölfen". Siebzehn Jahre, die niemanden aus dem Rudel etwas angingen. Siebzehn Jahre als Thorsten Scheuer.

Humpelnd schob er das Motorrad auf den Seitenstreifen, bockte es auf, setzte sich vorsichtig seitwärts darauf und massierte sein lädiertes Knie. Es schien unter der Hose angeschwollen zu sein. „Schöne Scheiße!" presste er zwischen den Zähnen hervor.

Vielleicht war das ein Zeichen? Vielleicht war es wirklich keine so gute Idee gewesen, dem ersten Impuls zu folgen, aufs Bike zu springen, hierher zu fahren und die Sache selbst zu regeln?

Thor war nicht abergläubig, also nicht so richtig. Aber er nahm Zeichen wahr und hin und wieder auch ernst. War dieser Beinaheunfall so ein Zeichen?

Gestern früh hatte ihn der Lieferant angerufen. Der Koks sei wie üblich deponiert worden. Aber sein Kontaktmann, der den Stoff aus Holland mitbrachte, habe im Wasser eine Leiche gefunden und sei dann von der Polizei befragt worden. Hatte was gefaselt von „Die ahnen was …" und wollte deshalb jetzt erstmal ein paar Touren aussetzen. „Ist mir egal, wenn dir die Muffe geht. Ich brauch den Stoff!", hatte Thor ins Handy gezischt. Dann war die Verbindung abgebrochen, seitdem hatte er den Lieferanten nicht mehr erreicht. Stattdessen hatte sich heute früh der Abholer gemeldet: Das Paket sei nicht da gewesen. Das Versteck in dem hohlen Baum an der Elve sei leer gewesen. Da hatte er sich sofort auf die Maschine geschwungen. Hier musste jemand klarstellen, wer in dieser Geschäftsbeziehung bestimmt, wann geliefert wird und wann nicht. Zumal er für die Ware längst bezahlt hatte.

Thor grinste grimmig. Vielleicht sollte er in diesem Zusammenhang auch gleich noch die Preise neu „verhandeln".

Er beschloss, das der Eingebung zu überlassen, die ihm kommen würde, wenn er den Lieferanten nachher musterte. Mal sehen, wie sich der Andere dabei aufführen würde.

Thor versuchte, das rechte Bein zu bewegen. Von allein ging da gar nichts. Vorsichtig stemmte er sich mit den Armen aus dem Sitz, stellte sich hin, humpelte ein paar Schritte und zuckte unwillkürlich jedes Mal zusammen, wenn er dabei das rechte Bein belasten musste.

Eine Sirene näherte sich, mit Blaulicht raste ein Polizeiwagen auf ihn zu, an ihm vorbei und entfernte sich. Ein

Krankenwagen folgte, verlangsamte im Vorbeifahren einwenig; ein Sanitäter starrte ihn durch die Seitenscheibe fragend an. Thorsten winkte ab. Und schon war auch der Krankenwagen verschwunden. Thor sah ihm hinterher. ‚Zum Krankenhaus', dachte er.

Als Kind war er einige Male dort gewesen, einmal nach einer ziemlich rüden Prügelei auf dem Schulhof. Seine Mutter hatte ihn dann aus der Notaufnahme abgeholt und war später mit ihm ein Eis essen gegangen.

Er hatte seit Jahren keinen Kontakt mehr zu ihr. Und auch jetzt, während er dem Krankenwagen hinterher sah, dachte er eher an den Schulhof und das Eis als an sie.

Es würde noch eine Viertelstunde vergehen, ehe ihm in der Löwenapotheke die Rückseite des „Tageblatts" ins Auge stechen würde. Das Bild eines Waschbärenweibchens, das aus dem städtischen Tierpark ausgebrochen war.

Noch eine Viertelstunde, bis er amüsiert die Zeitung in die Hand nehmen und dann umdrehen würde, um die Titelseite des Tageblatts zu sehen.

Noch fünfzehn Minuten, bis er lesen würde: „Tote Frau nach Brand in der Charlottenstraße". Er würde das abgebrannte Haus auf dem Foto erkennen, den Bericht überfliegen und wenig später wissen, dass er seine Mutter nie wieder würde besuchen können.

Eine Viertelstunde, bis er sich wieder fühlen würde wie ein Vierjähriger mit offenen Schuhen, der einen Schlag auf den Hinterkopf bekommt und dem eine barsche Stimme befiehlt: „Mach die Schuhe zu, sonst setzt es was!" Hilflos. Kraftlos. Verständnislos. Unfähig, sich die Schuhe zu binden. Weil er vor Furcht nicht mehr wusste, wie das ging. Und weil er das vergessen hatte, setzte es den nächsten Hieb. Und noch einen. Und noch einen. Keine sehr harten Schläge. Aber beständig. Immer wieder. Immer wieder. Die Pflegefamilie, bei der er die ersten Jahre verbracht hatte, war erbarmungslos gewesen, wenn es um Ordnung ging. Er war schon sechs, als man ihn schließlich zu der Frau brachte, die ihn geboren hatte, als sie selbst noch beinahe ein Kind war, gerade 15 damals. Die erst vierzehn gewesen war, als jemand, der nie gefunden wurde, sie nach einem Discobesuch vergewaltigt hatte. Vielleicht stimmte ja auch, was die Leute in Schönstadt munkelten: dass sie sich die Vergewaltigung nur ausgedacht hätte, und in Wirklichkeit ein kleines Luder … Nun ja, er kannte die Wahrheit nicht.

Sie waren einander fremd geblieben, so sehr sie sich auch um Nähe bemühten, jeder auf seine Weise. Vor zehn Jahren dann, als sie in eine größere Wohnung in der Charlottenstraße umzog, war er abgehauen. Ohne eigentlich zu wissen warum. Ohne sich richtig zu verabschieden. Ohne sie je zu vermissen. Immerhin einen Zettel hatte er hinterlassen: „Bin weg!"

Noch eine Viertelstunde, dann würde Thor überrascht bemerken, wie ihn alle Kraft verlässt. Ihm würde schwarz vor Augen, er würde ohnmächtig werden.

Noch eine Viertelstunde bis andere Kunden der Apotheke bemerken würden, dass er schwankt und umzufallen droht. Zwei alte Männer würden ihm unter die Arme greifen, ihn zu einem Stuhl führen. Vielleicht hatte Thor ja, vom Zeitunglesen abgelenkt, das rechte Bein zu stark belastet und der plötzliche Schmerz war so intensiv, dass er ihm die Lichter aus schoss. Vielleicht auch lag es an der Nachricht vom Tod seiner Mutter, die ihm, wie er ebenfalls überrascht feststellen würde, direkt in die Magengrube fuhr, wie ein Schlag, ein Tritt und die ein vergessen geglaubtes, flaues Gefühl von Schwachheit und Alleinsein hinterließ.

Noch eine Viertelstunde, dann würde ihm die Zeitung aus der Hand gleiten, ohne dass er das Ende des Artikels gelesen hatte, in dem der Autor darüber mutmaßte, was für ein merkwürdiger Zufall es doch sei, dass im friedlichen Schönstadt am gleichen Tag auch eine fast verweste Frauenleiche in der Elve aufgetaucht war.

All das würde ihm geschehen, in einer Viertelstunde.

Noch allerdings stand er hier am Straßenrand, hörte die Polizeisirenen verklingen und schaute gedankenverloren dem Krankenwagen hinterher. Dann raffte er sich auf, quälte sich wieder auf den Sitz seiner Harley. Und das war wirklich eine Quälerei.

Wie gewohnt das rechte Bein elegant in weitem Bogen über den Sitz zu schwingen – daran war nicht zu denken. Er musste die Hände zu Hilfe nehmen, um es über den Sitz zu hieven, wobei er um ein Haar das Gleichgewicht verloren hätte und hintenüber gefallen wäre, begraben von seiner Harley, an der er sich reflexartig festzuhalten versucht hatte. Dass er nicht fiel, sondern alles mit dem linken Standbein abfangen konnte, verdankte er wohl wirklich den täglichen Einheiten im Fitnessstudio.

‚Wenigstens ist nur das rechte Knie im Arsch', dachte er, ‚sonst hätte ich jetzt nicht mal mehr schalten können.' Ohne die Fußbremse auf der rechten Seite auszukommen, sollte kein größeres Problem sein, sofern er nicht zu schnell fuhr. Das ließ sich alles mit der Handbremse regeln. Er streifte die Jeansweste ab und stopfte sie in die Seitentasche. Es war eine Sache, mit den martialisch wirkenden Insignien von „Wotans Wölfen" bei einem Geschäftspartner zu erscheinen und ihm Respekt einzuflößen. Jetzt allerdings war Thor verletzt und musste sich für eine Weile unter normale Leute begeben. Und für diesen Fall hatte er es auch den anderen Leuten strikt verboten, die Vereinssymbole zu tragen. Es durfte für die Öffentlichkeit keine „verletzten" Wölfe geben. Die Wölfe waren stark, unangreifbar, unverletzbar! Abgesehen davon würde es jetzt auch für ihn hilfreich sein, nicht mehr als nötig aufzufallen und erst einmal wie ein normaler Motorradfahrer zu wirken. Wenn schon jetzt die Polizei mit Blaulicht und Sirene durch die Gegend jagte ...

„Aber Dich Arschloch greif ich mir noch ...", murmelte er, als ihm der Lasterfahrer einfiel. Fluchend startete er die Maschine und setzte sich in Bewegung Richtung Stattmitte zur Löwenapotheke. Vorsichtig, kaum schneller als in Schrittgeschwindigkeit tuckerte er am Straßenrand entlang. Was er jetzt brauchte, waren ordentliche Bandagen und eine Packung Schmerztabletten.

CLAUDIA

‚Warum humpelt jemand aus einer Motorradgang vormittags in Schönstadt am Straßenrand lang?‘ Claudia stierte durch die Rückscheiben des Krankenwagens. Sie bemühte sich, nicht weiter auf die Frage zu achten, die ihr da eben eingeschossen war. Zu viele Fragen kamen und gingen jeden Tag in ihrem Kopf herum. Eigentlich wusste sie auch, dass „Bemühen" nicht die richtige Art war, die Frage aus dem Kopf zu bekommen. Aufschreiben musste sie. Aber ihr Notizbuch für die Fragen hatte sie ja nicht bei sich. Lag es noch im Nachtschränkchen im Krankenhaus? Schon wieder eine Frage. Und warum bringen mich alle Fragen immer wieder ins Krankenhaus?

Die vielen Fragen hatten aber auch ihr Gutes: Sie lenkten sie ab von den Erlebnissen der vergangenen Stunden, dem Eingesperrtsein im Keller des Papiergeschäftes, dem Stapel Ansichtskarten aus Amsterdam, den sie beschreiben sollte: „Liebe Mami, lieber Papi …"; von den Gebeten, die sie in ihrer Angst geflüstert hatte, sie, die nie in die Kirche ging. Von der Hilflosigkeit, als Christian Wilsbach sie am Bahndamm entlanggetrieben hatte. Und dem unerklärlichen Zufall, dass plötzlich der bandagierte Mann aufgetaucht war, Michael Garnstädter, den sie wie die anderen in der Mordkommission auch, bisher für den Brandstifter und Frauenmörder gehalten hatten? Sein Auftauchen hatte ihren Peiniger für einige Sekunden verwirrt, lange genug, dass sie mit der Handlampe auf ihn einschlagen konnte und er kurz die Kette losgelassen hatte. Sie hatte versucht, ihm zu entkommen, die Böschung hinauf, über die Gleise. Und wie sie auf der anderen Seite schon beinahe heruntergerutscht war und er oben auf den Schienen stand, das Ende ihrer Fußkette wieder in der Hand. Und von der eigenartigen Schwerelosigkeit, die sie gefühlt hatte, als der Zug herangedonnert kam und Christian Wilsbach plötzlich verschwunden war. Vom Zug überrollt. Claudia hatte schon einige Filme gesehen, die zeigten, wie sich bei einem Sterbenden die Seele vom Körper löst. Transzendenzquatsch hatte sie bisher gedacht. Doch nun? Hatte sie nicht so etwas bei Wilsbach gesehen? Die Seele, die sich wie ein dunkler Schatten von ihm gelöst hatte und über die nahen Büsche fortgeflogen war? Wenn ja: Seit wann konnte sie Seelen sehen?

Und würde ihre Tochter ans Telefon gehen, wenn sie versuchen würde, sie anzurufen? Was macht dieser Motorradrocker hier? Organisierte Kriminalität in Schönstadt? Werden hier auch schon Ladenbesitzer erpresst? Und war das nicht das Zeichen von „Wotans Wölfen?" Was treibt die aus der Landeshauptstadt hier her? Hatte ihre Nachbarin die Möbelpacker in ihre neue Wohnung gelassen?

Claudia konnte spüren, wie die zusammenhanglosen Fragen sie auszehrten. Sie musste sie dringend aufschreiben.

Nein, ganz sicher nicht in das Notizbuch, das sie gestern dafür genutzt hatte, des besondere, teure, das sie ausgerechnet bei Christian Wilsbach gekauft hatte. Wo bekomme ich ein neues Notizbuch her?

„Wo kann ich denn hier ein Notizbuch kaufen?", fragte sie laut den Sanitäter, der neben ihr saß und sich die ganze Zeit über um den vermummten Mann kümmerte, der vor ihm auf der Trage lag.

Der Sanitäter hatte sich, Stethoskop in den Ohren über den Mann gebeugt. Er reagierte nicht auf Claudias Frage. ‚Hab ich das vielleicht gar nicht gesagt?' „Ich muss dringend ein Notizbuch kaufen! Sofort!" Jetzt war sich Claudia sicher, die Frage wirklich gestellt zu haben. Sie war wieder ganz da. Sie spürte eine feuchte Kälte an den Oberschenkeln. Hoffentlich durfte sie sich nachher im Krankenhaus allein aus- und umziehen. Es musste niemand mitbekommen, dass sie sich vorhin vor Angst nass gemacht hatte. Das war für eine Kriminalkommissarin irgendwie peinlich, fand sie.

„Später!", sagte der Sanitäter.

„Wie bitte?"

„Das Notizbuch: später!"

„Nein jetzt!"

Ohne sich vom Patienten abzuwenden, zog der Sanitäter ein paar lose Zettel und einen Stift aus der Jackentasche, hielt sie ihr hin. Hastig begann Claudia, die Fragen darauf zu kritzeln. Eine Minute später atmete sie hörbar auf. Sie fühlte sich jetzt deutlich besser.

„Wie geht es ihm?", und musterte den Mann auf der Trage erstmals etwas genauer.

„Schwer zu sagen ...", raunte der Sanitäter.

„Sollte er nicht eigentlich gut bewacht im Krankenhaus liegen?"

„Fragen Sie mich was Leichteres."

„Wird er durchkommen?"

„Das ist auch nicht leichter!" Es klang unwirsch, wie Claudia schien. Die Stimme allerdings hatte sie schon mal irgendwo gehört.

Der Sanitäter hatte Zeigefinger und Ringfinger der rechten Hand am Hals des Verletzten durch den Verband geschoben und blickte konzentriert auf seine Armbanduhr.

„Wie spät haben wir es eigentlich?"

„Puls 104!"

„Na, dann wird`s ja Zeit …" Claudia griente verlegen. „Tschuldigung …"

Sie wusste natürlich, dass der Sanitäter Anderes zu tun hatte, als hier und jetzt mit ihr über die Uhrzeit zu plaudern. Allerdings. Sie musste reden. Solange sie redete, kamen ihr nicht die Fragen in den Kopf. Und erinnern musste sie sich auch nicht. Das waren zwei gewichtige Gründe, die gute Erziehung zu vergessen.

Claudia stand unter Schock. Das wurde in diesem Moment auch dem Sanitäter bewusst, der ihr bis eben den Rücken zugedreht und vornübergebeugt mit dem verletzten Mann beschäftigt hatte. Jetzt richtete er sich auf, nahm griff den Protokollbogen und sagte: „Ich brauche mal meinen Stift wieder." Dabei wandte er sich Claudia zu.

„Moritz?" Claudia war ehrlich überrascht. „Sie? Ich wusste ja gar nicht, dass sie Sanitäter …"

„Wir haben uns ja auch noch nicht wirklich kennengelernt."

„Da werde ich Omi Porsch ja was zu erzählen haben …" Moritz' Blick trübte sich ein.

„Ich glaube nicht, Claudia. Omi ist heute Nacht eingeschlafen …"

„Ach Omi …" Claudia seufzte und sah sie noch einmal vor sich, wie sie gedankenverloren im Krankenbett neben ihr gesessen hatte, die nackten Beine ausgestreckt und mit ihren Zehen fröhlich Theater spielte. Eine Frau von über neunzig! Dabei hatte sie doch gerade erst beim Brand in der Charlottenstraße alles verloren, das sie besessen hatte. Abgesehen von ihrem Nachthemd, der Wollstola und ihrer Handtasche.

‚Merkwürdig‘, dachte Claudia, ‚das alles ist eine Ewigkeit her und es kommt mir vor wie gestern.‘

Sie brauchte einen Moment, um zu bemerken, wie falsch der Gedanke war. Nein, es war ja gerade keine Ewigkeit her, sondern erst gestern passiert, aber es fühlte sich an wie eine Ewigkeit, sie nahm es nur wie durch einen dunstigen Schleier wahr. Warum ist das so? Und warum nur in Bezug auf Omi Porsch? Warum sind dagegen die Bilder vom Bahndamm und dem Monster Wilsbach so klar und nah? Liegen denn nicht nur ein paar Stunden zwischen diesen beiden Erinnerungen …

Claudia konnte es spüren: Der nächste Schub Fragen würde sie gleich überrollen. Sie wollte sich nicht ergeben. Nicht diesmal. Ein trotziges Lächeln huschte um ihren Mund, lange genug, um von Moritz entdeckt zu werden.

„Claudia?“, fragte er und schaute ihr intensiv und besorgt ins Gesicht, „Ist alles in Ordnung?“

„Oh … ähm … ja … Ich musste nur gerade an Omi denken. Es tut mir leid.“

Moritz nickte.

Der Mann auf der Trage stöhnte leise. Moritz wandte sich wieder ihm zu.

„Nun retten Sie ihm vielleicht zum zweiten Mal das Leben …", sagte Claudia und erinnerte sich, wie Moritz gemeinsam mit seiner Freundin am Bett von Omi Porsch gestanden und über die Brandnacht gesprochen hatte. Auch er hatte in dem ausgebrannten Mietshaus gewohnt. Er war es gewesen, der dem aus dem Haus stürmenden, lichterloh brennenden Mann eine Decke über den Körper geworfen und ihn dann auf der Straße hin und her gewälzt hatte, bis die Flammen erstickten. Noch gestern hatte er geglaubt, damit einen Mörder gerettet zu haben.

„Glauben Sie immer noch, dass er der Mörder ist?", fragte Claudia. Moritz schüttelte den Kopf.

„Hab schon gehört …".

Der Krankenwagen bremste, die Tür wurde aufgerissen. Claudia sah Krankenpfleger in grünen OP-Hemden und einen Mann in Zivil. Gruber. Ihr Chef.

Sie hatte das Gefühl, noch etwas sagen zu müssen. Gruber kam ihr zuvor. „Hier sind sie erstmal sicher!"

Die Pfleger halfen Claudia aus dem Wagen.

Noch einmal wandte sie sich zu Moritz um. Ihr war, als hätte sie ein feuchtes Glitzern in seinen Augen gesehen.

„Es wird alles wieder gut …", rief sie ihm zu.

Moritz lächelte unbeholfen: „Das zu sagen wäre hier eigentlich mein Job …", rief er Claudia nach. Dann schloss sich hinter ihr die Kliniktür.

KÖRTING

Körting stand einige Meter entfernt, lehnte sich an seinen Wagen. Das Blaulicht auf dem Dach blitzte noch. Er betrachtete Gruber und konnte sich noch immer nicht entscheiden, was er von seinem neuen Chef halten sollte. Hin und wieder glaubte er an ihm eine Art herablassender Korrektheit zu entdecken, die ihm zwar irgendwie nicht gefiel, andererseits aber auch keinen handfesten Grund für Kritik lieferte.

Körting hatte genug Lebenserfahrung, um zu wissen, dass die meisten Menschen nervös wurden und sich unbehaglich fühlten, wenn sie nicht genau wussten, ob sie einen anderen nun mochten oder eher nicht. Ihm machte diese Ungewissheit nichts aus. Irgendwann würde er es wissen. Bis dahin konnte er warten.

Einwenig überrascht hatte ihn der Neue aber schon, als er ihn aufforderte, mit ihm zum Krankenhaus zu fahren. Schließlich lief in der Stadt gerade der größte Polizeieinsatz, an den sich Körting erinnern konnte. Sie hatten den Leichenkeller des Mädchenmörders gefunden. Er war zwar daran gewöhnt, seinen jeweiligen Chefs keine allzu tief gehenden Fragen zu stellen. Aber dass Gruber wegen einer neuen Kollegin, der augenscheinlich nicht viel fehlte, lieber zur Klinik fuhr statt zum Tatort, stimmte ihn doch nachdenklich.

Körting wusste von beiden nur wenig.

Gruber war erst vor ein paar Wochen nach Schönstadt gekommen, die neue Kollegin sogar erst vor zwei Tagen. Körting hatte sie kennengelernt, während er sie und Gruber zur Elve gefahren hatte, zur Fundstelle einer Wasserleiche. Dabei hatte er die Kommissarin Claudia Herbst nicht eben ins Herz geschlossen. „Muss ja auch nicht", sagte er sich. Sie erschien ihm irgendwie verweichlicht. Vielleicht hatte es aber auch damit zu tun, dass er zu diesem Zeitpunkt lieber in die Charlottenstraße gefahren wäre, wo gerade das ausgebrannte Haus untersucht wurde, in dem sich eine Frauenleiche gefunden hatte. Er hatte auf dem Flur der Dienststelle den Namen der Toten gehört – und der hatte in ihm ein paar Erinnerungen geweckt.

Naja, verweichlicht oder nicht: Die Neue hatte jedenfalls gerade den größten Kriminalfall in Schönstadts Geschichte aufgeklärt. In nur zwei Tagen, von denen sie auch noch die meiste Zeit im Krankenhaus verbracht hatte. Der Erfolg schien ihr Recht zu geben.

Das war es wohl. Körting war misstrauisch gegenüber Kollegen, die zu schnell zu viel Erfolg hatten. Er spürte häufig, dass da mehr Schein als Sein im Spiel war und dass die auf den ersten Blick so glänzenden Erfolge nachträglich manchmal sehr schmutzige Kehrseiten präsentierten.

Vielleicht lag es auch daran, dass ihm selbst solche schnellen Erfolge verwehrt geblieben waren.

Er hatte über die Jahre die Karrieren so vieler junger Polizisten an sich vorbeiziehen sehen. Und manchen von denen waren eher gute Selbstdarsteller gewesen als wirklich gute Polizisten. Wenigstens redete Körting sich das ein. Und dass er damit zufrieden sei, die letzten paar Jahre bis zur Pensionierung als persönlicher Fahrer zu zubringen. Das war nicht immer so. Auch er hatte einmal durchaus Ambitionen gehabt, andere Positionen im Polizeidienst zu erreichen. Damals, mit Ende zwanzig, schien eine Karriere bei der Kripo greifbar. Er galt als gründlicher Spurensucher, beharrlicher Befrager. In einigen Fällen war er es gewesen, der für die Aufklärung die entscheidenden Beweise und Aussagen beibrachte.

Gut, es waren in Wesentlichen Bagatellfälle gewesen, hier ein Fahrraddiebstahl, da ein Kellereinbruch. Aber so fängt man nun mal an. Er verbiss sich in die Fälle, die andere schnell zu den Akten legen wollten.

Bis zu dem Fall, der ihn beinahe den Job gekostet hätte und der seine Kriminalistenkarriere abrupt beendete.

Ein vierzehnjähriges Mädchen war nach einem Discobesuch vergewaltigt worden. Wenigstens glaubte er das. Sie schien sich an nichts erinnern zu wollen oder zu können, kein Detail des Täters, kein Tatort, nichts. Ihre letzte Erinnerung sei gewesen, abends allein auf dem Heimweg vom Kulturhaus der Holzfabrik mit dem Fahrrad an der Elve entlang gefahren zu sein, als ihr plötzlich sehr schwindelig wurde, sodass sie vorsichtshalber vom Rad gestiegen sei und sich an einen Baum gesetzt habe. Da sei sie dann wohl eingeschlafen. Als sie aufwachte, sei es schon wieder hell gewesen, sie habe einen fürchterlichen Brummschädel und schlimme Schmerzen im Unterleib gehabt, dazu ein paar Blutspritzer an den Oberschenkeln. Aber sie habe gedacht, ihre Periode sei früher gekommen, als erwartet, und sich zunächst nichts dabei gedacht. Erst zweieinhalb Monate später meldete sie sich bei der Polizei. Und war schwanger. Ob sie noch einen Slip getragen habe? Nein, daran könne sie sich nicht erinnern. Sagte sie. Damals ...

Körting griff in die Hosentasche, fingerte eine Kippe aus der Schachtel. Wie immer behielt er nach dem ersten Zug den Rauch eine Weile im Mund, ehe er ihn geräuschvoll ausstieß. Er dachte viel zu oft an diesen alten Fall, obwohl der doch fast drei Jahrzehnte zurücklag.

Achtundzwanzig Jahre ...

Ein zweiter tiefer Zug.

Sie hatten natürlich keine Spuren mehr gefunden. Keine Zeugen. Nichts. Wie auch? Die Kripochefin damals wollte den Fall rasch zu den Akten legen: Kaum Chancen ihn aufzuklären. Massenhafte DNA-Tests so wie heute gab es noch nicht. Es erschien der Chefin wahrscheinlicher, dass das Mädchen eine Vergewaltigung erfunden hatte. Vielleicht, um sich nicht vor den Eltern rechtfertigen zu müssen.

Er hatte sich trotzdem auf den Fall gestürzt, mögliche Zeugen gesucht, halb Schönstadt befragt und sich in eine Theorie verbissen: Irgendjemand in Schönstadt machte junge Mädchen betrunken und missbrauchte sie dann. Beweise dafür fand er keine, nur eine merkwürdige Anomalie. Ungewöhnlich viele sehr junge Frauen brachten damals in Schönstadt Kinder zur Welt. So jedenfalls interpretierte er die Geburtenzahlen. Er stand damit ziemlich allein, den anderen reichte als Erklärung: „Ha, das sind die Achtziger …".

Kollegen erinnerten sich später, dass er zunehmend besessen gewesen sei von dieser fixen Idee. „Sie lesen zu viele schlechte Krimis"; hatte ihn seine Chefin, halb im Scherz, gewarnt, ehe sie ihn, vier Monate später suspendierte, nachdem er bei der Vernehmung eines möglichen Zeugen, der sich wenig kooperativ gezeigt hatte, die Nerven verloren und den Mann geschlagen hatte. Disziplinarstrafe. Alkoholexzesse. Karriereende, Versetzung.

Dass er jetzt sehr nüchtern an diese Zeit zurückdenken konnte, verdankte er seinem alten Chef. Der hatte ihn über die Jahre geduldig wieder in ein „normales" Leben zurückgeführt. Zuletzt war er nicht mehr nur dessen persönlicher Fahrer gewesen, sondern eher dessen rechte Hand. Die Kollegen auf dem Revier hatten sich daran gewöhnt, das Körting ihnen Anweisungen gab, die ihm weder nach dem Dienstrang noch nach seiner Funktion zustanden. Aber: „Wenn er sprach, sprach der

Chef!" Aber jetzt war der nicht mehr da. Körting musste jetzt irgendwie mit dem Neuen klarkommen. Und mit der Neuen, die ihn irgendwie reizte. Dass er ausgerechnet mit ihr an die Elve fahren musste, zu der Stelle, an der damals das Mädchen, wie er glaubte, vergewaltigt worden war, hatte etwas in ihm wachgerüttelt.

‚Wahrscheinlich erinnert mich die Neue an die Chefin von damals. Klein, unscheinbar und viel zu schnell befördert worden", dachte er und nahm noch einen tiefen Zug. Anschließend spuckte er den Rauch mehr aus, als dass er ihn ausblies.

Direkt in das Gesicht seines Chefs. Er hatte ihn nicht kommen sehen.

„Körting … Wenn mir nach Rauchen ist, sage ich schon Bescheid. Sie müssen ihre Kippe nicht mit mir teilen."

„Entschuldigung", murmelte Körting und ließ vor Schreck die nur halb gerauchte Zigarette fallen.

„Kommen Sie, wir fahren jetzt zum Bahndamm!"

Gruber stieg in den Fond des Wagens, Körting klemmte sich hinter das Steuer, startete und fuhr an.

Hätte er noch ein paar Sekunden länger gegrübelt, wäre ihm womöglich aufgegangen, dass sein Unbehagen tatsächlich mit einer Ähnlichkeit und dem Fall von damals zu tun hatte. Aber es war nicht Claudias Ähnlichkeit mit der früheren Chefin. Vielmehr war es das Porträt einer Frau, das er heute Morgen beim flüchtigen Blättern im Tageblatt gesehen hatte. Das Foto der Frau, deren Leiche man nach dem Brand gestern in der Charlottenstraße entdeckt hatte. Etwas in ihm hatte in der 42-jährigen Frau längst das Mädchen von damals erkannt, nur dass es ihm noch nicht bewusst geworden war. Aber dass die Tote aus der Elve gleich neben jenem Baum angespült worden war, an dem damals alles passiert sein sollte, das war ihm sehr wohl aufgegangen. Es hatte die Sache für ihn in ein merkwürdiges Licht gerückt, als müsste es zwischen beiden Fällen einen Zusammenhang geben, den außer ihm noch niemand sah; zwei Lose enden, die noch niemand miteinander verknüpft hatte. Das war kaum mehr als die Ahnung eines Gefühls, viel zu schwach noch, um Bedeutung zu erlangen; nur eben stark genug, eine leise Melancholie zu wecken, die sich, getarnt als Nachdenklichkeit, allmählich seiner Gedanken bemächtigte.

GRUBER

Im Rückspiegel wurde das Krankenhaus kleiner und kleiner. Dann war es ganz verschwunden und Gruber riss seinen Blick los. Jetzt musterte er Körting und gönnte sich ein leichtes Grinsen. Die „Rauchwolkenattacke" von eben schien Körting tatsächlich ein wenig peinlich gewesen zu sein. ‚Hätte zu gern gewusst, was ihm in dem Moment durch den Kopf ging', dachte Gruber, während sein Blick durch die Seitenscheibe wanderte und sich in scheinbar vorbeieilenden Bäumen verlor.

Im Grunde konnte er mit dem Morgen ganz zufrieden sein. Claudia Herbst war, soweit er das sagen konnte, weitgehend unverletzt geblieben. Die Frauenmorde waren aufgeklärt. Der wichtigste Teil seines Schönstadt-Aufenthaltes war also wohl abgeschlossen. Noch ein paar Monate Aufarbeitung – dann würde er wieder zurück in die Hauptstadt können und Staatssekretär im Innenministerium werden. Dann würde er ein paar andere Kleinigkeiten aus der Welt schaffen und endlich wieder … ‚Ruhig', sagte er sich selbst, schön einen Schritt nach dem anderen'. Immerhin war der Psychopath ja noch nicht gefunden worden. Je länger die Nachricht auf sich warten ließ, desto wahrscheinlicher wurde es, dass er es doch irgendwie geschafft hatte zu entkommen. Aber das konnte nur eine Frage der Zeit sein. Nach allem, was die Einsatzleitung wusste, besaß dieser Wilsbach weder ein Fahrzeug noch einen Führerschein. Er konnte also nicht weit gekommen sein. Die angeforderte Hundestaffel würde sehr bald am Bahndamm eintreffen und ihn ganz sicher aufspüren. Wahrscheinlich würde es nur ein paar Stunden dauern. Der Wagen überholte einen Motorradfahrer in Ledermontur, der auf seiner Maschine im Schritttempo am Straßenrand entlang schlich.

‚Vermutlich wieder einer dieser Midlifecruiser'. Gruber kannte diese Sorte Motorradfahrer nur zu gut, sie waren seit einigen Jahren auf den Straßen regelrecht zur Plage geworden: Männer, Mitte vierzig, die sich noch einmal beweisen wollten und ein neues Hobby für sich entdecken: Biking. Also kauften sie sich ein viel zu starkes Motorrad, lernten nicht, es richtig zu beherrschen – und der Rest fand sich dann in der Unfallstatistik.

‚Können die nicht Segeln lernen?‘

Dass er in diesem Falle mit seiner Vermutung falsch lag, wäre ihm selbst aufgegangen, wenn er ein paar Sekunden länger über den Biker nachgedacht hätte. Draußen war es frostig kalt und vor allem: Es war erst Anfang März. Nicht gerade die Jahreszeit, in der diese Hobbyfahrer üblicherweise ihre Maschinen aus der Garage holten. Auch ein Blick in das Gesicht des Fahrers hätte gereicht. Denn der war ganz sicher noch keine vierzig. Und hätte er das wahrgenommen, wäre ihm etwas ganz anderes, wesentlich Bedrohlicheres aufgegangen: Motorradrocker. Bandenmäßige Kriminalität. Höchste Alarmstufe. Vielleicht ein vorausgeschickter Kundschafter, der die Lage peilen soll. Drogen? Schutzgelderpressung? Mädchenhandel? Prostitution? Streife rufen, überprüfen lassen.

Irgendwo in der Polizeiabteilung seines Hirns mochten sich diese Gedanken geformt haben. Aber sie blieben dort, und sie drangen nicht durch zu ihm. Seine Gedanken waren in diesen Sekunden so sehr bei seiner Zukunft und so gar nicht beim Hier und jetzt.

Üblicherweise verbot er sich solche Tagträume. Aber jetzt war er übermüdet, der Wagen schaukelte sanft durch eine gräulich vernebelte Märzlandschaft, er war gerade nicht unzufrieden mit sich ... da hatte ihn dieser Dämmerzustand übermannt. In dem Moment, da sie den Motorradfahrer überholten, hatte Gruber ihn bereits vergessen.

Und Körting?

Natürlich hatte er den Rocker in Leder und Jeansweste bereits bei der Fahrt zum Krankenhaus registriert. Und nun fuhr hier schon wieder einer durch?

Auch bei ihm läuteten in so einem Fall die Alarmglocken. Üblicherweise. Vielleicht taten sie das auch jetzt. Wenn sie das taten, hörte er sie jedenfalls nicht. Auch er hing seinen eigenen Gedanken nach. Anders als bei seinem Chef allerdings, drehten sich die nicht um Künftiges, sondern schweiften durch die Vergangenheit.

Ein paar Minuten später erreichte der Wagen den Einsatzleiter am Bahndamm. Gruber stieg aus, ließ sich kurz ins Bild setzen. Was er hörte, gefiel ihm nicht sonderlich. Noch keine Spur von Wilsbachs Leiche. Die Beamten warteten zunehmend genervt auf die Hundestaffel. Die Schönstädter Polizei musste sich die Hundestaffel mit der Polizei der Landeshauptstadt teilen. Und die hatte gerade eigene Einsätze zu leisten. Es würde wohl noch einwenig dauern, bis die Hunde kämen.

„Die werden der Abteilung doch nicht etwa den Fahrzeugpark gestrichen haben und die Beamten jetzt mit der Bahn hierher schicken", versuchte Gruber, mit einem Witz die Situation zu entkrampfen. Obwohl üblicherweise jeder noch so bittere Scherz über die unsinnigen Einsparungsversuche bei der Polizei seine Lacher fand – in diesem Fall erreichte er auch damit nichts. Die Mienen der Beamten blieben grimmig und verfroren. Selbst der Einsatzleiter schien nicht eben in Plauderlaune zu sein, als er Gruber informierte.

Zeugen? Keine Brauchbaren. Ein paar Straßenarbeiter in der Nähe, die sich als wenig hilfreich erwiesen hatten. Sie schienen nichts gesehen zu haben, obwohl sie, wie sie sagten, sehr schnell und sehr aufmerksam auf alles geachtet hätten, was mit dem Zug zu tun hatte, seit der bremsende Zug begonnen hatte zu kreischen.

Die Sache war rätselhaft. Ein Rundumblick verriet Gruber, dass es eigentlich nicht so leicht sein sollte, sich hier ungesehn zu bewegen. Die Straße entlang des Bahngleises zog sich schnurgerade hin, scheinbar endlos. Links das undurchdringbare Gestrüpp, das sie vom Bahndamm trennte, rechts fast baumlose Auenwiesen. Und irgendwo am Horizont die Elve. Es gab keinen Grund, an der Aussage der Straßenarbeiter zu zweifeln. Und was sollten sie auch gesehen haben? Er hatte sie inzwischen zum Bauhof bei der Stadtverwaltung zurückbringen lassen, sie würden hier nur im Weg sein. Oder war Wilsbach doch auf der anderen Seite des Damms gelandet? Auf dem Weg, der zur Stadt und zum Friedhof führte? Das war auch wenig wahrscheinlich, die Beamten waren ihm ja dicht auf den Fersen gewesen. Kaum vorstellbar, dass sie ihn nicht bemerkt hätten. Es half nichts: Sie würden noch eine Weile alles weitläufig absperren und warten müssen, bis die Hunde kamen.

Der Einsatzleiter hatte erst einmal alle 50 Meter einen Posten am Gestrüpp postiert. Mehr konnte er nicht tun. Auch Gruber hatte das Gefühl, im Moment an Ort und Stelle nicht viel ausrichten zu können. Aufmunternd klopfte er dem Einsatzleiter auf die Schulter, winkte Körting heran und setzte sich in den Wagen.

„Lassen Sie uns doch mal auf die andere Seite des Bahndamms fahren. Ich würde gern mal einen genaueren Blick auf den Keller der toten Mädchen werfen!"

„Ich glaube, die Techniker sind da noch zugange."

„Ja, natürlich sind sie das ..."

Gruber sah auf die Uhr. Kurz nach halb zwölf. So schnell war mit Neuigkeiten nicht zu rechnen. Andererseits versprach der Tag noch ziemlich lang zu werden.

„Sagen Sie mal, Herr Körting, kann man da in der Nähe irgendwo eine Kleinigkeit essen?"

„Kommt drauf an, was es sein soll. Da gibt es einen Bäcker und eine Pizzeria."

„Na, Pizza klingt doch gut."

Keine zehn Minuten später parkte Körting den Wagen vor der Pizzeria, direkt hinter einem Kieslaster.

Gruber stieg aus und war überrascht: Die Pizzeria stand direkt dem Haus gegenüber, das in der vorletzten Nacht ausgebrannt war. ‚Zufälle gibt's', dachte er, nur um eine Sekunde später energisch den Kopf zu schütteln. Es war ja gar kein Zufall. Er hatte doch Körting ausdrücklich nach einem Geschäft in der Nähe des Mädchenkellers gefragt. Und dass der nur ein paar Schritte von dem ausgebrannten Wohnhaus entfernt war, hatte er gewusst. Da konnte die Pizzeria ja auch nicht wirklich weit entfernt sein. Außerdem: Schönstadt war nun mal ein kleines Kaff, da musste wohl alles irgendwie nebeneinanderliegen. Neben der Pizzeria ein Getränkeladen, dann eine Apotheke, ein Stück weiter der Bäcker und dann konnte er auch schon die zuckenden Blaulichter vor der Papeterie Wilsbach ausmachen.

Gruber wandte sich wieder der abgebrannten Ruine zu: Zwei Beamte standen am Absperrband und plauderten mit Passanten, die ihrerseits gestikulierend immer wieder in Richtung der Blaulichter wiesen. Natürlich ahnten die längst den Zusammenhang. In so einer kleinen Stadt hing doch immer alles mit allem zusammen.

Gruber ging über die Straße zu den beiden Beamten, begrüßte sie mit Handschlag. Ein paar Minuten Small Talk, dann noch mal jedem die Hand gedrückt und zurück über die Straße und in Richtung der zuckenden Blaulichter. Dort ein schneller Rundgang durch das Geschäft, ein flüchtiger Blick in den Keller. Hier hatten Kriminaltechnik und Gerichtsmedizin reichlich zu tun. Unterstützung aus der Landeshauptstadt war bereits angefordert. ,Wahrscheinlich sitzt da jetzt irgendwo ein Sparexperte und schaut im Fahrplan nach, mit welchem Linienbus die hierher fahren müssen, und ob da dann noch Platz ist für die Hundestaffel'. Nein, im Moment konnte ihn nicht einmal die absurde Vorstellung aufheitern, wie drei Dutzend Beamte an einer Haltestelle auf den nächsten Bus warten.

Er konnte auch hier nichts ausrichten. Also ging er zurück zur Pizzeria. Körting meinte, er hätte noch keinen Hunger und wollte sich mal lieber in Ruhe die Reste des verkohlten Hauses anschauen. Na, sollte er! ‚Da regt sich wohl in ihm der Kriminalist von früher‘, dachte Gruber, der natürlich Körtings Dienstakte kannte. Akten schnell zu überfliegen und trotzdem die bedeutsamen Punkte sofort zu bemerken - das war unbestreitbar eine seiner Stärken. Er hatte sich dieses Querlesen bereits in der Jugend antrainiert und es mit den Jahren so perfektioniert, dass es ihm in Fleisch und Blut übergegangen war. Das hatte natürlich auch seine Nachteile: Einen guten Roman zu lesen und sich dabei auf Feinheiten der Sprache einzulassen, gelang ihm kaum noch. Auch Bücher durchflog er mehr, als dass er sie las.

Wort auf Wort zu lesen, um so etwas wie Poesie zu entdecken, Schönheit der Formulierung, Nuancen der beschriebenen Charaktere – dazu hätte er sich zwingen müssen. Hin und wieder bedauerte er das. Für seine Arbeit und seine Karriere allerdings war es eindeutig von Vorteil.

Die Pizzeria war noch beinahe leer. Ein älterer Bauarbeiter stand am Tresen. Von den Tischen war nur einer, direkt am Fenster besetzt. Ein Gast saß dort, starrte durch die Scheibe und rührte gedankenverloren in einer Kaffeetasse. Gruber grüßte mit einem Nicken, setzte sich an den Nebentisch und begann, die Speisekarte zu studieren.

VAN GERSTENBORN

Der Kaffee war jetzt kalt und noch genau so bitter wie vor einer Stunde, als er ihm dampfend serviert worden war. Van Gerstenborn stellte die Tasse zurück auf den Unterteller, nahm den kleinen Löffel und rührte gedankenverloren darin herum. Er hatte es nicht eilig, die schwarze Brühe zu trinken, die Paolo als „Café Olandese" anbot.

Das Essen in Paolos Pizzeria war sehr ordentlich. Wer jedoch Kaffee bei ihm bestellte, der war selbst schuld. Er hatte einfach kein Händchen für guten Kaffee. Van Gerstenborn wusste das. Er war bei Paolo Stammgast. Unter anderem. Er war außerdem Paolos Vermieter. Und dann war er noch, wie es Paolo gern betonte, „seine beste Freunde ..."

Die Sache mit der Freundschaft hätte Paolo ebenso gut in korrektem Deutsch sagen können, das er deutlich besser beherrschte als das Italienische. Er war in Deutschland geboren, zur Schule gegangen und aufgewachsen. Sein südländisches Aussehen und den Namen verdankte er einem italienischen Vater, von dem er nicht viel mehr wusste, als dass es ihn gab. Wenn er, inzwischen fast fünfzig, noch immer in einem radebrechenden Italoslang mit seinen Kunden sprach, dann hatte das nichts mit mangelnden Deutschkenntnissen aber sehr viel mit durchdachtem Marketing zu tun. Die Leute in Schönstadt erwarteten das einfach von ihrem Pizzabäcker.

Van Gerstenborn wusste das. Paolo war ebenso wenig ein echter Italiener wie er selbst ein echter Holländer. Er hatte zwar tatsächlich einige Jahre in Holland gelebt, und in Den Haag und Amsterdam gelernt, ein paar Brocken Holländisch zu sprechen. Allerdings artikulierte er so, dass ihn jeder echte Holländer sofort als einen Deutschen identifiziert hätte. Perfekt allerdings war er darin, so zu reden, wie sich die Leute in Schönstadt einen zugereisten, deutsch redenden Holländer vorstellten: Ein hagerer Typ Anfang fünfzig, mit lichtem Haarkranz, der in Schönstadt ein paar Häuser gekauft hatte und unter dessen linkem Arm eine Aktenmappe festgewachsen zu sein schien. Wenigstens hatte ihn noch niemand ohne diese Mappe gesehen. Auch jetzt klemmte sie zwischen Achsel und Oberschenkel, während er mit steifem Rücken am Fenstertisch sitzend unentwegt in der Tasse rührte und scheinbar ziellos durch die Scheibe starrte.

Van Gerstenborn musste nachdenken und ein paar Dinge entscheiden. Die gedämpften Geräusche nebensächlicher Geschäftigkeit in Paolos Pizzeria würden ihm helfen, die Gedanken zu ordnen. So war es immer.

Wer ihn zu kennen glaubte und hier so sitzen sah, hätte wohl vermutet, dass er über sein abgebranntes Haus nachgrübelte, darüber, ob, wann und wie viel die Versicherung zahlt, wie lange der Neuaufbau dauert. Aber das beschäftigte ihn eigentlich nur am Rande. Die Versicherung würde irgendwann zahlen und er würde das Haus wieder aufbauen lassen. Das hatte er längst entschieden. Es war für ihn bereits Gewissheit gewesen, als er noch in der Nacht des Feuers, zusammen mit den anderen Mietern vor dem brennenden Haus gestanden hatte, in einen altmodischen Bademantel gekleidet, die unvermeidliche Aktenmappe unterm Arm. Schließlich hatte er sich nichts vorzuwerfen. Nichts, was das Feuer betraf. Als der Zeitungsbote wie eine menschliche Fackel aus dem Haus gerannt kam, wusste er sogar, dass auch der das Feuer nicht gelegt hatte. Zumindest daran, dass das Haus nun komplett abgebrannt war, gab er ihm aber doch die Schuld. Wäre dieser Idiot nicht gewesen … Van Gerstenborn hätte die Katastrophe wohl verhindern können. Und er müsste jetzt nicht so viele verzwickte Dinge bedenken. Er sah die Bilder wieder vor sich und dämmerte weg. Mit einem kleinen Ruck fiel sein Kopf nach vorn und weckte ihn.

Er nahm noch einen Schluck Kaffee aus der Tasse. Hoffentlich begann das Koffein bald zu wirken. Van Gerstenborn hatte seit zwei Tagen nicht geschlafen. Zu viel ging ihm durch den Kopf.

In der Brandnacht hatte er zwar seine Wohnung verloren und mit ihr auch einige Dinge, die er ganz gern behalten hätte. Der finanzielle Schaden immerhin würde sich in Grenzen halten.

Anders als seine Mieter hatte er die nächste Nacht auch nicht im Krankenhaus oder auf dem Gästesofa irgendeines Verwandten verbringen müssen, sondern war einfach über die Straße gegangen und hatte den Hintereingang von Paolos Pizzeria aufgeschlossen. Im dritten Obergeschoss, direkt unterm Dach, hatte er sein Büro. Zumindest nannte er es so. Tatsächlich bestand es aus einem etwa fünfzehn Quadratmeter großen, spartanisch eingerichteten Raum: Schreibtisch, Stuhl, ein paar Regale.

Hinter den Regalen und für uneingeweihte Besucher nicht sichtbar, führte eine Tür in einen sechs mal so großen Dachboden, den er vor Jahren zur Wohnung hatte ausbauen lassen. Sie glich im Wesentlichen seiner Wohnung im Haus gegenüber. Identische Möbel, identischer Aufbau und ein identisches, mit Elektronik vollgestopftes Arbeitszimmer. Mehrere Flachbildschirme nebeneinander, ein Pult, über das er einige Minikameras steuern konnte. Kameras, die ihm zeigten, was in seinen Häusern vor sich ging. Kameras, die er in Lüftungsschächten verborgen, in den meisten seiner Wohnungen installiert hatte.

Van Gerstenborn war ebenso vorsichtig wie umsichtig. Es war immer hilfreich, mehr über die Leute zu wissen, als die über einen selbst. Also inspizierte er die Wohnungen regelmäßig, wenn die Mieter das Haus verließen. Er hatte ja alle Schlüssel. Und in einigen Wohnungen hinterließ er dann schon mal Kameras, um zu erfahren, was da vor sich ging, wenn die Leute zu Hause waren. Hin und wider war das, was er da zu sehen und zu hören bekam ganz hilfreich, um seine Geschäfte am Laufen zu halten.

Dummerweise konnte genau das nun zu seinem Problem werden.

Wie viel von der Elektronik mochte wohl verbrannt sein? Und wie gründlich würde die Polizei in den Trümmern des Hauses herumsuchen? Gründlich genug, dass selbst verbrannte Reste Fragen aufwarfen? Fragen, die zu ihm führten? Er musste sich auf jeden Fall ein paar plausible Erklärungen zurechtlegen. Das war für ihn das eigentlich Ärgerliche an diesem Brand.

Dass er beispielsweise in der Wohnung von Omi Porsch eine Minikamera installiert hatte, war womöglich keine so gute Idee gewesen. Falls ein Ermittler Reste davon in den Trümmern fand, würde er sich womöglich fragen, warum eine 96 Jahre alte Frau in ihrer Wohnung so ein Stück Hochtechnologie aufbewahrt, die, und das war stadtbekannt, selbst weder lesen noch schreiben konnte. Zwar schien es ganz hilfreich zu sein, die Besucherin einwenig im Auge zu behalten, die alle paar Wochen mal bei der Porsch hereinschneite, ebenso wie den

Mann, der sie dorthin brachte und von dort wieder abholte.

Vor allem aber musste van Gerstenborn herausfinden, ob jemand bemerkt hatte, dass er in jener Nacht gar nicht aus dem brennenden Haus gekommen war, wie all die anderen, sondern von hier, aus dem Haus von Paolos Pizzeria.

Falls das jemand bemerkt haben sollte, würde er zwar sagen können, er habe die ganze Nacht über im Büro gearbeitet. Aber warum er dann in Badelatschen und mit Bademantel über die Straße gelaufen war, ließ sich damit nicht so recht erklären, nicht einmal bei einem etwas spleenigen Holländer. Würde er in diesem Fall sein Geheimnis seiner zweiten Wohnung preisgeben müssen? Falls das bekannt würde, müsste er seine Geschäfte komplett ändern. Ach, es war einfach ärgerlich. Warum nur hatte er sich auch dazu hinreißen lassen, eingreifen zu wollen? Wegen des Hauses? Wegen Silke Scheuer?

Er hatte natürlich gewusst, was in ihrer Wohnung passierte, was der Wilsbach mit ihr trieb. Sollte er. Es war von Anfang an ziemlich sicher gewesen, dass die Frau seine Avancen schwerlich überleben würde. Aber die Frau interessierte ihn nicht.

Als sie dann tot in ihrem Sessel saß, war er weniger schockiert gewesen als interessiert: Wie würde Wilsbach wohl die Leiche zu beseitigen versuchen? Und würde er selbst daraus seinen Nutzen ziehen können.

Was würde der Wilsbach zu geben bereit sein, für sein Schweigen? Ein Neues, aufregendes Spiel winkte da, aufregender als das, das er in den vergangenen beiden Jahren gespielt hatte. Nun ja, das war jetzt nicht mehr wichtig.

Denn dass Wilsbach vorgestern in der Nacht mit Benzin oder was auch immer kommen würde, um das Haus in Brand zu stecken, das hatte er nicht vorhergesehen. Und als es geschah, hatte er geschlafen. Erst der Alarm des Feuermelders hatte ihn geweckt.

Van Gerstenborn schrieb es letztlich diesem Umstand zu, dass er, unüberlegt, einfach den Morgenmantel übergeworfen hatte und sofort losgestürmt war. Als ob da noch etwas zu retten gewesen wäre. Als ob es da etwas gegeben hätte, das zu retten gelohnt hätte!

Es war wohl das erste Mal seit 30 Jahren, dass er nicht rational überlegt, sondern intuitiv gehandelt hatte, ohne zuvor über möglichen Konsequenzen nachzudenken. Damals hatte er sehr viel Glück gehabt, die Sache war für ihn ohne Folgen geblieben. Aber jetzt? Wäre bloß nicht dieser Zeitungsbote auf seinem Lastenfahrrad angetrödelt gekommen ... Überhaupt: Was, wenn ausgerechnet dieser Zeitungsbote bemerkt hatte, woher er gekommen war? Das würde das weitere Fragen nach sich ziehen. Besuche in seinem Büro. Überhaupt würde plötzlich das Interesse der Ermittler auf ihn gelenkt. Vielleicht nicht sofort. Aber irgendwann vielleicht doch, wenn die erste Aufregung um Wilsbach und seine toten Mädchen vorüber war und sich jemand die Mühe machte, genauer in die Akten zu schauen.

Das Sicherste wäre es wohl, wenn der Bote gar nichts aussagen würde. Vielleicht überlebte er die schweren Verbrennungen ja auch nicht. Noch, so schrieb jedenfalls das Tageblatt, lag er ja im Koma. Wenn es nach ihm ginge, müsste er daraus nicht mehr erwachen. Oder sollte er da nachhelfen? Nachhelfen lassen? Unauffällig, natürlich ... Es war ja nicht so, dass er niemanden in der Klinik kennen würde ...

Ein leises Klingeln riss ihn kurz aus seinen Gedanken. Die Kaffeetasse. Er hatte immer schneller in seinem Kaffee herumgerührt und den Löffel gegen das Porzellan geschlagen. Es klang, als wollte jemand gleich aufstehen und einen Toast ausbringen. Van Gerstenborn blickte auf – direkt in die Augen des Mannes, der vorhin das Lokal betreten hatte. Ein Polizist in Zivil, irgendeine höhere Charge. Das war keine Frage.

Van Gerstenborn hatte einerseits ein geschultes Auge für die kleinen Details, die etwas über die Berufe von Menschen verrieten. Und er war geübt darin, Dinge zu registrieren, ohne sich darauf konzentrieren zu müssen. Trotz seiner Grübelei vorhin hatte er natürlich mitbekommen, wie dieser Mann, ehe er die Pizzeria betrat, auf der anderen Straßenseite die beiden Polizisten an der Absperrung mit Handschlag begrüßt hatte. Er war ein höherer Beamter!

Als er dann durch die Tür trat und in den Raum hinein grüßte, quittierte Van Gerstenborn das lediglich mit einem gedankenverlorenen Kopfnicken. Jetzt, fand er, war es an der Zeit, sich bekannt zu machen. Vielleicht könnte er so ja doch ein paar Details in Erfahrung bringen, die ihm weiterhelfen könnten. Vor allem, und das kam ihm in dieser Sekunde wieder zu Bewusstsein, hatte er bei der ersten Befragung nach dem Brand etwas wirklich Dummes gesagt. Dass die Scheuer in den Urlaub fahren wollte und er sie am Morgen noch gesehen hätte. Er hatte sich diese Antwort schon eine Weile vor dem Brand zurechtgelegt, für den Fall, dass Wilsbach die Leiche irgendwo verschwinden ließ und jemand die Frau vermissen würde. Das Feuer hatte alles geändert. Van Gerstenborn konnte sich nicht erklären, warum ihm dieser zurechtgelegte Satz rausgerutscht war. Natürlich würden die Gerichtsmediziner herausfinden, dass sie nicht durch den Brand sondern schon erheblich früher umgekommen war. Es hätte ihm auch in jener Nacht klar sein müssen. Er hätte besser ganz geschwiegen. Wenn sie es nicht schon längst herausgefunden hatten. Er konnte nur hoffen, dass vorerst niemand auf dieses kleine Detail achtete. Am Besten schob er noch ein wenig „Ich stand unter Schock" hinterher. Van Gerstenborn war zwar nicht ganz wohl dabei, schon wieder improvisieren zu müssen. Aber er erkannte auch deutlich, dass sich ihm jetzt eine gute Gelegenheit bot. Die Aufmerksamkeit des Polizisten hatte er sich ja bereits mit dem Kaffeelöffel erklingelt. Also dann!

„Entschuldigung …", flüsterte er, gerade laut genug, um sicher zu sein, dass der andere ihn hörte, und legte den Löffel auf die Untertasse, „ich war einwenig in Gedanken."

Der Polizist lächelte ihn schweigend an.

„Das ist alles ganz furchtbar …", sagte van Gerstenborn und wies mit der Hand zum ausgebrannten Haus, „wie soll das nur alles weitergehen …"

Der Polizist musterte ihn kurz, erwiderte aber nichts.

„Oh, entschuldigen Sie, ich habe mich gar nicht vorgestellt. Ruud van Gerstenborn. Mir gehört das Haus da …" Er ließ eine Sekunde Stille folgen „ … oder besser: gehörte." Der Polizist sah ihn weiter stumm an. Nicht unfreundlich, aber stumm.

‚Nicht gerade ein Plaudertyp', dachte van Gerstenborn, dem dieser Typus lieber gewesen wäre. Er musste wohl etwas direkter auf ihn losgehen.

„Ähm, ich habe Sie vorhin gesehen, als Sie da mit den Polizisten gesprochen haben …"

„So, haben Sie?"

‚Na also, er kann ja doch reden'. Der wichtigste Teil war geschafft. Bei den verschlossenen Typen kommt es immer darauf an, überhaupt ein paar erste Worte herauszukitzeln, hatte man ihm vor Jahren beigebracht. Sind die aber erstmal gefallen, ist der Rest ein Kinderspiel. Naja. Fast.

„Naja, ich wollte sie da nicht irgendwie beobachten oder so ... ich muss nur schon den ganzen Morgen immer auf das Haus gucken. Das ist alles so sinnlos, so sinnlos... „ Er wischte sich etwas nicht Vorhandenes aus den Augenwinkeln. „... so sinnlos... "

„Das ist eine ziemliche Verschwendung ..." äußerte sich der Polizist jetzt.

Ja! Innerlich ballte van Gerstenborn die Siegerfaust.

Er hatte ihn.

Der Polizist hatte Empathie gezeigt und hing am Haken.

Jetzt konnte er direkt zum Thema kommen.

„Sie haben nicht zufällig mit den Ermittlungen zu tun?"

„Und wenn das so wäre?"

„Ach, Entschuldigung, ich will nicht neugierig erscheinen. Ich wüsste nur gern, ob ich bald wieder auf mein Grundstück kann. Muss doch alles irgendwie weitergehen ..."

„Tja, heute jedenfalls noch nicht."

„Verstehe, verstehe. Muss ja auch alles gründlich untersucht werden. Ich darf gar nicht daran denken, wie der Mann da gebrannt hat, als der aus dem Haus gelaufen kam. Wie geht es dem denn?"

„Er lebt, soweit ich weiß, viel mehr kann ich dazu nicht sagen, Herr van Gerstenborn."

„Ach, ich bin nur so durcheinander ..." Er zwang seine Finger, leicht zu zittern. „Die Leute reden, sie wissen doch, wie das ist. Erst hieß es, das ist der Feuerteufel, und dann vorhin plötzlich so viel Polizei dahinten bei der Papeterie Wilsbach, und da zählt man so eins und eins zusammen ... und dann die arme Frau Scheuer ..."

Der Polizist schwieg.

Van Gerstenborn hielt kurz die Luft an. Hatte er eben doch einwenig zu dick aufgetragen? Nein, das musste so. Schließlich sollte der Polizist ja merken, wie sehr er unter Schock stand. Es schien zu wirken.

„Das ist wirklich schlimm ...", erwiderte der schließlich.

„Kannten Sie sich eigentlich gut?"

„Ein bisschen schon, ja, ja, sie wohnt seit", er zog die Stirn in Falten, bewegte die Finger, als würde er zählen, „... neun, ähm, nein, zehn Jahren, seit zehn Jahren bei mir."

Er legte eine Kunstpause ein. „... ich meine ... wohnte. Und jetzt ist sie plötzlich weg. Ich verstehe das nicht. Seit fast zwei Wochen versuche ich, mit Ihr über die Energieabrechnung zu reden, aber nie ist sie zu Hause. Also ... war. Und jetzt ist sie tot und die Abrechnung verbrannt ..."

Van Gerstenborn schlug kurz die Hände vors Gesicht. Ein bisschen zu viel Geste, das wusste er, aber er brauchte diesen Moment, um die verräterische Zufriedenheit zu bekämpfen, die er an den Mundwinkeln zuckend aufwachsen spürte.

Ja, bis hierher war er ganz gut gewesen.

Wenigstens für seine Maßstäbe.

GRUBER

Der Holländer war schon ein seltsamer Kauz. Gruber kämpfte kurz mit dem Gedanken, dem Mann etwas Aufmunterndes zu sagen. Sein Instinkt riet ihm, es zu unterlassen. Er war erfahren genug, um zu bemerken, wenn jemand versuchte, ihn zu manipulieren. Und dieser van Gerstenborn versuchte es gerade sehr intensiv. Vielleicht war es das, was er immer tat? Vielleicht wirkte er nur so, weil er gerade unter Schock stand. Ganz sicher jedenfalls war er hier und jetzt alles andere als aufrichtig. ‚Wer nicht aufrichtig ist, den musst Du nicht aufrichten!' Woher kannte er diesen Spruch? Das würde ihm schon noch einfallen. Van Gerstenborn jedenfalls war nicht aufrichtig. Und irgendetwas von dem, was er gerade gesagt hatte, passte nicht. Sekundenbruchteile später wusste er es. Van Gerstenborn hatte ursprünglich erzählt, er hätte die Tote noch am selben Tag gesprochen. Ein Fall von verdrehter Erinnerung?

„Ja, so ein Erlebnis ist wirklich schockierend. Einer meiner Kollegen sagte mir, Sie hätten Frau Scheuer noch vor zwei Tagen gesprochen …"

„Oh Gott, nein, das hab ich gesagt? Entschuldigung, ich muss ja völlig neben mir gestanden haben … Also, ja, sie wollte in den Urlaub fahren. Hatte sie mir erzählt. Aber das ist schon ein paar Tage her, das war … Ja, wann war das … Bekomme ich jetzt Probleme? Ich weiß gar nicht mehr, wo hinten und vorne …"

„Es gibt ja so etwas wie posttraumatischen Stress", lenkte Gruber erst einmal ein. Das Ganze klang schon merkwürdig und ziemlich verworren. Allerdings sah Gruber keinen Grund, sich damit intensiver zu befassen. Vorerst. Wahrscheinlich würde seiner Kollegin Claudia Herbst mal wieder eine Frage einfallen, die dem Gestammel einen Sinn gab. Aber die lag in der Klink. Und für ihn galt erst einmal: Der Fall war im Wesentlichen aufgeklärt. Der Mörder und Brandstifter gefunden.

Erneut betrachtete er van Gerstenborn: Womöglich war der ja genau das, wonach er aussah: ein hageres, verschrobenes Männlein, das gerade sein Haus verloren hat und deshalb verständlicherweise einwenig durch den Wind ist.

An diesem Punkt wurde sein Gedankengang durch einen deutsch-italienischen Wortschwall unterbrochen, der vom Tresen herüberkam. Dort, von einem Pfeiler halb verdeckt, hatte die ganze Zeit über ein älterer Bauarbeiter gestanden. Ihm drückte der Pizzabäcker einen Stapel dampfender Kartons in die Hand.

„Bitte sehr liebe Heinze, die beste Pizze für meine beste Freund! Und habe Du gute Feier mit Kollega!" Gruber konnte nicht wissen, dass Heinz seit zwei Jahren einmal pro Woche hierher kam und Pizza aß, während er darauf wartete, dass seine Mutter auf der anderen Straßenseite im Wohnzimmer von Omi Porsch ihr Kaffeekränzchen beendete. Auch nicht, dass Paolo immerhin so viel von Heinz wusste, dass er ihn tatsächlich gern mochte. Dennoch erschien ihm die Situation grotesk und er hätte um ein Haar laut aufgelacht, so sehr erinnerte ihn die Szenerie an einen schlechten Werbespot. ‚Als hätte der Pizzabäcker sein Deutsch in der Fernsehreklame gelernt.'

Er beherrschte sich, folgte den beiden mit Blicken, als sie zur Tür gingen. Paolo öffnete sie für den Arbeiter. Der drehte sich noch einmal um, sagte ein paar Wort zu ihm, schaute dabei aber am Wirt vorbei. Gruber schien es so, als würde er van Gerstenborn zunicken, aber vielleicht täuschte er sich da. Er sah den Arbeiter draußen in einen Kieslaster steigen und davon fahren. In das verklingende Röhren des Motors mischte sich das Aufheulen einer anderen Maschine, deren Geräusch Gruber gut kannte. Eine Harley. Dann fuhr auch schon ein Mann in Ledermontur am Pizzafenster vorbei und folgte dem Laster.

„Oh, ein Motorradrocker …", dachten Gruber und van Gerstenborn gleichzeitig. Allerdings meinten sie nicht dasselbe.

Gruber nickte van Gerstenborn zu. „Wenn sie mich jetzt entschuldigen würden …"

Van Gerstenborn erhob sich: „Es tut mir so leid, dass ich da etwas Falsches gesagt .."

„Ist schon gut …", unterbrach ihn Gruber, „ich verstehe dass völlig. In den nächsten Tagen wird sich noch einmal ein Beamter bei ihnen melden und ihre Aussage aufnehmen."

Van Gerstenborn verbeugte sich umständlich und schlurfte zurück an seinen Tisch, setzte sich, stützte die Ellenbogen auf die Tischplatte, vergrub das Gesicht erneut in den Händen und blieb so eine ganze Weile sitzen. ‚Sehr theatralisch, dieser Holländer', dachte Gruber, während sich auf van Gerstenborns Gesicht, unter den Handflächen verborgen, ein zufriedenes Grinsen breitmachte. Aber das konnte Gruber nicht sehen. Wenigstens in dieser Hinsicht war die Vorstellung wirklich gelungen.

THORSTEN

Der Schwächeanfall hatte einige Sekunden gedauert. Jetzt war er wieder klar. Eine Traube aus älteren Menschen stand um ihn herum, begaffte ihn mit unverhohlener Neugier.

„Alles in Ordnung", presste er durch die Zähne, während er sich aus dem Lehnstuhl drückte, in den man ihn gesetzt hatte, „danke."

Er hätte dabei gern so bedrohlich geklungen, wie sonst. Jedoch die Anstrengung und der Schmerz im Knie … Es war ein beinahe gehauchtes „Danke" daraus geworden, nichts Ehrfurcht Gebietendes, das die Leute verschreckt hätte. Sie begafften ihn weiter, wie es Thor schien und er fühlte sich einwenig so wie an seinem ersten Schultag. Er war eine Woche später in die Klasse gekommen als die anderen Kinder. Warum erst so spät, das wusste er nicht. Vermutlich hatte seine Mutter auch den Termin verwechselt. Oder war er damals mal wieder bei Pflegeeltern? Thor erinnerte sich nicht mehr daran. Woran er sich aber sehr genau erinnerte, war das Gefühl, sich von den anderen Kindern begafft zu fühlen, als wäre er ein Außerirdischer oder ein exotisches Tier. Nur weil er der Neue war. So fühlte er sich jetzt wieder. Allerdings war er jetzt nicht mehr der verschüchterte kleine Thorsten, dem vor Peinlichkeit und Aufregung warmer Schnodder aus der Nase lief, den er mit der Zungenspitze ableckte und der ihm seinen ersten Spitznamen eingebracht hatte: Schnotti.

Jetzt war er Thor. Und den Thor begaffte man nicht einfach so respektlos.

„Darf ich mal!" zischte er, nun schon sehr viel bedrohlicher klingend, und er bahnte sich unsanft eine Gasse durch die Alten, hin zum Tresen.

Gerade war die Apothekerin aus den hinteren Räumen zurückgekehrt, ein Wasserglas in der Hand. Sie mochte etwa in seinem Alter sein. Kannten sie sie sich aus der Schulzeit?

Thor war nicht sicher, er hatte zu oft die Schulen gewechselt, um sich heute noch an alle Namen und Gesichter zu erinnern. Und wenn sich die anderen an ihn erinnerten, dann an ein Raubein, das sich bei jeder Kleinigkeit beleidigt fühlte, zuschlug und zutrat, egal, ob sein Gegenüber größer oder kleiner, älter oder jünger war. Man ging ihm besser aus dem Weg. Thorsten hatte sich oft gekränkt gefühlt. In der Schule. Auf dem Nachhauseweg. In der Nachbarschaft. Im Grunde empfand er seine Kindheit als eine einzige Anrempelei seiner Umwelt. Einmal, da war er in der vierten Klasse, hatte ihn auf der Straße ein Erwachsener zur Seite geschubst. Unabsichtlich vermutlich, auf alle Fälle jedoch gedankenlos. Thor hatte ihm mit Anlauf und so kräftig er konnte den Kopf in die Hoden gerammt, dass der pummelige Mann stöhnend zu Boden gegangen war, wo Thor weiter auf ihn eintrat, bis es zwei Passanten gelang, ihn von dem wimmernden Haufen Mensch wegzuzerren.

Noch heute konnte Thor das verheulte Gesicht vor sich sehen. Danach wurde es damals peinlich. Er musste zur Polizei, später zwang ihn seine Mutter, sich bei dem Mann zu entschuldigen. Also waren sie mit dem Bus in die Charlottenstraße gefahren, in einen Laden gegangen, der einwenig muffig nach Leder und Papierstaub roch. Mutter hatte mit der alten Besitzerin gesprochen und dann war der Mann gekommen. Er hatte ihm die Hand geben müssen und genuschelt: „... ntschuldigung." Der Mann hatte nichts gesagt, ihn nicht einmal angeschaut, sondern die ganze Zeit auf Thors Mutter gestiert.

Über Thors Gesicht huschte ein Grienen, als er sich daran erinnerte. Es ähnelte ganz erstaunlich einem

Lächeln. Er bemerkte nicht, dass er die ganze Zeit über die Apothekerin angestarrt hatte, die vor ihm stand, das Wasserglas noch immer in der ausgestreckten Hand.

„Kennen wir uns?", fragte sie und Thor konnte beinahe körperlich fühlen, wie hinter ihm die Traube wieder dichter heranrückte, um nur ja kein Wort zu verpassen.

„Wenn wir uns schon mal gesehen hätten, Scheiße noch mal, würdest Du Dich an mich erinnern!"

Es hatte lässig klingen sollen, aber das schmerzende Knie hatte sich im unpassenden Moment wieder ein-gemischt. Er bekam ein frostiges „Aha" zur Antwort.

Mit einem „Rums" wurde das Wasserglas auf dem Tre-sen abgestellt. Die Situation war verfahren, auch das charmanteste Lächeln würde hier nichts mehr retten können. Also versuchte es Thor gar nicht erst.

„Krieg ich hier n paar Tabletten?", fragte er, so beiläufig wie möglich.

„Kommt drauf an, welche!"

„Mich hat vorhin ein Laster gestreift …" Jetzt musste die Apothekerin grienen. Wie oft hatte sie den Spruch schon gehört. Der Gedanke, dass genau das wirklich passiert war, kam ihr nicht.

„Ah .. ja", sagte sie. Das Grienen verunsicherte Thor mehr als er zugegeben hätte. Damit hatte er nicht ge-rechnet.

„Wassen daran so lustig?" fauchte er flüsternd.

„Nichts, alles gut …" Die Apothekerin war wieder ernst.

„Ibuprofen und ne stramme Bandage würden mir jetzt erstmal reichen …"

„Kann ich ihnen geben. Aber vielleicht sollten sie sich doch mal bei einem Arzt vorstellen. Sie hatten da vorhin einen Schwächeanf…"

„Nur umgeknickt, nichts weiter!" fiel er ihr ins Wort.

„Erstmal brauche ich nur das. Ein paar Sekunden später hatte er, was er wollte. Thor zahlte und humpelte aus dem Laden und sah links von sich zwei Dinge, die ihn erneut kurzzeitig schwindeln ließen. Das abgebrannte Haus, in dem seine Mutter umgekommen war. Und, dem Haus direkt gegenüber, auf der anderen Straßenseite, keine hundert Meter entfernt, einen Kieslaster.

„Dich mach ich gleich …" Er dachte den Satz nicht zu Ende, denn natürlich hatte er auch die beiden Polizisten gesehen. Ein kurzer Blick nach rechts und er sah in einiger Entfernung die zuckenden Blaulichter vor dem Papierladen. Nein, das war jetzt der falsche Zeitpunkt und hier war der falsche Ort, dem Lasterfahrer einige Instruktionen in Sachen Vorfahrt zu verpassen. Aber der richtige Moment würde noch kommen. Wenn nicht hier, dann woanders. So war es immer gewesen. So würde es auch dieses Mal sein. Das war mal sicher. Kein Grund, irgendetwas Übereiltes zu tun.

Also humpelte er zu seinem Motorrad, umfasste mit beiden Händen den rechten Oberschenkel knapp über dem Knie und wuchtete fluchend das Bein über den Sitz.

Als wenig später ein mit Pizzakartons beladener Bau-arbeiter in den Laster stieg und losfuhr, startete auch Thor seine Maschine. Jetzt wusste er, wie der Mann aussah. Und er folgte ihm.

CLAUDIA

Es war seltsam, wieder im Krankenzimmer zu liegen, allein, ohne die immer vergnügte Omi Porsch im Bett nebenan. Die Krankenschwester hatte ihr gesagt, sie könne gern auch das Bett am Fenster haben, wenn sie wolle, es sei ja nun frei. Claudia wollte nicht.

In ihrem Bett, näher an der Tür zu liegen und dabei zum Fenster zu starren, über das leere „Omibett" hinweg, stimmte sie auf eine angenehme, irgendwie passende Art traurig. Vor allem musste sie nun nicht ständig an die vergangene Nacht denken, als sie, angekettet im Keller des Papierhändlers Wilsbach gesessen und, wie von ihm verlangt, Postkarten mit Motiven aus Amster-dam beschrieben hatte: „Liebe Mami, lieber Papi!"

Claudia seufzte leise. Wieder hörte sie sich selbst zu Omi Porsch sagen: „Wo ich bin, sterben Menschen." Sie war noch keine Woche in Schönstadt. Die Stadt hatte aus der Ferne so friedlich und ruhig gewirkt – aber für Claudia bestand sie nur aus Toten. Eine verbrannte Frau. Die halb verweste Leiche einer ertrunkenen Frau. Omi Porsch. Fast zwei Dutzend tote Mädchen im Keller von Wilsbach … Um ein Haar wäre sie selbst eine von ihnen geworden. Diesen Gedanken verdrängte sie. Sie war gut darin, eigene Probleme in den Hintergrund zu schieben und hinter Fragen an andere zu verstecken.

Eigentlich sollte sie sich das abgewöhnen. Das forderte ihr Therapeut. Aber jetzt tat es gut, es noch zu können. Jetzt erschien die Fragsucht tröstlich, beinahe heilsam.

Claudia überließ sich den Fragen, die ihr, scheinbar zusammenhanglos einschossen. Was wollte Gruber vorhin eigentlich hier? Gab es für den Polizeipräsidenten nicht Wichtigeres zu tun, als zuzuschauen, wie eine neue Kollegin ins Krankenhaus gebracht wird? Zumal sie nicht einmal ernsthaft verletzt war? Hatte Omi doch recht gehabt mit ihrem verschwörerischem: „Sie und der Herr Gruber …" Und warum hatte er gesagt: „Hier sind sie erst mal sicher?" Warum eigentlich „erst mal?" Und vor wem? Wilsbach? Er war doch vom Zug überrollt worden. War er? Sie hatte es genau gesehen. Hatte sie? Sollte sie an sich selber zweifeln? Durfte sie ihrer Wahrnehmung nicht mehr trauen? Wenn sie ihrer Wahrnehmung nicht trauen durfte: Hatte Gruber womöglich nicht gesagt: „Hier sind sie erst mal sicher …?"

Die Kopfschmerzen kamen wieder.

Claudia kannte das. Und sie wusste, was das zu bedeuten hatte. Ihr Gehirn läuft sozusagen „heiß", hatte der Therapeut versucht, es zu erklären, immer dann, wenn die Fragen in einen Teufelskreis münden. „Und wenn sie das nicht rechtzeitig bemerken und dagegen ankämpfen, tja, dann setzt der Gehirnmotor aus und sie kippen um." Deshalb hatte er ihr dringend geraten, alle Fragen aufzuschreiben. Dann müsse sich das Gehirn nicht darum bemühen, alle Fragen unbedingt präsent zu behalten. Es wäre weniger beschäftigt und es würde ihr gut tun.

Claudia war bereits zu tief verstrickt in ihre eigenen Fragen, um sich jetzt an das „Aufschreibegebot" zu erinnern. Sie sah vor sich nur noch die wichtige Frage: „Darf ich mir noch trauen?" Das machte ihr Angst. Wenigstens in diesem Punkt brauchte sie Klarheit. Jetzt. Sofort!

Sie klingelte nach der Krankenschwester: „Ich müsste dringend mal telefonieren."

„Kein Problem, wenn sie wollen, lasse ich Ihnen gern das Zimmertelefon freischalten. Das kostet dann …"

Claudia unterbrach sie. „Ist egal, nur bitte schnell, ja?"

Zehn Minuten später war das Telefon freigeschaltet. Zwölf Minuten später wusste sie, dass man Christian Wilsbach bislang nicht gefunden hatte.

„Sie sind erst mal sicher." Hatte Gruber gesagt. Schon wieder. Sie müsse sich nicht sorgen, sagte er. Er hatte gut reden. Er hatte dem Wahnsinnigen ja auch nicht in die Augen schauen müssen. Claudia fühlte sich jetzt hellwach. Und spürte nichts als Furcht. Aufrecht im Bett sitzend starrte sie unbewegt auf die Tür, bereit, jeden Moment aufzuspringen und zu flüchten. Aber niemand kam.

Als sich etwa eine Stunde später die Tür öffnete und ein Beamter, bepackt mit einem Karton voller Akten das Zimmer betrat, fand er sie so sitzend vor.

Am Telefon noch hatte sie Gruber darum gebeten, förmlich angebettelt, ihr etwas Arbeit zu schicken, die sie ablenken könnte. Also hatte er für sie die Unterlagen zur Wasserleiche aus der Elve und zum Brand zusammenstellen lassen. Die beiden Fälle schienen durch die Entdeckung des Mädchenkellers an Brisanz verloren zu haben. Und wenn Claudia Herbst einwenig in Akten kramen wollte, dann würden diese wohl keinen Schaden anrichten. „Arbeit ist noch immer die beste Medizin gegen Angst" hatte er sich eingeredet. Ein Satz, der auch von Omi Porsch hätte stammen können.

CHRISTIAN

Es war Zeit, etwas zu unternehmen.

Seit mehr als einer Stunde kauerte er nun schon zwischen den Mülltonnen, beobachtete das Gehöft und fror sich die Lippen blau. Er hatte die Arme um die Knie geschlungen, um sich einwenig an sich selbst zu wärmen. Das half schon lange nicht mehr. Der dünne, graue Kittel, den er trug, war perfekt dafür, in einem gut beheizten Papierfachgeschäft den Eindruck zu vermitteln, er sei einwenig von gestern.

Gegen den Frost hier draußen allerdings nutzte er gar nichts.

Christians Arme und Schultern zitterten, Finger und Zehen fühlten sich taub an. Selbst der Schmerz im rechten Fuß schien eingefroren. Die Zähne schlugen schnatternd aufeinander; nicht laut genug, um bis zum Wohnhaus hörbar zu sein, aber doch so laut, dass es den Waschbären auf Abstand hielt, der noch immer in der Nähe der Tonnen umherschlich.

Offenbar gab es hier für ihn etwas zu holen. Christian hatte in den vergangenen sechzig Minuten immer öfter das Gefühl beschlichen, er würde jeden Moment von dem Tier angegriffen; es würde ihm das Gesicht zerkratzen, ihn in den Hals beißen, die Schlagader zerfetzen. Er sah es deutlich vor sich. Die Furcht wärmte einwenig, obwohl sie lächerlich war, wie Christian sich in den klaren Momenten nach seinen Panikattacken immer wieder eingestand. Er wusste kaum etwas über Waschbären. Vielleicht wäre er sonst früher auf die Idee gekommen, aus seinem Mülltonnenversteck hervor zu kriechen und zum Haus zu humpeln, wie er es nun gleich tun würde. Es kam ihm nicht in den Sinn, dass er dem Waschbären schlicht den Weg zu dessen Unterschlupf versperrte.

Weil seine Muskeln inzwischen mehr dem Frost gehorchten als ihm, gelang es Christian nicht, sein Lächeln aufzusetzen; das Lächeln, das er brauchte, um Herr über die Situation zu werden. Ausgerechnet jetzt, da er das eingefrorene Lächeln so nötig hatte, bekam er es vor lauter Frost nicht hin.

Er hatte nicht vorgehabt, so lange hier draußen zu hocken. Eigentlich hatte er nur ein paar Minuten warten wollen, um sicherzugehen, dass der Laster nicht doch noch mal zurückkam. Wer weiß, womöglich hatte der Mann ja außer seinem Portemonnaie noch ganz was Anderes vergessen.

„Wer eine Sache liegen lässt, auch eine zweite gern vergesst!" Es war eine der merkwürdig gereimten Lebensweisheiten, die er sich selber zuschrieb und die er gern in seinen Tagebüchern vermerkte.

Die Tagebücher ...

Die Mädchenerinnerungen ... Sie würden ihm wirklich fehlen. Er würde sicher keine Chance bekommen, sie noch einmal zu lesen, noch einmal in ihnen zu blättern, sie weiter zu führen.

Oder doch?

Christian versuchte, diesen Gedanken schnell beiseitezuschieben. Es gelang ihm nicht, dafür hätte er sein Lächeln gebraucht. Und so schlich sich dieses Wort: „Tagebücher" immer weiter in seine Grübeleien. Es war nicht sehr hilfreich, aber er war dagegen machtlos.

Der Lasterfahrer war nicht zurückgekommen. Aber er würde zurückkommen. Irgendwann. Schließlich wohnte er hier.

Christian hatte das Gesicht des Fahrers nur eine Sekunde lang sehen müssen, um sich wieder zu erinnern: An den Mann, der so viel jünger war als seine Mutter und doch eine Zeit lang immer um sie herum geschlichen war. Christian war noch zu klein gewesen, um sich Gedanken über das „Warum" zu machen, er wusste nichts von dem, was zwischen einem Mann und einer Frau vorgehen konnte. Er kannte Mann und Frau nur in einer Person vereint. Mutter.

Eines aber wusste er inzwischen. Dieser Mann hatte seinen Vater mit dem Zug überfahren. Damals. Sicher hatte er ihm auch noch die Mutter wegnehmen wollen. Christian würde ihn bestrafen müssen.

Das Schnattern der Zähne verstummte für einen Moment. Es war beinahe so, als wäre selbst seinen Kiefern das Unerhörte dieses Gedankens aufgegangen: Er würde zum ersten Mal einen MANN bestrafen müssen.

Christian hatte schon so viele Menschen bestraft. Bestrafen müssen. Aber es waren doch immer böse Mädchen gewesen, niemals Männer.

Er fürchtete sich vor Männern.

Als er ein Junge war, hatte er sich vor den anderen Jungen gefürchtet; er war ihnen aus dem Weg gegangen, wenn er konnte. Kinder können Angst riechen. Die ganze Kindheit hindurch schien er Angst auszuschwitzen und die anderen hatten es bemerkt und ihn schikaniert, geschlagen, getreten, gekniffen, geboxt. Sogar die sehr viel jüngeren.

Seine Tagebücher waren voll von den Erinnerungen daran. Inzwischen waren aus den anderen Jungen andere Männer geworden. Und er, Christian, würde nun also einen Mann bestrafen. Es musste sein.

Nein, er hatte nicht einmal den Hauch einer Idee, wie er das anstellen sollte. Ein strenger Blick und ein Griff an den Oberarm würden wohl nicht reichen, um den Anderen in die Ecke zu zwingen, damit er sich schämen und über seine Fehler nachdenken kann. Wenn Mutter das bei ihm getan hatte, reichte das immer aus.

Immer? So weit er sich erinnerte, schon. Vielleicht fand sich ja in den Tagebüchern ein Hinweis darauf, was sie getan hatte, als das nicht mehr reichte? Er müsste nur mal nachlesen ... Die Tagebücher ... Sie würden ihm diesmal nicht helfen können. Was also müsste er tun? Was?

Das würde sich finden.

Eines nur war sicher: Er würde es hier tun müssen, in diesem Haus, in das der Mann zurückkehren musste. Und dann? Wie würde es dann weitergehen? Zum ersten Mal seit Jahren dachte Christian an seine Zukunft. Sie war bisher für ihn stets etwas Greifbares gewesen, etwas Nahes, höchstens ein paar Tage entfernt. Die nächsten Bestellungen für das Geschäft. Das nächste Mädchen in seinem Keller. Der nächste Stapel mit Ansichtskarten aus Amsterdam, den er sich mitbringen lassen musste. Das nächste Tagebuch, für das ein Ledereinband zu nähen war. Die nächsten beschriebenen Amsterdamkarten, die er nach Holland schaffen lassen musste, um sie dort in den Postkasten werfen zu lassen, damit die Eltern der Mädchen rechtzeitig zu Ostern und zu Weihnachten Grüße von ihren

Töchtern bekamen. Die Zukunft hatte immer zusammen mit ihm in dem Haus in der Charlottenstraße gewohnt. Aber das war unerreichbar geworden. Nichts würde mehr so sein, wie er es kannte. Das war gewiss. Und erschreckend. Und aufregend. Ein Schauer lief ihm über den Rücken. Seine Zukunft lag nicht mehr in Schönstadt, die einzige Stadt, die er je kennengelernt, die er nie verlassen hatte. Sie lag jetzt sehr weit entfernt. Wohin sollte er? Wie sollte er dorthin kommen? Der Friedhof fiel ihm ein, das Grab seines Vaters, an dem er so viel Kindheitszeit hatte verbringen müssen. Mit seiner Mutter. Er würde sich nicht einmal verabschieden können. Und er würde Hilfe brauchen, klar. Aber wer würde ihm helfen? Die Auswahl war nicht groß. Er musste nicht lange grübeln, um festzustellen, dass nur ein Mann in Frage kam.

Christian lächelte. Wenigstens dachte er das. Tatsächlich verzogen sich seine Mundwinkel in diesem Moment gar nicht. Froststarr ließen sie nichts zu außer einer raubtierhaften Grimasse.

Ja, der Mann würde ihm helfen. Müssen. Weil er etwas über ihn wusste, dass der andere lieber für sich behalten würde. Er hatte es gesehen. Und was noch besser war: Er hatte es mit Vaters uralter Kamera sogar gefilmt. Mutter hatte ihm verboten, sie auch nur anzurühren. Natürlich, wie alle Sachen von Vater, waren sie tabu für seine Finger. Aber er hatte es eben doch immer wieder getan.

Als kleiner Junge, wenn er im Schrank versteckt mit den Dingen spielte. Und später, da war er vierzehn oder fünfzehn, hatte er sich einmal heimlich mit der Kamera aus dem Haus geschlichen, in einer dieser hellen, warmen Juninächte. Er hätte damals nicht sagen können, was ihn hinaustrieb und warum er die Kamera dabei hatte. Wie beiläufig war ihm der Gedanke gekommen: was wäre, wenn wieder Mädchen nachts nackt in der Elve baden? Angeblich taten sie das immer wieder, hatte er auf dem Schulhof gehört. Der Gedanke hatte ihn erregt, hatte ein Gefühl in seiner Magengegend und in seiner Hose hinterlassen, das nicht verschwinden wollte, immer stärker wurde, je öfter er daran dachte. Selbst als er jetzt daran dachte, glaubte er es wieder zu spüren. Nein, er hatte in dieser Nacht keine badenden Mädchen gesehen. Aber immerhin eines, das am Elveufer unter einem Baum lag: und einen Mann, der sich auf ihr bewegte. Da hatte er die Kamera laufen lassen. Ein paar Sekunden nur, aber sie surrte viel zu laut und er hatte Angst, entdeckt zu werden. Schon war der Mann war aufgeschreckt, hatte sich umgeschaut. Christian verschwand eilig nach Hause, versteckte die Kamera wieder im Schrank. Jahre später war der Mann in sein Geschäft gekommen, ein zufälliger Kunde. Christian hatte ihn erkannt, angesprochen ... und seitdem gab es in seinem Leben einen Menschen, der ihm keine Gefälligkeit abschlagen konnte. Dabei tat es auch nichts zur Sache, dass Christian den Film nie hatte entwickeln lassen, ja, dass er nicht einmal mehr die Kamera besaß, nicht einmal wusste, wo sie abgeblieben war. Vermutlich hatte er sie nach Mutters Tod zusammen mit Hunderten anderen Erinnerungsstücken den Trödelsammlern überlassen.

Was er jetzt von dem Mann wollte, war allerdings mehr als nur eine Gefälligkeit. Trotzdem würde er es tun. Er würde ihm helfen müssen, den einen zu bestrafen. Und ihn danach in eine andere Stadt bringen, ein anderes Land vielleicht. Wo ihn niemand kannte. So würde es ein. Und danach wären sie quitt.

Christian straffte sich. Er musste jetzt irgendwie in das Haus gelangen, wo es sicher ein Telefon gäbe. Da war zwar noch die alte Frau, aber darüber musste er jetzt nicht nachdenken. Vielleicht sogar würde sie es verstehen, dass er den Mann bestrafen musste. Natürlich, ja, natürlich würde sie es verstehen, sie war ja auch eine Mutter. Und eine Mutter weiß so etwas.

Wenn er sich doch nur wieder bewegen könnte …

Es tat erstaunlich gut, jetzt zu stehen. Mit ungelenken Bewegungen kam Christian aus seinem Versteck hervor, humpelte auf das Haus zu. Aus den Augenwinkeln nahm er einen Schatten wahr, der raschelnd dorthin verschwand, woher er gekommen war. Erst jetzt ging ihm auf, warum der Waschbär die ganze Zeit in seiner Nähe geblieben war.

„Oh, Entschuldigung …", flüsterte er.

Dann stand Christian vor der Tür und klopfte. Es dauerte eine Weile, bis sie geöffnet wurde und im Rahmen eine zierliche Person sichtbar wurde, die Christian kaum bis ans Kinn reichte.

„Ja bitte …?", fragte sie lächelnd.

Dann sah sie ihrem Besucher ins Gesicht und ihr Ausdruck änderte sich sofort.

„Junge, Sie sind ja ganz verfroren, Herr …"

„Wiwiwiwilsbababababababbach", stammelte Christian. Zu mehr ließen sich seine Gesichtsmuskeln beim besten Willen nicht zwingen.

„Kommen Sie doch erst einmal rein, sie müssen sich unbedingt aufwärmen!"

Dankbar ließ sich Christian durch einen kleinen Flur in eine Wohnküche und zu einem leicht angestaubten Chaiselongue führen.

„Ich müsste mal telefon …" Sie ließ ihn nicht ausreden.

„Ich mache Ihnen jetzt einen schönen heißen Kaffee!"

Christian versuchte zu nicken. Er war nicht sicher, ob es ihm gelungen war. Der alten Frau schien es ohnehin egal zu sein. Sie griff nach einem Wasserkessel und schlurfte zum Waschbecken, ließ ihn halb volllaufen.

Die Frau setzte den Wasserkessel auf den Herd. Christian hörte noch das leise Ausströmen des Gases und nach dem Knipsen des Anzünders den dezenten Knall, mit dem sich die neue Flamme bemerkbar machte, die nun von unten an den Kessel trommelte, rhythmisch, friedlich, warm. Erschöpft schlief er ein.

ERIKA

Erika Kruse, geborene Scheppan, war nicht so leicht aus der Fassung zu bringen. Sie hatte einen Weltkrieg und drei schwere Geburten überstanden. Alles auf einem Lastkahn und ohne einen Ehemann. Kurz vor Kriegsende war sie einmal verheiratet gewesen, mit einem deutlich älteren Mann und für genau zwei Tage. Am Abend des zweiten Tages hatte ein Granatsplitter sie zur Witwe gemacht. Und zur Besitzerin des Lastkahns.

In den nächsten Jahren lernte sie hin und wieder Männer kennen, aber der eine Besondere war nicht dabei. Die meisten Namen und Gesichter hatte sie inzwischen vergessen. Nicht, weil sie vergesslich geworden wäre, sondern weil sie sich nicht erinnern wollte. Sie hielt Erinnerungen für Platzverschwendung im Kopf. Und für Verschwendung hatte sie nichts übrig.

Geblieben waren die drei Jungen. Die beiden älteren, Heinz und Hans, waren ganz ordentliche Männer geworden, fand sie. Wenn man bei Heinz mal von den Jahren nach dem Zugunfall absah. Und davon, dass die beiden noch immer keine Frau nach Hause gebracht hatten.

Der Dritte, Rudi, der Kleinste, war beim Spielen auf dem Lastkahn über Bord gefallen, da war er gerade vier. Hans, drei Jahre älter als er, hatte nicht richtig auf ihn aufgepasst und so wusste sie am Ende nicht einmal, wo genau es passiert war. Das war inzwischen um die fünfzig Jahre her, Erika dachte daran nicht allzu häufig zurück. Sie fand es unvernünftig, Zeit mit Gedanken an Dinge zu verplempern, die sie doch nicht ändern konnte. Das war Verschwendung von Zeit.

Wenn sie in ihrem Leben auf dem Kahn etwas gelernt hatte, dann war es das: Bloß nicht nach hinten schauen. Die nächste Sandbank, der nächste Brückenpfeiler – sie lauern immer vorn. Und wer sie übersieht, sitzt fest.

Inzwischen saß auch sie fest. In diesem Haus an der Elve bei Schönstadt. Als sie das Gehöft vor Jahren kaufte, für sich und für Heinz, hatte das viele praktische Gründe. An Bord des Lastkahns wurde sie nicht mehr gebraucht, da hatte Hans alles im Griff. Für die neuen Geschäfte hingegen war es recht sinnvoll, einen festen Anlaufpunkt an Land zu haben.

Und dann wohnte ja in Schönstadt noch ihre Schwester Waltraud.

Ab und zu packte sie zu Hause ein Paket Kaffee ein, ließ sich von Heinz in die Stadt fahren und für eine Stunde bei ihr absetzen. Dann tranken sie Tee, seufzten viel und hatten sich ansonsten wenig zu sagen. Waltraud war elf Jahre älter als Erika. Als sie mit sechszehn für das Dienstmädchenjahr die Familie verlassen hatte, war Erika gerade fünf Jahre alt gewesen. Es gab nicht allzu viel Gemeinsames, über das zu reden wäre. So saßen sie dann die meiste Zeit schweigend vor ihren Kaffeetassen oder erzählten Geschichten aus den Teilen ihres Lebens, mit denen die andere nichts anfangen konnte.

Sie hatten kaum mehr gemein als den Mädchennamen Scheppan. Sie sahen sich nicht ähnlich und sie waren es auch nicht.

Waltraud, die Verträumte, die nie Lesen gelernt hatte aber Zeitungen liebte, war das ewig unpünktliche Wesen, das in seiner eigenen Welt lebte und trotzdem, oder gerade deshalb, von aller Welt geliebt wurde. Darauf war Erika hin und wieder einwenig eifersüchtig.

Sie hätte das nie zugegeben; Eifersucht kam in ihrem Wortschatz nicht vor, ebenso wenig wie „Romantik" oder „Liebeskummer". Für sich nannte sie diese Eifersucht „Neid". Sie war neidisch auf Waltrauds Zufriedenheit.

Und neidisch, weil Waltraud dieser Neid so unbekannt war, dass sie ihn nicht einmal wahrnahm.

Erika hingegen wurde ihr ganzes Leben hindurch von Neid begleitet. Er hing an ihr, ließ sich nicht abschütteln. Sie war die Exakte. Die Direkte. Die Pünktliche. Die Verlässliche. Das Gegenstück zu ihrer Schwester.

Erika war nicht eigentlich unfreundlicher als Waltraud, nur fehlte ihr jene verbindliche Fröhlichkeit im Umgang mit Anderen, die an ihrer Schwester so geschätzt wurde. Sie war stiller, abwartend, wirkte dabei aber oft so, als läge sie auf der Lauer. Das alles verlieh ihr einen sehr herben Charme, der sich Fremden nicht sofort erschloss.

Wer ihr zum ersten Mal begegnete, konnte leicht den Eindruck bekommen, er sei ihr auf irgendeine Art etwas schuldig. Man fühlte sich so, als stünde hinter der Erika, mit der man gerade sprach, dieselbe Erika noch einmal, nur mit ausgestreckter, offener Hand und ungeduldig wippendem Fuß, der zu sagen schien: „Nun mach schon, her damit!"

Diese Verwirrung legte sich, sobald man sie besser kennenlernte. Wenn man sie besser kennenlernte. Den meisten Menschen ging bereits dieser erste Eindruck so nah, dass sie darauf verzichteten, einen Zweiten zu bekommen.

Anders als Waltraud hatte Erika lesen gelernt. Und teilte die Liebe ihrer Schwester zu Zeitungen so gar nicht.

Auch Zeitungen hielt sie für Verschwendung. Was darin heute neu erschien, war am nächsten Morgen längst überholt. Dennoch hatte sie das Tageblatt abonniert, weil es ihrem Sohn wichtig zu sein schien. Sie studierte darin allenfalls die Sterbeanzeigen der Wochenendausgabe und schätzte ansonsten vor allem das Praktische an den Seiten: Speck, den man darin einwickelte, wurde nicht so schnell schlierig. Beim Fensterputzen und auf der Toilette tat es ebenfalls sinnvolle Dienste und zum Anheizen des Ofens war es sowieso unverzichtbar.

Zugleich aber war sie neidisch auf alle, die am Lesen der Zeitung Freude fanden. Die überhaupt Freude kannten.

Sie hatte sich das nicht ausgesucht, sie war so in die Welt gekommen, mit diesem freudlosen Neid auf die Freude der Anderen.

Nicht einmal Schadenfreude kannte sie im Gegensatz zu den meisten Menschen, die ebenso neidgeplagt waren wie sie.

Für Erika war der Neid eher so etwas wie ein lästiges Familienmitglied. Man erwähnt es Fremden gegenüber höchstens auf Nachfrage und hofft ansonsten, dass es sich so selten wie möglich blicken lässt. Meldet es sich doch zu Wort, dann, natürlich, irgendwie zur Unzeit. Es gehört eben dazu.

Als Heinz ihr gestern Abend erzählt hatte, dass Waltrauds Wohnung abgebrannt und Waltraud ins Krankenhaus gebracht worden war, waren Erikas erste Worte nicht gewesen: „Oh mein Gott, geht es ihr gut?", oder: „Braucht sie etwas?" sondern nur: „Na, dann ist sie ja rundum versorgt. Und ich kann zusehen, wo ich bleibe!"

Heinz hatte sie ziemlich verständnislos angesehen und sie schämte sich auch ein bisschen dafür, sobald sie es gesagt hatte. Doch sogar in ihre Selbstentschuldigung mischte sich der Neid schon wieder ein: der Neid darauf, dass ihrer Schwester eine solche Boshaftigkeit sicher nie eingefallen wäre!

Andererseits kam diese Nachricht auch zum denkbar ungünstigsten Zeitpunkt. Seit zwei Jahren liefen die Geschäfte schlecht, gezwungenermaßen lebte sie längst vom Ersparten. Vielleicht hätte sie wenigstens mit Hans über den Brief sprechen sollen, den sie damals bekam und der sie zwang, die Geschäfte komplett neu zu organisieren. Sehr zu ihrem Nachteil. Vielleicht hätte er herausgefunden, von wem er kam. Sie wusste es bis heute nicht. Und es war egal. Sie hatte damals beschlossen, dass niemand sonst ihn zu sehen kriegen sollte und Schluss. In der Familie war schon immer alles so gemacht worden, wie sie es wollte. Den Brief hatte sie verbrannt und fertig! Vielleicht war es jetzt an der Zeit, das Geschäft ganz aufzugeben? Hans hatte eine Wasserleiche entdeckt, in der Elve, ganz nah an ihrem Gehöft, an der Landzunge mit der hohlen Trauerweide. Später waren dann noch zwei Polizisten erschienen und hatten mit ihr über die Kaffeepäckchen geredet.

Ihr schwante, dass es womöglich Probleme geben könnte, wenn das mit dem Kaffee aus Holland so weiter ging. Die Polizei war nun mal auf sie aufmerksam geworden – wenn auch aus einem anderen Grund.

Und jetzt tauchte auch noch der junge Wilsbach hier auf. Das war wirklich merkwürdig.

Es verirrte sich selten mal jemand bis hier her. Hin und wieder mal ein Pärchen auf der Suche nach einem besonders abgelegenen Plätzchen an der Elve. Aber nicht an so frostigen Tagen. Vor allem: nicht zu Fuß.

Der Wilsbach hingegen schien sehr wohl zu Fuß unterwegs gewesen zu sein. Wenigstens war er nicht mit einem Auto gekommen, das hätte sie gehört.

Erika betrachtete den Mann, der erschöpft auf ihrem Chaiselongue eingeschlafen war. Er hatte keine Jacke an, nur einen grauen Kittel. Auch dicke Sohlen an den Schuhen, wie man sie um diese Jahreszeit erwarten würde, sah sie nicht. Er trug nur ein paar leichte Slipper, die für Innenräume taugen mochten.

Was immer den Mann getrieben haben mochte, ohne ordentliche Kleidung durch die Auen bis zu ihrem Haus zu laufen: Geplant war das sicher nicht. Er musste aber wohl schon eine ganze Weile in dem Frost unterwegs gewesen sein, Lippen und Hände waren blau vor Kälte. War er vielleicht verrückt geworden? Als leicht verschroben galt er ja irgendwie schon immer. Und dass in der Stadt getuschelt wurde, Wilsbachs Mutter sei damals nicht ganz ohne seine Mithilfe aus dem Fenster gefallen und gestorben, hatte ihr Waltraud oft genug erzählt. Der Anflug eines Schauers lief ihr über den Rücken, gerade lang genug, um ihn zu bemerken; viel zu kurz, um sich zu schütteln. Sie wandte sich wieder dem Herd zu.

Erika war keine ängstliche Frau. Vor Menschen, die sie schon gekannt hatte, als sie noch Kind waren, fürchtete sie sich ohnehin nicht.

Erika griff sich einen Kaffeepott vom Bord, stellte ihn neben den Herd auf den Tisch. Dann langte sie nach der Kaffeedose. Sie tat zwei Löffel voll Kaffee in die Tasse, verschloss die Dose, stellte sie zurück.

Und dennoch … Merkwürdig war das alles, auch einwenig unheimlich, dieser Wilsbach. Ob er ihr vielleicht doch …? „Unsinn!" rief sie sich selbst zu, sehr viel lauter, als ihr bewusst war, und schüttelte den Kopf. „Klar kann er telefonieren!" Laut mit sich selbst zu sprechen, half ihr hin und wieder, trübe Gedanken zu vertreiben. Diesmal half es nicht. Irgendetwas ging hier vor. Sie konnte spüren, dass es auch sie betreffen würde. Das Haus, in dem ihre Schwester wohnte: abgebrannt. Vor ihrem eigenen Haus eine Wasserleiche. Dann Polizei in ihrem Haus. Und jetzt der Wilsbach. Es konnte gar nicht anders sein … das hing alles irgendwie zusammen. Und es verhieß nichts Gutes.

Der Wasserkessel pfiff. Seit ein paar Monaten tat er das deutlich leiser als sonst. Immer noch laut genug, um das Dauerpfeifen zu übertönen, das sie neuerdings ständig hörte, aber doch insgesamt spürbar leiser. Erika hatte ihn mehrfach komplett entkalkt und gereinigt, aber der Kessel blieb leise. Das war unpraktisch, weil sie sich stets darauf verlassen hatte, gut zu hören, wenn das Wasser kochte, sogar dann noch, wenn sie inzwischen etwas auf dem Hof oder in einem anderen Zimmer des Hauses erledigte. Jetzt konnte sie sich da nicht mehr so sicher sein und blieb seit einigen Monaten vorsichtshalber immer in der Nähe des Herdes, wenn sie Wasser aufgesetzt hatte. Überhaupt: Die ganze Welt war irgendwie stiller geworden. Aber das gehörte zu den Phänomenen, die Erika allenfalls regis-

trierte; es war ganz sicher Nichts, worüber sie nachdachte. Wenn die Welt leiser werden wollte, dann tat
sie das eben. Sie würde daran nichts ändern können.
Sich damit zu befassen wäre also nur Zeitverschwen-
dung. Der Gedanke, dass sich in diesem Falle weniger
die Welt veränderte hatte, als vielmehr ihr Gehör, war
ihr nicht gekommen. Es entsprach schlicht nicht ihrer
Erfahrung. Ihr Leben lang war sie geblieben, wer sie
war, nur die Welt änderte sich ständig. Warum sollte
das nun anders sein?

„Milch oder Zucker", rief sie über die Schulter. Keine
Antwort. Sie wandte sich um. Wilsbach war verschwunden.

Hätte bis vor fünf Minuten irgendjemand versucht ihr
weiszumachen, dass der Anblick eines leeren Sofas sie
einmal zu Tode erschrecken würde: Erika hätte ihn für
verrückt erklärt. Jetzt aber spürte sie, wie eine eiskalte,
knochenharte Hand in ihr nach dem Herz griff, es zu-
sammenpresste und fest umklammert hielt. Erika fiel
auf die Knie, dann seitwärts zu Boden. Der Kaffeekessel
pfiff weiter, jetzt schon leiser als das Rauschen und
Fiepen in ihrem Ohr. Dann schwieg die Welt komplett.

THORSTEN

„In einer halben Stunde am Baum. Sonst knallt's!"
Wütend stopfte Thorsten das Handy in die Innentasche
seiner Jacke. Hatte der Zwischenhändler doch tatsäch-

lich mit ihm diskutieren wollen! Der hatte wohl vergessen, mit wem er sprach!

Er würde ihn daran erinnern. Deutlich!

In dreißig Minuten.

Thorsten hatte keine Ahnung davon, wie der Geschäftskontakt aussah; er bestand bisher ausschließlich aus Telefonaten. Es war natürlich für beide Seiten das Sicherste. Allerdings hatte er darauf vertraut, der andere würde wenigstens eines über ihn mitbekommen haben: Mit Thor und den Wölfen war nicht zu spaßen! Der Stimme nach schätzte er ihn auf irgendwas zwischen Anfang vierzig und Ende fünfzig. Aber damit hielt er sich nicht weiter auf. Er hatte schon mit Männern gesprochen, die wie Frauen klangen, mit Vierzehnjährigen, deren Bassstimme an gealterte Opernsänger erinnerte und mit Frauen, die wie Männer klangen ohnehin. Was die Leute alle gemeinsam hatten: Sie wollten Stoff von ihm. Wie alt der Zwischenhändler war, spielte für sie keine Rolle. Er hatte einwenig verhalten gesprochen, das schon. Vielleicht, weil er gerade nicht laut reden konnte. Vielleicht auch, weil Thorsten ihn eingeschüchtert hatte. Er ging erst einmal davon aus.

Das war aber auch schon alles, was er von dem kurzen Gespräch mitnahm. Abgesehen von dem Rauschen im Hintergrund. Aber das konnte alles Mögliche bedeuten. Vielleicht hatte der Mann irgendwo gestanden, wo es windig war. Oder in einem Zugabteil gesessen, vielleicht auch in einem Auto mit leicht geöffneter Fensterscheibe.

Thorsten würde für die Fahrt zum Übergabepunkt zehn Minuten brauchen, schätzte er, vielleicht auch zwölf, aber keinesfalls mehr. Vorher musste er sich noch umziehen und das Gefährt wechseln, aber das war alles schnell zu erledigen.

„Übergabepunkt …" Er grinste in sich hinein. Was für eine hochtrabende Bezeichnung für einen hohlen Baum in den Elveauen. Es klang einwenig nach Beamtendeutsch, nach jemandem, der es gewöhnt war, Dinge nicht beim Namen zu nennen, sondern blumig darum herum zu reden. „Übergabepunkt …"

Warum eigentlich in einem hohlen Baum? Der stand in der Nähe eines Gehöftes. Vermutlich wohnte der Zwischenhändler sogar dort. Oder sollte er das nur denken? Einwenig neugierig war Thor inzwischen schon geworden. Was mochte das für ein Typ sein, der Zwischenhändler? Der sich auch noch mit diesem Namen ansprechen ließ …

Bislang, das musste er zugeben, hatten die Geschäfte reibungslos funktioniert. Der Kurier der Wölfe hinterlegte das Geld in dem Baumstamm, einen Tag später war das Geld weg, dafür lag ein Päckchen mit dem Stoff dort. Alle vierzehn Tage.

Den Vertrieb in der Landeshauptstadt hatten die Wölfe straff organisiert, der lief blendend. So gut sogar, dass er ohnehin mit dem Zwischenhändler hatte reden wollen – über größere Liefermengen. Und jetzt das? Wegen einer halb verwesten Wasserleiche die Versorgung auf Eis legen? Der Mann hatte ganz offensichtlich keinen Schimmer, wie kompliziert es war, die Vertriebsnetze aufrechtzuerhalten!

In einer halben Stunde würde Thorsten ihm das verklickern. Auf die eine oder andere Art.

Sein Gesicht entspannte sich. Er fühlte die Gewissheit, bereits mit diesem Anruf das Wesentliche getan zu haben. Alles was jetzt noch passieren würde oder musste, war im Grunde Routine.

Thorsten schaute auf die andere Straßenseite, hin zum Betriebshof des städtischen Bauunternehmens, durch dessen Tor gerade eben der Lastwagen gefahren war, dem er seit einigen Minuten folgte. Es war eine merkwürdige Tour gewesen, so als hätte der Lastwagenfahrer nicht gewusst, wo er eigentlich hin will. Zunächst schien er zu einer Baustelle fahren zu wollen, wurde dann aber von einer Polizeisperre aufgehalten. Aus einiger Entfernung hatte Thorsten beobachtet, wie er ausgestiegen war, mit einigen Beamten sprach, dann wieder einstieg, kehrt machte und zum Bauhof fuhr. Dort schien er bleiben zu wollen.

‚Ziemlich viel Polizei unterwegs für einen Tag', dachte Thor. Alles wegen eines abgebrannten Hauses und einer uralten Wasserleiche? Es hatte Thor kurzzeitig nachdenklich gemacht: War es vielleicht doch keine so gute Idee gewesen, ausgerechnet jetzt den Händler treffen zu wollen? Wie üblich wischte er die Bedenken schnell weg. Nein, das alles betraf ihn nicht. Zumal sein Treffpunkt ja ein ganzes Stückchen außerhalb der Stadt war. Da war es, bei Licht besehen, sogar ziemlich hilfreich, dass scheinbar alle Polizisten auf den Beinen waren, um in der Stadt irgendwas oder irgendwen zu suchen. Sie würden ihm nicht in die Quere kommen. Eine Kleinigkeit allerdings wurmte ihn dann doch: Die Lektion für den LKW - Fahrer würde er aufschieben müssen. Die ließ sich nicht so unauffällig bewerkstelligen. Wenigstens wusste er ja jetzt, wie der Mann aussah. Alt. Alt wie einer, der bald in Rente geht. „'Da werd ich dann mal ein bisschen nachhelfen', dachte er und rieb sich grimmig das Knie. Die Tabletten wirkten zwar inzwischen, aber komplett vertrieben hatten sie den drückenden Schmerz nicht.

Und was war das mit seiner Mutter? Thorsten dachte an den Zeitungsartikel und schon wieder überfiel ihn diese Schwäche, ein Gefühl, das ihm völlig neu war. Trauer.

Seine Mutter war also tot. Er hätte nicht sagen können, warum ihm das nahe ging, aber das tat es. Und offenbar gab es dafür einen Schuldigen.

Nach dem, was er gelesen hatte, einen Zeitungsboten, der jetzt halbverbrannt in der Klinik lag. Er würde sich auch um den kümmern. Müssen. Sein Selbstverständnis gab da nichts anderes her. Die Nachricht hatte ihn in der Apotheke für ein paar Sekunden schwachgemacht.

Und Leute hatten das gesehen. So etwas konnte er nicht auf sich beruhen lassen. Wenn er einmal damit anfing, war das das Ende von Thor!

Allerdings war die Sache wohl kompliziert. Er konnte nicht einfach so in ein Krankenhaus marschieren und einen Patienten kalt machen. Zumal der vermutlich bewacht würde.

Zum ersten Mal seit Jahren fühlte Thor sich machtlos. Eigentlich war er nach Schönstadt gefahren, um Macht zu demonstrieren, sehr schnell ein Problem aus der Welt zu schaffen. Statt dessen hatte er jetzt ein dickes Knie, zwei neue Probleme und das ungute Gefühl, keines davon auf die ihm vertraute Art lösen zu können. Thor glaubte nicht an so etwas wie Vorsehung. Aber als er jetzt so auf der Straße stand, an seine Maschine gelehnt und mit leerem Blick in eine unerkennbare Ferne auf dem Betriebshof starrte, ertappte er sich zum ersten mal bei der Frage, ob es nicht genau das gewesen war, was ihn dazu getrieben hatte, Schönstadt zu verlassen. Ob nicht vielleicht dass der Grund gewesen war, sie seit Jahren zu meiden: Die Stadt machte ihn schwach. Sie machte ihn klein.

Was noch viel schlimmer war: Sie erinnerte ihn beständig daran, schwach und klein gewesen zu sein. Er musste das abschütteln.

Entschlossen startete er den Motor, die Harley röhrte auf, vertrieb den Gedanken. Er machte sich auf den Weg zum hohlen Baum.

„Übergabepunkt ..." flüsterte er vor sich hin und grinste. Das Wichtigste seiner drei Probleme würde er gleich lösen. So gründlich, wie er alle seine Geschäftsprobleme löste. Der Rest würde sich ergeben. Wie immer.

CLAUDIA

„Also so schlecht ist unser Essen aber auch nicht!"
Der Pfleger tat beleidigt, als er das Tablett mit Claudias Mittagessen unangerührt stehen sah. „Einwenig zu essen, würde ihnen bestimmt gut tun!"
Claudia lächelte ihn an.
„Etwas weniger zu essen aber auch. Sagt mein Spiegel!"
Tatsächlich gab es nur einen Grund dafür, dass sie nicht zugegriffen hatte: Sie hatte es schlicht vergessen. Sie war so vertieft in die Akten und ihre Fragen, dass nicht einmal der überdeutliche Kohlgeruch sie daran erinnert hatte.
„Ich kann es noch mal für sie aufwärmen lassen ...", versuchte es der Pfleger erneut.
Claudia schüttelte den Kopf und schaute schon wieder in die Papiere, die vor ihr auf dem Bett lagen. Alles, was zur Toten aus der Elve inzwischen bekannt war. Nicht eben viel. Sie war vermutlich seit zwei Jahren tot. Der Abgleich mit infrage kommenden Vermisstenmeldungen würde noch eine Weile dauern. Claudia war erfahren genug im Lesen von Ermittlungsprotokollen, um zu erkennen, welcher Theorie der jeweilige Beamte folgte,

der offiziell noch Nachforschungen in jede mögliche Richtung anstellte. Hier schien der Ermittler an Selbstmord zu glauben.

Claudia hätte nicht erklären können, wie sie das herauslas, an welchen Worten oder Phrasen sie das erkannte. Es stand irgendwie zwischen den Zeilen. Immerhin hatte sie sich neben so vielen anderen Fragen auch diese notiert: „Warum liest sich das Protokoll eigentlich so, als wäre Selbsttötung das wahrscheinlichste Szenario?" Sie schloss die Augen und versuchte, sich anhand der gefundenen Kleidungsreste ein Bild von dem Mädchen zu machen. Netzstrumpfhose, extrem kurzer Rock, schon mehr wie ein sehr breiter Gürtel, übergroße Gürtelschnalle; ein Top, das einmal grell rosa gewesen sein mochte ... „Welche Frau trägt das? Wann trägt sie das?" „Für wen?" „Ein Mädchen, das ausgehen will? Aber: Mädchen, die ausgehen wollen, springen nicht von Brücken, um sich umzubringen, oder?"

Claudia mochte sich das nicht so recht vorstellen. Auch die Reste von tiefrotem Nagellack schienen nicht so recht dazu zu passen. „Wer bist Du Mädchen? Wohin wolltest Du? Warst auch Du auf der Flucht vor dem irren Mädchenmörder?"

Da waren sie wieder, die Stunden im Keller, angekettet, gezwungen, Ansichtskarten zu beschreiben, Ansichtskarten aus Amsterdam. „Warum eigentlich Amsterdam?" Die Frage schien nicht so bedeutsam gewesen zu sein, bisher. Jetzt aber rührte das Wort etwas in ihr auf. Das Wort war ihr im Zusammenhang mit dieser Mädchenleiche schon einmal untergekommen ... Sie notierte die Frage und kehrte zur Wasserleiche zurück.

„Was, wenn auch sie zu den Opfern des Papierhändlers gehörte? Konnte man das herausfinden? Ja, man konnte. Sobald die Tagebücher aus dem Keller ausgewertet würden. Das sollte eigentlich keine allzu langwierige Sache sein. Man musste nur das Tagebuch durchstöbern, dass er vor zwei Jahren geführt hatte. Claudia griff zum Telefonhörer und wählte Grubers Nummer.

„Ich hab da ne Frage…" meldete sie sich.

„Sie haben eine Frage? Das ist ja mal ganz was Neues!"

Claudia überhörte die Ironie in der Stimme ihres Chefs. Und auch sie selbst wollte über ihre Fragesucht im Moment nicht nachdenken.

„Im Keller vom Papierladen stehen doch die Regale mit den Tagebüchern."

Sie erklärte Gruber ihre Theorie, er versprach, sich darum zu kümmern.

„Vielleicht haben wir dann ja hier gar keinen zweiten Fall sondern ein und denselben…?"

Claudia legte auf und ließ sich ins Kissen fallen.

Zufriedenheit wollte sich nicht einstellen. Aber sie war müde, unendlich müde. Sie schloss die Augen. Der Schlaf kam nicht. Stattdessen sah sie eine junge Frau vor sich, fast noch ein Mädchen, in Netzstrumpfhose, kurzem Rock, eng anliegendem rosa Top, grell geschminkt, eine Hand in die Hüfte gestemmt, in der anderen Hand, dicht vor dem Gesicht, eine Zigarette, die die Lippen nie so ganz zu verlassen schien. Ein Handtäschchen in der Ellenbeuge, High Heels an den Füßen. Und neben ihr bremst ein Wagen, der Fahrer lässt die Seitenscheibe herunter, das Mädchen beugt sich zu ihm, steckt den Kopf durchs Fenster … Straßenstrich.

Und schon riss Claudia die Augen wieder auf. „Warst Du für jemanden anschaffen, Mädchen?" „Hier, in Schönstadt?" „Gab es hier echt eine Szene, in diesem Kaff?" „Wer organisiert die?"

Mit einem Mal war sich Claudia sicher, dass dieses Mädchen nicht zu den Opfern des Papierhändlers gehörte. Wieder griff sie zum Telefon, wieder wählte sie Grubers Nummer. Noch ehe der Ruf rausging, legte sie wieder auf. Nein: Sie konnte Gruber jetzt nicht im Minutentakt mit neuen Theorien kommen. Sollte er zunächst ruhig die Tagebücher prüfen lassen. Sie würde sich in der Zwischenzeit ihre Fragen zur Straßenstrichthese aufschreiben.

Claudia blickte auf das leere Bett neben sich, in dem noch gestern Omi Porsch gelegen hatte. „Ach Omi", flüsterte sie, „ich hätte da mal noch ein paar Fragen. Und ich hätte so gerne keine mehr." Sie nahm sich einen Zettel und kritzelte einen Vers darauf. „Unter dieser Weide lagen, Antworten auf alle Fragen". Sicher hatte sie auch den von Omi Porsch gehört, vielleicht im Halbschlaf. „die in deinem Arm verstummen, wenn wir das Lied der Liebe summen." Das wäre der Rest des Verses gewesen, aber an den konnte sich Claudia nicht erinnern. So beließ sie es auf dem Zettel bei diesen beiden Zeilen. Zum Glück für sie.

KÖRTING

„Also gut, dann eben in einer halben Stunde!" Mürrisch schob Körting das Handy in die Brusttasche zurück und trat aufs Gas. Wenn er sich beeilte, konnte er alles erledigen, ehe Gruber ihn wieder brauchte. Der wollte sich nach dem Essen nun doch noch den Mädchenkeller anschauen und danach einwenig die Beine vertreten, zu Fuß zurück ins Büro gehen.

Körting hatte ihn gefragt, ob es in Ordnung sei, wenn er in der Zwischenzeit noch ein paar alte Akten aus dem Archiv holte. Akten, die die tote Frau Scheuer betrafen. Er sagte Gruber nichts davon, dass er sie längst in dessen Namen angefordert hatte, um die Sache zu beschleunigen. Immerhin aber hatte er ihm kurz den alten Fall erklärt und Gruber hatte zugestimmt.

Gewissermaßen.

„Herr Körting", hatte er gesagt, „es fällt zwar nicht in ihr Ressort, aber einen Polizisten, den es in der Nase kribbelt, soll man nicht aufhalten. Ich bin gespannt, was sie finden. Aber wenn ich sie brauche, sollten sie trotzdem zur Stelle sein. Spätestens heute Nachmittag um halb vier, da müssen wir ins Ministerium fahren." ‚Natürlich', hatte Körting gedacht, ‚da muss sich einer ganz schnell die Aufklärung der Mädchenmorde vor den richtigen Leuten ans Revers heften.' Na, sollte er ruhig, mit dieser Art von Polizeiarbeit hatte er nichts zu tun.

Körting hatte sich in den Wagen gesetzt und war gerade losgefahren, als sein Handy klingelte. Das Gespräch kurz gewesen. Sie waren sich nicht einig geworden. Und es passte ihm so gar nicht in den Kram. Das: „Also gut, dann eben in einer halben Stunde!" änderte seine Pläne. Er würde also jetzt nicht direkt zum Archiv fahren. Stattdessen lenkte er den Wagen auf die Straße zur Klinik, von der in der Ferne ein Feldweg abging, der durch die Elveauen führte.

VAN GERSTENBORN

Ruud van Gerstenborn drückte bedächtig die rote Taste seines Handys. Er musste sich sein weiteres Vorgehen gut überlegen. Wenn er es richtig anstellte, ließen sich die kleinen Unannehmlichkeiten aus der Welt schaffen. Aber weitere Fehler durfte er sich nicht mehr erlauben. Er warf ein scheues Lächeln zum Nebentisch, an dem noch immer der Polizeipräsident saß. Hatte der eben von dem Telefonat etwas mitbekommen? Van Gerstenborn war sich sicher, dass er nichts gesagt hatte, das für fremde Ohren verdächtig geklungen hätte, aber trotzdem … Der Polizist lächelte zu Gerstenborn zurück. Er hatte ebenfalls ein Telefon vor sich zu liegen. Merkwürdigerweise beruhigte es van Gerstenborn, dass er nicht mitbekommen hatte, wann der Polizist es benutzt hatte. Denn das konnte nur bedeuten, dass sie beide zeitgleich telefoniert hatten. Der Polizist würde also kaum Gelegenheit gehabt haben, ihn zu belauschen. Alles gut.

Dann legte er es vor sich auf den Tisch. In einer halben Stunde also.

Er zählte ein paar Münzen auf den Tisch, neben die Kaffeetasse, die noch immer dreiviertel voll war, stand erhob sich, winkte zu Paolo herüber, nickte dem Polizisten zu und verließ die Pizzeria durch die Küchentür, die zum hinteren Treppenaufgang führte. Er stieg die Stufen zu seinem Büro hinauf. Dort angekommen, ging er zum Computer, wählte aus dem Speicher eine Videodatei, kopierte sie auf das Handy und zusätzlich auf einen DVD-Rohling. Dann startete er das Löschprogramm.

Während große Teile der Festplatte nun wieder und wieder überschrieben wurden, überkam ihn doch so etwas wie Wehmut. Etwas war in der Wohnung verbrannt, das nun wirklich unwiederbringlich war: seine Sammlung historischer Kameras und Fotoapparate. Sie war, ungeplant zunächst, hier in Schönstadt entstanden. Ein Apparat nach dem anderen, auf Flohmärkten gekauft, bei Haushaltsauflösungen günstig erstanden. Später dann, schon bewusster und mit Passion, hatte er

begonnen, gezielter nach Objekten zu suchen. Sechs-
undneunzig Stück besaß er inzwischen.

Er korrigierte sich in Gedanken: Hatte er besessen. Die
waren ganz sicher verloren. Hin und wieder hatte er in
den alten Kameras sogar belichtete Filme gefunden,
vom Vorbesitzer nie entwickelt. Er hatte das mit viel
Aufwand nachgeholt, hin und wieder Interessantes
dabei entdeckt. Und in einem Fall etwas richtig Bedeut-
sames. Etwas, das ihm weiterhelfen würde. Gut, dass er
wenigstens diesen Film digitalisiert hatte. Er würde
jetzt noch ein letztes Mal hilfreich sein.

Van Gerstenborn ging in Gedanken das gleich folgende
Treffen durch. Er konnte keinen Fehler in seinem Plan
entdecken. Bis auf die eine, wichtige Schwachstelle.
Aber wenn alles so ablief, wie es sich dachte, wäre
das ein Problem, dass sich schnell wieder in Luft auflö-
sen würde. Hauptsache, alle kamen pünktlich. Natürlich
war ihm einwenig unwohl, dass er sich diesmal vermutlich zeigen musste. Er agierte schon sehr viel lieber still
und im Hintergrund. Die wirkungsvollste Erpressung,
das hatte er vor Jahren gelernt, ist die, bei der das Opfer den Erpresser nicht kennt. Aber das war jetzt leider
keine Option mehr. Es war die gefährlichste Stelle seines Planes. Er würde diesmal nicht aus sicherer Entfernung agieren können, sondern selbst dabei sein. Ihm
war nicht ganz wohl dabei, es kribbelte in der Magengegend. Er hatte das seit einer halben Ewigkeit nicht
mehr gespürt. Genaugenommen hatte er es seit Jahren

vermisst, allerdings gestand er sich das nur selten ein. Ein Außeneinsatz war eben doch etwas völlig anderes, deutlich Aufregenderes als so ein Beobachtungsposten im Hintergrund. Auch wenn er längst nicht mehr für andere Dienste, sondern sehr einträglich auf eigene Rechnung arbeitete. Geheimnisse zu besorgen und zu verkaufen war stets sein Geschäft gewesen, solange er sich erinnern konnte. Andere werden mit dem Talent zum Rechnen geboren, zum Fußballspielen oder kochen. Sein Talent war es, Geheimnisse zu finden und für sich zu nutzen. Schon als Kind im Waisenheim hatte ihm diese Gabe geholfen, sich gegenüber den größeren und sehr viel stärkeren Jungen zu behaupten.

Er hatte instinktiv gewusst, was andere ein Leben lang nicht lernen: „Das Wichtigste an einem Geheimnis ist, das es geheim ist." Er musste selbst hin und wieder lachen, wenn ihm dieser Satz ins Gedächtnis kam. Damals, als Junge, war er ihm unheimlich klug erschienen. Er verstand, warum andere von den Großen misshandelt und geschlagen wurden: nicht obwohl sie den Erziehern später alles verpetzten. Sondern weil sie es taten. Mochten auch die Großen später bestraft werden, am Ende mussten die Anderen noch mehr Prügel und Schikanen einstecken. Solche Geheimnisse auszuplaudern, das war dumm.

Es war viel klüger, solche Dinge für sich zu behalten. Das hatte er, obwohl gerade vier Jahre alt, bereits bei seinen beiden größeren Brüdern gelernt, die keine Gelegenheit ausließen, ihn zu prügeln, zu stoßen und herum zu schubsen. Wenn er sich bei seiner Mutter darüber beschwerte, trieben sie es später nur noch ärger. Mutter kümmerte es ohnehin nicht, die war viel zu beschäftigt, mit dem großen Kahn, auf dem sie über die Flüsse schipperten. Eines Tages hatte er genug von seinen Brüdern und von seinem Leben. In einem unbeobachteten Moment war er vom Heck des Schiffs gesprungen. Sollten die anderen doch sehen, was sie davon hatten, wenn sie ohne ihn leben mussten. Niemand hatte seinen Sprung gesehen. Nicht die Mutter, die immer nur nach vorn sah. Nicht die Brüder, die wohl gerade etwas anderes entdeckt hatten, an dem sie ihre Gemeinheiten auslassen konnten.

Er hatte nicht erwartet, dass der Aufschlag so hart sein würde. Und das Wasser so kalt. Natürlich nicht. Er war vier. Er bemerkte nicht, wie sein lebloser Körper später ans Ufer gespült wurde. Als er in einem Krankenhausbett erwachte, konnte er sich an nichts erinnern. Und als die Erinnerung Wochen später wieder kam, behielt er dieses Geheimnis für sich. Weil es eben besser war, Geheimnisse für sich zu behalten. Wenn es die Geheimnisse anderer waren, war es oft hilfreich, die anderen wissen zu lassen, dass man sie für sich behalten würde. Denn die waren im Gegenzug bereit, ihrerseits Dinge zu tun, damit das so bleibt.

Das Schwierige daran war, die Balance zu bewahren. Verlangte man zu viel für sein Schweigen, bekam man möglicherweise gar nichts, sondern eher Schwierigkeiten. Und war das Geheimnis zu groß, konnte es gefährlich werden.

Als er zum ersten Mal mitbekam, wie einer der Erzieher nachts einen anderen Jungen aus dem Schlafsaal holte und mit sich in den Keller zog, war er neun. Neugierig war er den beiden nachgeschlichen, hatte gesehen, wie der Erzieher den Jungen an sich presste, ihn auf die Knie zwang, sich die Hose öffnete und ihm seinen Schwanz in den Mund stopfte …

War das ein Geheimnis, aus dem sich kein Kapital schlagen ließ? Nein. Dazu war es zu groß. Viel zu groß. Und zu gefährlich.

Also war er in sein Bett zurückgeschlichen. Gar nicht ängstlich, eher überrascht. Jahre später erst bemerkte er, welches Glück es für ihn gewesen war, nicht diese blonden Locken und das Engelsgesicht seines Bettnachbarn zu haben, sondern dürr, knochig und immer ein kleinwenig schmuddelig gewirkt zu haben. An ihm war jedenfalls kein Erzieher interessiert. Natürlich hatte er für sich behalten, was er gesehen hatte. Und er beglückwünschte sich noch heute für seine Klugheit, auch den anderen Jungen nie spüren zu lassen, dass er wusste.

Die anderen vielen kleinen Geheimnisse, die sich in so einem Jungenschlafsaal ansammeln, wusste er hingegen sehr gut für sich zu nutzen. Und als er mit fünfzehn das Heim verließ, war es keine Frage, sondern eher eine natürliche Konsequenz gewesen, sich seinen Unterhalt auch weiter mit Geheimnissen zu verdienen. Nicht alles dabei war reibungslos verlaufen. Zwischenzeitlich, mit Anfang zwanzig, hatte ihn das größere, schnellere Geld gelockt. Er begann, sich nicht mehr für die Bewahrung von Geheimnissen bezahlen zu lassen, sondern verkaufte Geheimnisse. Es waren die heißen Jahre des Kalten Krieges und irgendjemand im Osten suchte immer nach geheimen Informationen aus dem Westen. Und irgendjemand aus dem Westen war sehr zahlungsbereit für Pläne aus dem Osten. Er glaubte, gut in dieses Spiel zu passen. Bis er in einer Silvesternacht beinahe gefasst wurde und sich zitternd, hinter einer Mülltonne auf dem vollgepissten Pflaster eines Hinterhofes der Amsterdamer Prinzengracht wiederfand, während über ihm Pistolenkugeln in die Häuserwand einschlugen. Wäre damals nicht diese Horde völlig bekiffter Touristen über die Brücke gekommen, die mit Böllern um sich warfen und seinen Verfolger veranlasste, sich zurückzuziehen, er hätte das neue Jahr sicher nicht erlebt. Er wusste bis heute nicht, ob es nun ostdeutsche oder amerikanische Agenten gewesen waren, die ihn aus dem Weg schaffen wollten. Er nahm sich einfach nur vor, im neuen Jahr mit dem Geheimnisverkauf abzuschließen und sich künftig, bescheidener aber ungefährlicher, dafür bezahlen zu lassen, dass er die Geheimnisse anderer bewahrte. Es war, wie er sich inzwischen sagte, vermutlich weltweit einer der ganz wenigen Neujahrsvorsätze dieser Nacht, die später tatsächlich umgesetzt wurden. Er hatte danach viel Geld ausgegeben, um sein Aussehen und seine Identität zu ändern. Aus Rudi Scheppan wurde so der Immobilienhändler Ruud van Gerstenborn aus Holland, den ein günstiges Angebot in einem Katalog für Grundstücksauktionen später nach Schönstadt verschlug. Dass er sich hier soetwas wie ein kleines Imperium aufgebaut hatte, wusste in der Stadt keiner. Zu umsichtig hatte er agiert, seinen Besitz zwischen verschiedenen Firmen und Tochtergesellschaften aufgeteilt, dass es für einen Uneingeweihten schwer würde, herauszufinden, dass ihm tatsächlich inzwischen beinahe sämtliche Häuser in der Charlottenstraße gehörten. Dass er über deren Bewohner das ein oder andere Geheimnis kannte, half ihm dabei, in den meisten Fällen nicht selbst in Erscheinung treten zu müssen. Gerade gegenüber Behörden und Ämtern war das recht hilfreich. Im Grunde war es wie eines dieser modernen Computerspiele, die den Bau von Städten und das Wirtschaftsleben simulierten. Nur dass er mit realem Geld, realen Häusern und realen Menschen agierte. Würde er so viel Zeit und Geld, wie er in dieses reale Spiel investierte, in dasselbe, nur eben virtuelle Spiel, investiert haben, man hätte ihn längst als spielsüchtig klassifiziert. Das war ihm durchaus bewusst. All die Symptome, die damit verbunden waren, konnte er auch an sich selbst erkennen. Er schlief nachts kaum, hatte kaum noch

soziale Kontakte, lebte nur in seinem und für sein Spiel.
Das war jetzt lange genug gut gegangen.

In einer knappen halben Stunde würde sich zeigen, wie
viel von dem früheren Rudi noch in ihm steckte.

HEINZ

„Na gut, wenn es nicht anders geht … dann eben in
einer halben Stunde!", grummelte Heinz ins Telefon.
Dieser letzte Arbeitstag vor der Rente drohte nun endgültig in einem Debakel zu enden. Warum passierte das
alles ausgerechnet heute? Es hatte doch ein entspann-
ter Nachmittag mit den Jungs werden sollen: Pizza,
Bier, ein paar Schnäpse, belangloses Geplänkel und
dann irgendwann am Abend ein tränenreicher Abschied mit Vorfreude auf die Bootstour nach Amsterdam. Aber danach sah es im Moment so gar nicht aus.
Heinz saß noch immer im Führerhaus des Lasters, das
inzwischen unwiderstehlich nach warmem Gebacke-
nem roch. Neben sich auf dem Beifahrersitz standen
sechs Kartons mit Riesenpizzen, hinter dem Sitz zwei
Kisten Bier und vier große Flaschen Doppelkorn. Das
hätte wirklich ein guter Tag werden können!
Eigentlich hatten sie diese kleine private Party ja
draußen feiern wollen, auf der Baustelle. Ungestört
und unbeobachtet, wie es sich gehört. Von keinem
gestört und ohne selbst jemanden zu stören.

Aber das konnten sie sich abschminken. Die Polizei hatte die Straße zur Baustelle gesperrt, hatte ihn zurück zum Bauhof geschickt, wo die Jungs schon auf ihn warteten. Hier war an eine richtige Party nicht zu denken. Zu viele Leute drum herum. Und außerdem hatte der Polizist gesagt, sie sollten sich für weitere Fragen bereit halten.

„Bereithalten!" Heinz lachte kurz zynisch auf. Eine ordentliche Bier-Korn-Ziehung war damit vermutlich nicht gemeint. Dabei hatten sie doch längst alles gesagt, was zu sagen war. Nämlich nichts. Oder sollten sie vielleicht noch das Kreischen der notgebremsten Zugräder in allen Details beschreiben? Vielleicht nachmachen?

Und dann eben, gerade als er den Motor abstellte, klingelte auch noch sein Handy. Er ärgerte sich, dass er den Anruf nicht einfach weggedrückt hatte, wie so oft, wenn im Display erschien: „Nr unterdrückt". Aber er war viel zu sehr mit seinen Gedanken beschäftigt gewesen, als dass er auch noch darauf geachtet hätte. Während er noch telefonierte, hatten sich die Jungs bereits vor dem Laster aufgebaut und machten eindeutige Gesten. Sie wollten ihre Pizza. „Wo warst Du so lange?", schallte es ihm entgegen, als er die Tür öffnete, „wir haben Hunger!"

Ihm war eben gerade der Appetit vergangen. Gründlich. Er würde sich jetzt sehr schnell eine Ausrede einfallen lassen müssen, um noch einmal verschwinden zu können. Dabei hatte er zu dem Treffen so richtig gar keine Lust. Aber der Andere war sehr deutlich geworden.

„In einer halben Stunde!" Sonst ...

Eigentlich wusste Heinz nicht so genau, was dieses „Sonst" bedeutete. Er fand, dass er sich nicht wirklich etwas vorzuwerfen hatte. Jedenfalls nicht, weshalb man in diesem Ton mit ihm reden musste. Heinz war ein kräftiger Mann und nach mehr als dreißig Jahren im Straßenbau an einen sehr direkten, bisweilen rüden Umgangston gewöhnt. Und wenn ihn jemand anschrie, zog er sich nicht zurück, sondern schrie ebenfalls. Wenn nachts im Biergarten hin und wieder die Fetzen flogen, war er auch nicht derjenige, der sich still aus dem Staub machte. Eher jemand, der die Sache beendete. Aber jetzt eben hatte in der Stimme etwas mitgeklungen, dass ihm einen kurzen Schauer über den Rücken jagte. Sie hatte Heinz eingeschüchtert. So sehr, dass er doch tatsächlich sagte: „Na gut, dann eben in einer halben Stunde."

Nur: wie sollte er das jetzt den Jungs erklären?

Sie standen vor dem Laster und schauten ihn erwartungsvoll an.

Er griff sich den Stapel Pizzakartons. „Jungs, das mit dem Bier muss jetzt wohl noch etwas warten ...", sagte er. Die anderen nickten, das war ihnen längst klar gewesen.

„Wir können das ja bei mir zu Hause nachholen ..."

Heinz kannte die anderen seit Jahren. Natürlich würden sie kommen, auch wenn sie danach einen ziemlich langen Heimweg haben würden. Aber so unbeschwert, wie geplant, würde sein Abschied nun wohl doch nicht werden. Die Stimmung war sogar bei den Jungs im Eimer. Oder machte er sich da was vor? Projizierte er seine Stimmung auf sie?

„Projizieren!" Das Wort hatte damals sein Therapeut häufig benutzt, als Heinz das Gefühl hatte, alle Leute in Schönstadt würden mit den Fingern auf ihn weisen, ihm die Schuld geben an dem Zugunglück. „Sie projizieren da nur ihre eigenen Gefühle auf die anderen. Tatsächlich betrachten die Menschen Sie so, wie sie auch jeden anderen in der Stadt betrachten."

Wie lange hatte er an dieses Wort nicht mehr gedacht? Jetzt war es wieder da. Und, ja, vermutlich tat er es tatsächlich: Projizieren. Er zwang sich zu einem Lächeln: „Ist wahrscheinlich sowieso besser, wenn wir das bei mir machen und hinterher pennt ihr bei mir, okay?" Sie nickten.

„Ich bringe jetzt nur schon mal schnell die Bierkästen nach Hause, und dann bin ich gleich wieder hier, dann können wir den Restnachmittag absitzen. Wird ja wohl sonst eh nix mehr passieren …"

„Bis dahin wird aber die Pizza kalt …"

„Quatsch, esst Ihr mal, bin gleich wieder da."

Schon hatte er die Fahrertür wieder geschlossen und den Motor gestartet. Als Ausrede für die Jungs mochte das gerade so funktionieren, dachte er. Allerdings war es vermutlich alles andere als klug, schon wieder mit dem Laster durch die Gegend zu fahren. Man fiel damit ja doch sehr auf. Egal, er hatte jetzt keine andere Wahl.

Heinz wendete den Wagen und rollte durch das Tor. Auf der anderen Straßenseite stand ein Biker in Lederkluft, angelehnt an seine Harley.

‚Merkwürdig', dachte Heinz, ‚ich frag mich, wo die alle herkommen. Ist ja schon der Dritte heute!'

Dann konzentrierte er sich wieder auf die Straße, mehr als sonst. Er hatte heute schon einen Beinahe-Unfall gebaut. So was musste er jetzt nicht noch einmal tun. Ein Blick in den Spiegel hätte ihm gezeigt, dass der Motorradfahrer seine Harley startete, anfuhr und ihm folgte. Aber Heinz schaute nicht in den Spiegel. Sein Blick war auf die Fahrbahn vor ihm fixiert. Und seine Gedanken kreisten bereits um das, was ihn gleich erwarten mochte.

MORITZ

„Ja doch, in einer halben Stunde!"

Moritz war damit beschäftigt gewesen, die Bestände im Rettungswagen zu kontrollieren und aufzufüllen, als das Handy klingelte. Mehr als eine Stunde noch bis zum Ende seiner Frühschicht. Wie er es anstellen sollte, schon so viel früher am Treffpunkt zu sein: Er wusste es nicht. Und er war so unglaublich müde. In der vorletzten Nacht hatte er wegen des Feuers eigentlich gar nicht geschlafen, und auch in der letzten hatte er sich nur rastlos auf dem Sofa von Dines Eltern hin und her gewälzt. Er musste furchtbar aussehen, zumindest wenn er die mitfühlenden Blicke seiner Kollegen richtig deutete. Vielleicht aber hatten sie auch nur eine Art Mitleid mit ihm, immerhin war mit seiner Wohnung in der Charlottenstraße so ziemlich alles verbrannt, was er besessen hatte. Naja, wenigstens war ihm und Dine nichts passiert. Außer das auch sie ziemlich angeschlagen wirkte. Vergangene Nacht war sie mehrfach raus und auf die Toilette gerannt. Das ständige Rein und Raus hatte ihn noch zusätzlich wach gehalten.

Er hätte doch auf die Oberschwester hören und sich ein paar Tage freinehmen sollen. Sie meinte, er hätte nun ja wohl jede Menge Dinge zu erledigen. Moritz hatte das Gefühl, dass er das wirklich tun sollte. Er wusste nur nicht, was. Er hatte ja nichts mitgenommen aus dem brennenden Haus. Und bevor er nicht erfuhr, was von seinen Sachen übrig geblieben war, musste er auch nicht über Neues nachdenken. Da war es ihm ganz recht gewesen, arbeiten zu gehen und sich einwenig abzulenken. Dummerweise brachte die Arbeit weit weniger Ablenkung, als er gedacht hatte. Denn der Einsatz heute früh hatte schon wieder irgendwie mit dem Brand zu tun gehabt. Der Polizistin Claudia immerhin schien es soweit gut zu gehen. „Ein starker Charakter", hatte Omi Porsch gesagt, „nur etwas traurig."

Wie immer hatte sie recht behalten. Für sie war der Brand wohl zu viel gewesen. Äußerlich war sie unverletzt geblieben, ihre robuste Gesundheit schien auch mit solchen Aufregungen klarzukommen. Aber sie schien friedlich eingeschlafen zu sein. Sie hatte gelächelt, als man sie fand, den Blick aus dem Fenster gerichtet. Moritz seufzte. Omi würde ihm fehlen. Er war gerne mehrmals in der Woche zu ihr gegangen, um ihr aus der Zeitung vorzulesen, mit ihr einwenig zu plaudern, über, wie sie sagte, Gott und die Welt, Bismarck und die Preiselbeeren ... Und jetzt war sie tot.

Moritz war erstaunt, dass ihm ihr friedvoller Tod näher ging als die verbrannte Silke Scheuer. Dabei hatte er sie genau so lange gekannt, wie Omi, sein ganzes Leben. Und sie war ja auch, das ließ sich nicht bestreiten, ein guter, liebenswerter Mensch gewesen. Sie hätte seine Mutter gewesen sein können, aber in ihrer Art war sie doch zugleich unerwachsen geblieben, als wäre sie noch immer ein Mädchen, so alt wie er oder Dine. Das hatte es ihnen leicht gemacht, miteinander zu reden, für Dine noch viel mehr als für ihn. Vielleicht ging deshalb Dine der Tod von Silke Scheuer noch näher als ihm. Sie sahen sich ja jeden Tag im Hausflur. Fast jeden Tag. Nur vor dem Brand nicht. Da hatten sie sich eine Weile nicht gesehen. Hatte sie nicht was von Urlaub gesagt? Worüber hatten sie sich zuletzt unterhalten?

Als Moritz vierzehn war, hatte er eine Zeit lang ein Faible für letzte Worte berühmter Toter. Er sammelte sie, konnte Stunden damit zubringen, über deren tieferen Gehalt nachzugrübeln. Und er entdeckte immer einen. Selbst wenn andere ihn deswegen für ziemlich überspannt hielten. Um so mehr wurmte es ihn, sich nicht erinnern zu können, was eigentlich seine letzten Worte an Silke Scheuer gewesen waren. Vermutlich war es ein einfaches „Morgen!" gewesen, nichts Großartiges. Vielleicht war seine Grübelei darüber auch nur ein Versuch, sich von dem eigentlichen Problem abzulenken: Dass er tagelang an ihrer Wohnungstür vorbeigelaufen war, hinter der sie gequält wurde. Zumindest vermutete er das, nach allem, was er von den Polizisten gehört hatte. Die Zeitung schrieb zwar eine andere Geschichte, aber die wusste ja auch noch nichts von dem Papierhändler und dem Keller der toten Mädchen. Morgen früh würde vielen in Schönstadt wohl das Frühstücksbrötchen im Halse stecken bleiben, falls sie so unvernünftig wären, beim Essen die Zeitung zu lesen. Von den Fragen, mit denen er sich quälte, würde dort nichts stehen. Hatte es nicht Zeichen gegeben, Hinweise? Hätte er nicht etwas bemerken müssen? Irgendetwas? „Da wird ein Mensch direkt vor Deiner Nase umgebracht, ein Mensch, den Du kanntest, den Du gut kanntest. Und Du willst nichts gesehen haben? Nichts gehört? Nichts gespürt haben?" Es tröstete ihn nicht, das scheinbar auch die anderen Hausbewohner ahnungslos geblieben waren. Ihm half das nicht weiter. Es würde ihn wohl auch in der nächsten Nacht nicht schlafen lassen.

Von dem, was hier und jetzt für ihn wichtig wurde, würde nichts im Tageblatt stehen. Das änderte nichts daran, dass es für ihn bedeutsamer war, als alles, was geschrieben werden würde. Denn das kannte er ja schon.

Jetzt musste er erst einmal organisieren, dass seine Ablösung früher kam. Er rief an, erzählte etwas von Omi Porsch, die in der Nacht gestorben war und dass ihn das alles ganz schön mitgenommen habe, und er nun ganz dringend zu Dine müsse, der es noch schlechter ginge als ihm selbst. Dass seine Freundin Dine von Omis Tod noch gar nichts wusste, verschwieg er. Es würde sie auch hart treffen, sehr hart, das war sicher. Da wollte jedes Wort gut überlegt sein, um es ihr so schonend wie möglich beizubringen. Noch ein Grund mehr, dieses Treffen in einer halben Stunde nicht zu wollen. Doch die Forderung war eindeutig gewesen: Komm zum hohlen Baum!

Neunzehn Minuten später klopfte ihm seine Ablösung auf die Schulter. Fragte nichts. Sagte nichts. Bedeute ihm nur mit den Augen: „Hau ab!"

Moritz nickte dankbar, lief zum Parkplatz und sprang in seinen kleinen Fiat.

Wenn er sich jetzt beeilte, würde er es wohl knapp schaffen, pünktlich zu sein.

CLAUDIA

„Wissen Sie, Claudia", hatte Omi Porsch erzählt, „mit so einem Krankenhaus ist es merkwürdig. Manche kommen auf einer Trage rein und gehen zu Fuß wieder raus. Und andere gehen zu Fuß rein und kommen auf einer Trage wieder raus."

Claudia hatte darauf nichts erwidert, es schien ihr einer jener Sätze zu sein, die Omi in den Raum stellte, ohne damit etwas zu bezwecken, einfach nur, um sie gesagt zu haben. Wäre Omi jetzt noch hier, Claudia hätte jetzt die passende Frage gehabt, um eine kleine Konversation zu starten: „Und wie ist das mit den Rollstühlen?"

Sie jedenfalls war vorhin auf eigenen Beinen aus dem Rettungswagen ausgestiegen, die Pfleger aber hatten sie dann in einen Rollstuhl genötigt, ehe man sie auf die Station brachte. „Und Omi, wie stehen nun meine Chancen?" fragte sie, lauter als ihr bewusst war.

„Ich würde sagen, deutlich besser, wenn sie sich jetzt wirklich mal ein wenig ausruhen", antwortete es hinter ihr, von der Tür aus.

Claudia drehte sich um. Im Türrahmen stand Oberarzt Doktor Kaufmann und schaute sie belustigt an.

„Oh ... Ähm ... Ich habe nur laut vor mich hingedacht ..."
Sie spürte, dass ihr eine Röte ins Gesicht schlich.

„Wer tut das nicht ab und an? Kein Grund, sich Sorgen zu machen!" Er schien sich weiter nichts daraus zu machen und trat näher.

„Sie erinnern sich, dass wir gestern eine Verabredung hatten? Zu einem ‚Emmertee‘, wie es Omi Porsch nannte?" Der Oberarzt zwinkerte ihr freundlich zu. Auch Claudia musste bei dem Gedanken daran grinsen. Ja, sie hatte vorher nur ganz kurz die Klinik verlassen wollen. Und sich dann, von Wilsbach bedroht, im Mädchenkeller wiedergefunden.

„Ich hoffe, dass Sie mich beim nächsten MRT – Termin nicht versetzen … „, fuhr der Oberarzt fort, „ich weiß ja, dass die Untersuchung in der Röhre nicht die allerangenehmste Art ist, seine Zeit zu verbringen …"

„… Um ehrlich zu sein … Sie haben ja keine Ahnung, wie viel lieber mir eine Untersuchung bei ihnen gewesen wäre."

Der Oberarzt nickte wissend. Natürlich hatte sich die Sache mit Wilsbach und den verschwundenen Mädchen längst im Krankenhaus herumgesprochen.

„Aber im Ernst …", sagte er und schaute dabei tatsächlich von einer Sekunde auf die andere unglaublich seriös, „wir sollten das wirklich tun. Um abzuklären, woher ihre Kopfschmerzen kommen. Und Sie …", er wies auf die Akten, die sie um sich herum auf Bett und Fußboden verteilt hatte, „ Sie sollten sich unbedingt ausruhen. Diese ganzen Papiere nehme ich an, sind keine Entspannungslektüre …"

„Nicht so ganz, nein." Claudia gelang es, bei diesen Worten sogar einwenig schuldbewusst und reumütig zu klingen.

Unbeabsichtigt zwar, aber ziemlich überzeugend. „Ich bin damit im Grunde auch fertig."

„Na dann hopp und weg damit, bevor der Onkel Doktor noch böse wird ..."

‚Er flirtet mit mir. Ganz eindeutig. Er flirtet mit mir.'

Dieser Gedanke wollte Claudia kommen. Sie fühlte bereits, wie er begann, sich in den Vordergrund zu schieben, sanft und warm und wohlig angenehm. Aber ihre Fragsucht war stärker: „Nur eine Frage noch: Kennen Sie viele Huren in Schönstadt?"

Claudia konnte geradezu in Zeitlupe beobachten, wie sich seine Gesichtszüge veränderten. Wie sich die Augen weiteten, wie sie das Unverständnis zeigten, das ihn befallen bei der Frage befallen haben musste. Und wie sie sich dann wieder zusammenkniffen, als das Unverständnis von aufkommendem Zorn vertrieben wurde.

Sie hatte das nicht sagen wollen, nicht so. Sie hatte natürlich wissen wollen, ob es einen Straßenstrich gibt, in einer Klinik würde man davon sicher wissen. Aber sie hatte es nicht so fragen wollen, als hätte sie den Oberarzt in Verdacht ... es war, wie es war. Vielleicht zum ersten Mal in diesem Moment verstand sie so ganz, was Ihre Tochter meinte, als sie bei der Scheidung beschlossen hatte, lieber bei ihrem Vater zu leben als bei Claudia. Als sie ihr sagte, sie können diese dauernden vorwurfsvollen Fragen nicht länger ertragen. Claudia hatte sich eingeredet, das sei eben so eine schmerzhafte pubertäre Revolte gegen die Mutter, weil sie in der Erziehung die strengere gewesen war ... In diesem Moment spürte sie, woran es gelegen haben mochte. Nicht einfach nur daran, dass sie andauernd fragte. Das mochte ihre Tochter als anstrengend empfunden haben, aber es wäre noch kein Grund, vor ihr zu flüchten. Es war das Wie ihrer Fragen, ein versteckter Vorwurf, den sie gar nicht beabsichtigte. Wie eben gerade beim Oberarzt.

Seine Freundlichkeit hatte inzwischen das Charmante, flirtende verloren, sie war jetzt nur noch geschäftsmäßig medizinisch.

„Wie kommen Sie darauf?", fragte er nur.

Der Zauber des Augenblicks war fort.

Wieder einmal hatte sie es geschafft, mit ihrer blöden Fragerei! Sie war in diesem Moment vermutlich sehr viel wütender auf sich, als es der Oberarzt je sein konnte. ‚Ich bin so eine dumme Kuh!', dachte sie und wünschte sich, sie hätte wenigstens diesen Gedanken laut ausgesprochen. Aber das tat sie nicht. Die Stimme gehorchte längst wieder dem Teil von ihr, der auf Selbstschutz und geeicht war:

„Oh, habe ich sie da etwa auf dem falschen Fuß erwischt?"

Verdammt! Gleich noch einen Tritt hinterher! Die Situation war jetzt endgültig im Eimer.„Ich weiß nicht, was Sie mir damit sagen wollen", antwortete der Oberarzt, schon mit frostiger Stimme, deutlich distanziert.

Der Polizistin in Claudia begann, Gewissheit zu verbreiten: ‚Ha, da ist was, so wie der reagiert. Der hat doch was zu verstecken, bin ihm wohl auf den Schlips getreten …‘ Das Mädchen in Claudia versuchte zaghaft dagegen zu halten: ‚Es tut mir leid. Ich meinte doch nur … Ich wollte wissen … ob es in Schönstadt …‘

Die Wachtmeisterin in ihr behielt die Oberhand.

„War nichts Persönliches, nur eine Frage zum Fall." Sie war nicht sehr zufrieden mit sich.

„Die Schwester wird für Morgen einen neuen Termin ansetzen. Ich hoffe, sie werden ihn diesmal einhalten, sonst können wir ihnen nicht helfen." Er wandte sich zum Gehen, stoppte dann aber für einen Moment und warf ihr über die Schulter blickend zu: „Und nein! Es wäre mir neu, dass es hier einen Straßenstrich gibt."

Dann fiel die Tür ins Schloss, laut krachend, wie es Claudia schien. Sie schlug sich die Fäuste vor die Stirn: „Wieso bin ich so bescheuert …" fragte sie laut, aber es war niemand mehr da, um ihr zu antworten. Sie hatte es laut genug ausgesprochen, dass man es vermutlich auch durch die Tür noch hätte hören können, wenn man gute Ohren hatte. Claudia ertappte sich bei der Hoffnung, dass das auf den Oberarzt zutraf.

Es war aber auch zum Eierlegen: Warum musste sie immer jede Frage sofort stellen? Sie hätte nun wirklich die Klappe halten können! Es gab doch gar keinen Grund zur Eile. Das Mädchen war seit zwei Jahren tot. Was hätte es da ausgemacht, eine halbe Stunde zu warten, bis Gruber die Tagebücher durchgesehen hatte und sich melden würde?

Tatsächlich hätte sie nicht einmal diese halbe Stunde warten müssen.

Schon zwanzig Minuten später verschaffte ihr Gruber am Telefon die beiden Gewissheiten, die sie gesucht hatte: Nein, in den Büchern fand sich kein Hinweis auf die Tote aus der Elve. Das ließ sich so schnell so sicher sagen, weil der Mädchenmörder in dem betreffenden Zeitraum scheinbar überhaupt keine Frau gefunden hatte, die sein Interesse weckte. Und nein: Es gab keinen bekannten Straßenstrich in Schönstadt, auch nicht in der näheren Umgebung. Im Umkreis von fünfzig Kilometern käme dafür eigentlich nur die Landeshauptstadt in Fragen.

Natürlich hatte er die Kollegen dort bereits gebeten, sich mal umzuhören. Mehr noch: Er hatte sogar schon mit dem Leiter einer Sonderermittlungsgruppe gesprochen, die es dort seit einiger Zeit gab. Und er erhielt innerhalb von drei Minuten mehr und detailliertere Informationen, als er überhaupt erwartet hatte. „Ach, eine Sonderermittlungsgruppe? Seit fast zwei Jahren?"
Schon erfuhr er, dass ein regelrechter Zuhälterkrieg in der Szene tobte. Ausgelöst offenbar, weil sich die bis dahin beherrschende Gruppierung aus dem Geschäft zurückgezogen hatte. Eine Motorradgang, die sich „Wotans Wölfe" nannte. Mehrere kleine Grüppchen versuchten nun, das entstandene Machtvakuum für

sich zu nutzen. Revierstreitigkeiten und Schlägereien waren an der Tagesordnung. „Und was machen die Rocker jetzt?" hatte Gruber noch gefragt, eher beiläufig, weil er wieder das Bild von dem Motorradfahrer vom Morgen vor Augen sah. Das wäre schon ein merkwürdiger Zufall, wenn …

In diesem Punkt konnte der Sonderermittler nicht weiterhelfen, verband ihn aber mit der zuständigen Abteilung für organisierte Kriminalität. „Gehen Sie mal davon aus, dass wir es hier mit Drogen zu tun haben …", wurde Gruber dort beschieden. „Warum interessiert Sie das eigentlich? Soweit wir wissen, beschränken die Wölfe sich eigentlich auf die Landeshauptstadt, ihr kleines Kaff ist für die sicher uninteressant…".

Der Beamte redete ziemlich herablassend, wie es häufiger passierte, wenn jemand aus der „großen" Stadt mit jemandem in der „Provinz" sprach. Gruber hatte sich eine Zurechtweisung verkniffen, sondern einfach weiter zugehört, während der Mann am anderen Ende der Leitung hörbar in Papieren blätterte. „Ähm, wie hieß das Kaff noch mal?"

„Schönstadt", sagte Gruber, „die Stadt heißt Schönstadt."

„Das ist ja n Ding!" Der Hauptstadtpolizist schien jetzt tatsächlich interessiert zu sein. Man konnte förmlich hören, wie er sich in seinem Schreibtischsessel aufrichtete. „Der Oberwolf stammt aus Schönstadt! … Na, da schicke ich Ihnen doch mal ein paar Akten zu. Ist ein schlimmer Finger, aber irgendwie für uns nicht zu fassen. Vielleicht ergibt sich ja bei Ihnen was, dass da hilft."

„Könnte ne Weile dauern, im Moment haben wir hier einen anderen Fall. Mit Drogen scheint der nichts zu tun zu haben. Aber danke!"

So jedenfalls stellte sich Claudia Grubers Telefonat vor, nachdem er es ihr in den Grundzügen berichtet hatte. Das machte Claudia noch wütender.

Nein, sie hatte keinen Grund gehabt, mit ihrer blöden Fragerei den Oberarzt zu vergraulen! Sie würde sich unbedingt bei ihm entschuldigen müssen.

Und zwar sehr überzeugend.

Statt sich nun jedoch in Ruhe zu überlegen, wie sie das anstellen konnte, stieg sie aus dem Bett und eilte zum Schrank in der Zimmerecke. Drei Meter nur, aber dort angekommen musste sie sich erst einmal einige Sekunden abstützen. Nach der plötzlichen Bewegung war ihr schwarz vor Augen geworden. Die Knie zitterten.

Egal: Sie konnte jetzt hier nicht einfach liegen bleiben. Etwas in Grubers Worten hatte sie elektrisiert, sie spürte die Unruhe, die sie schon so oft befallen hatte, wenn sie ganz kurz davor stand, einen Fall zu knacken. Wenn eine bedeutungslose Information, etwas, das überhaupt nicht dazugehörte, in ihr einen Fragenstrom in Gang setzte, der nicht aufzuhalten war. Und schon war der eine, vielleicht einzige vernünftige Gedanke, sich beim Oberarzt zu entschuldigen, verdrängt von der viel gewaltigeren Frage: „Was wäre wenn?"

Was wäre, wenn das tote Mädchen tatsächlich eine Hure gewesen war? Was wäre, wenn ihr Gefühl stimmte, und sich das Mädchen nicht selbst getötet hatte? Was wäre, wenn dieser Motorradfahrer, den sie am Morgen für eine Sekunde gesehen hatte, aus dem Fenster des Rettungswagens heraus, ein Motorradrocker aus der Landeshauptstadt gewesen war? Was wäre, wenn er zu eben der Gang gehörte, die sich jetzt aus dem Geschäft mit den Prostituierten zurückgezogen hatte? Was wäre, wenn das wegen dieser Toten passiert war? Was wäre, wenn …

Und wieder geschah, wovor sie sich eigentlich hatte schützen wollen. Sie verlor die Kontrolle über die Fragen. Die vielen „Warum" waren längst zu einer Flut geworden, die ihren Körper mit sich riss und jeden Gedanken ertränkte, der anderes zu sagen wagte als: „Was wäre, wenn…?" Ein Strom, in dem jede Frage sich zur Antwort verwirbelte, sobald sie gestellt war; zur Antwort, der zwingend die nächste Frage, und nur diese nächste Frage folgen musste. Ein reißender Fluss, der mit seinem Hochwasser auch die kleinsten Nebenarme flutete, in denen zaghaft andere Fragen schwammen, etwa „ Aber wenn sie doch schon seit zwei Jahren tot ist, was sollte damit der Rocker zu tun haben, der heute hier ist?". Oder: „Ist es nicht eigentlich wahrscheinlicher, dass das Mädchen aus einer ganz anderen Stadt hierher getrieben wurde, in so langer Zeit? Dass weder die Stadt noch der Rocker damit zu tun haben?"

Sie sah auch diese Fragen auftauchen. Aber sie waren so schwach, so klein, verschwanden so rasch wieder und erschienen so unbedeutend im Vergleich zu diesem einen großen Frageschwall, der über sie hereinbrach, dass sie im Gesamtbild nur wirkten wie ein Teil des großen Waswärewenn.

Claudia stützte sich bereits mit beiden Händen am Schrank ab, aber das reichte nicht mehr, um aufrecht zu bleiben. Der Fragenansturm war vorüber. Er hatte zwei Dinge hinterlassen. Eine unglaubliche Leere in ihrem Körper, als hätte er alle Kraft aus ihren Muskeln mit sich gerissen und in ihrem Kopf, der gar nichts mehr denken konnte als „müde". Es gelang ihr, nicht umzufallen, sondern langsam am Schrank abwärts zu gleiten, ehe sie für einige Sekunden ohnmächtig wurde. Als sie zu sich kam, war von alledem in ihrem Kopf nur eines übrig geblieben: Ja, des hängt alles irgendwie zusammen. Sie hätte die einzelnen Fragen, die sie bis zu dieser Gewissheit gebracht hatten, nicht aufschreiben können, es waren zu viele gewesen und sie waren viel zu schnell durch sie hindurch gezogen. Aber die Gewissheit war geblieben. Und sie wusste nun, in welche Richtung ermittelt werden musste. Keine Selbsttötung. Der Mord eines Rockers an einer Prostituierten. Damit hatten sie es hier zu tun. „Kollegen, übernehmen Sie!"

Hätte sie die Kraft dazu gehabt, sie hätte gelächelt. Vor Erleichterung, und einwenig über diesen klischeebeladenen Satz „Kollegen, übernehmen Sie!" So was konnte auch nur den Schreibern von Fernsehdialogen einfallen! So redete kein Mensch.

Aber sie hatte nicht die Kraft, zu lächeln, und das kurze Hochgefühl, den Weg gefunden zu haben, wich einer deprimierenden Erkenntnis: Niemandem würde sie erklären können, wie sie zu dieser Gewissheit gelangt war. Niemand würde „übernehmen", nur weil sie ihm erklärte „… ich lag da so vor dem Schrank in meinem Krankenzimmer, und da wusste ich plötzlich ganz genau, dass es so war!" Was hätte wohl Omi Porsch gesagt?

Claudia fand es merkwürdig, dass sie ausgerechnet in diesem Moment an Omi denken musste. ‚Als ob sie noch hier im Raum wäre …'. Tatsächlich hatte der Fragenstrom ein Bild in ihrem Kopf hinterlassen. Das Bild, wie sich Omi Porsch, die nicht lesen konnte, mit einer ausgebreiteten Zeitung zudeckte. „Weil sich das so anfühlt, wie lesen." Und da sich immer jemand fand, der ihr aus den Zeitungen vorlas, wusste sie ja auch wirklich, was drin stand. Quasi als hätte sie gelesen. Claudia überließ sich einen Moment lang diesem Gedanken, er lenkte sie von den Kopfschmerzen und dem Gefühl völliger Kraftlosigkeit ab. Vielleicht waren die vielen Fragen ja ihre „Zeitungen", mit denen sie sich zudeckte, bis sie das Gefühl von wärmender Gewissheit einstellte?

„Nein!", sagte Claudia laut und schüttelte heftig den Kopf. Das war nun aber wirklich lächerlich! Mit Fragen zudecken … Schön, sie war ziemlich angeschlagen und nicht so ganz im Vollbesitz ihrer Kräfte! Aber das war nun wirklich kein Grund, irgendwelche metaphysischen Gedankenspielchen zu zelebrieren. Schon gar nicht, wenn sie mit dem nackten Hintern auf dem Boden vor dem Kleiderschrank eines Krankenzimmers lag. Sie raffte sich auf und sagte noch einmal: „Nein!"

Sie war immer noch Ermittlerin. Dass sie niemandem würde erklären können, woher sie ihre Gewissheit hatte, war die eine Sache. Da es aber nun mal Gewissheit war, würde es auch Hinweise geben, Beweise sogar, mit denen sie es den Anderen belegen würde. Sobald sie etwas in der Hand hätte, würde sie den Fall an die Kollegen abgeben können und sich ausruhen. Dann. Aber erst dann, wenn sie die gefunden hatte. Also musste sie suchen. Je früher sie das tat, desto eher würde sie sich ausruhen können.

Sie zerrte ihre Jeans aus dem Schrank und zog sie an, warf den Mantel über, schlüpfte in die Schuhe, mit jeder einzelnen Bewegung kräftiger werdend. Dann stürmte sie aus dem Krankenzimmer. Direkt in die Arme einer Krankenschwester. „Aber Frau Herbst, sie können doch nicht …"

Claudia fiel ihr ins Wort: „Keine Sorge, ich habe mit dem Oberarzt gesprochen …"

Das entsprach irgendwie der Wahrheit. „Ich muss nur schnell …" Sie stockte. Ja, was musste sie denn nun eigentlich schnell? Vielleicht erst einmal sicher wissen, dass der Motorradfahrer wirklich zu einer Gang gehörte? Jemand der ihn gesehen hatte und beschreiben konnte, was er anhatte, welche Insignien auf seinen Sachen aufgenäht waren, würde da schon weiterhelfen. Aber wer könnte etwas gesehen haben? Hier im Krankenhaus? Der Sanitäter.

Die Krankenschwester betrachtete Claudia erwartungsvoll und einwenig misstrauisch:

„Nur schnell …?"fragte sie, und zog gouvernantenhaft die linke Augenbraue nach oben.

„Mit dem Sanitäter von heute früh reden, mit dem Moritz … Zur Rettungsstelle hier lang?"

Verdattert nickte die Schwester noch, da war Claudia längst hinter der nächsten Ecke im Gang verschwunden.

Ein Rocker in Schönstadt? Moritz oder der Fahrer würden sich bestimmt daran erinnern, falls der ein Logo auf seiner Weste oder Jacke gehabt haben sollte. Das wäre schon mal ein Anfang.

Zwar war der nüchtern analysierende Teil ihres Verstandes längst wieder aufgetaucht und versuchte, ihre Gewissheit mit Zweifeln zu schwächen, die ihr sagten: Es könnte auch alles ganz, ganz anders sein. Aber jeder

Schritt, mit dem Claudia durch die Klinikflure stürmte, war zugleich ein Tritt auf diese Zweifel, ein getretenes „Nein!" Wenn auch Moritz einen Rocker von „Wotans Wölfen" gesehen hatte, würde auch alles andere wahr sein, wie verwegen sich das auch anhörte. Dann gab es einen Zusammenhang.

Inzwischen hatte sie die Rettungsstelle erreicht, stürmte in Richtung Ausgang und rief dabei der hinter einer Glasscheibe sitzenden Frau zu: „Moritz?" Der Frau klappte die Kinnlade herunter. Sie war es offensichtlich nicht gewöhnt, mit einem Männernamen angesprochen zu werden. Vielleicht verwirrte es sie auch, dass jemand so eilig mit wehendem Mantel das Krankenhaus verließ – üblicherweise wurde die Rettungsstelle nur eilig betreten. Entsprechend verdattert reagierte sie. Eigentlich hätte sie die Patientin aufhalten und beruhigen müssen. Denn dass sie eine Patientin war, konnte man deutlich erkennen: Immerhin trug sie unter dem offenen Mantel noch immer das Kliniknachthemd. Aber sie tat nichts dergleichen, sondern wies einfach nur stumm nach draußen, wo ein weißer Fiat gerade angelassen wurde.

Claudia erreicht ihn, als er gerade anrollte und klopfte mit der flachen Hand auf das Dach.

Der Wagen bremste.

Sie riss die Beifahrertür auf und ließ sich atemlos in den Sitz fallen.

„Moritz!", hechelte sie, „haben Sie…" Noch während sie nach Luft schnappte, um die Frage zu beenden, fiel ihr Moritz ins Wort:

„Es tut mir leid, aber ich muss ganz dringend weg. Bin eigentlich schon zu spät dran.

„Kein Problem … wir können unterwegs reden und dann werfen Sie mich irgendwo raus."

Das wollte Claudia sagen. Nur fehlte ihr dafür der Atem. Stattdessen zog sie die Beifahrertür zu, wies mit hektischen Armbewegungen vorwärts, er solle losfahren.

Moritz, komplett überrumpelt, gab Gas und fuhr vom Parkplatz, den Berg abwärts. An der nächsten Kreuzung bog er nicht etwa nach links ab, Richtung Stadt, wie es Claudia erwartet hatte. Nein, er wählte die Gegenrichtung, hin zu den Elveauen.

CHRISTIAN

Er hatte höchstens eine Minute geschlafen. Ein kurzes Wegnicken nur, kaum mehr als ein Sekundenschlaf. Als er die Augen aufschlug, stand die alte Frau noch immer am Herd, brennendes Gas hämmerte von unten gegen einen Wasserkessel. Sie hatte ihm den Rücken zugewandt, angelte nach einer Tasse auf dem Bord, hantierte mit der Kaffeedose.

Vorsichtig richtete er sich auf. Das Sofa unter ihm knarrte einwenig, die alte Frau schien es nicht zu bemerken. Durch die offene Küchentür sah er in den Flur und dort, auf einem kleinen Tischchen, ein Telefon: einen grauen, vorsintflutlich anmutenden, kantigen Apparat, noch mit Wählscheibe.

„Macht es Ihnen etwas aus, wenn ich mal kurz telefoniere?", wollte Christian fragen, hauchte es aber nur, seine Stimme gehorchte noch immer nicht so recht.

„Unsinn! Klar kann er telefonieren!" rief die Alte kopfschüttelnd, ohne sich dabei umzudrehen.

Christian erhob sich einwenig verdattert. Die Alte musste ja ein gutes Gehör haben, wenn sie ihn eben verstanden hatte. Nicht einmal er selbst hatte sich reden gehört. Er ging durch die Tür in den Flur, fünf Schritte, griff nach dem Telefonhörer. In der Küche pfiff der Wasserkessel.

„Milch oder Zucker?", hörte er die Frau rufen.

„Zucker bitte!", wollte er antworten, aber ein Geräusch unterbrach ihn. Ein Geräusch, das ihm bekannt vorkam. Es klang, als ob ein schwerer Wintermantel vom Bügel rutschte und auf den Boden fiel. Nur viel dumpfer.

„Ist alles in Ordnung?", rief er zur Küche herüber. Keine Antwort. Er ging zurück. Und sah die Alte reglos auf dem Boden liegen. Christians erster Reflex war, Hilfe zu rufen. Die arme Frau. Schon steckte er den rechten Zeigefinger in das oberste Loch der Wählscheibe, drehte bis zum Anschlag und ließ los. Eins. Dasselbe noch einmal. Eins. Dann meldete sich sein Kopf, er legte den Hörer auf. Was tat er hier?

Die Frau war tot, wenigstens sah sie mit einigen Metern Abstand ziemlich tot aus, wie sie so da lag auf dem Boden vor dem Herd. Wer auch immer wann auch immer käme, er würde Ihr nicht helfen können.

Damals, als er mit Vaters Kamera gefilmt hatte, das Mädchen und den Mann unter dem Baum, hatte er auch für einen angstvollen Moment diesen Drang gespürt: aufzuspringen und etwas zu tun. Dem Mädchen zu helfen vielleicht. Aber etwas hatte ihn festgehalten, zurückgezogen. Eine Mischung aus Furcht und Erregung, die ihn starr machte, ihn zwang, immer weiter dorthin zu starren. Und dann: Sie hatte ja nicht um seine Hilfe gebeten. Er hörte sie nicht schreien, nicht rufen, nicht flüstern, so sehr er auch glaubte, sich anzustrengen. „Wir geben nur, wenn wir gebeten werden." Das hatte Mutter ihm eingebläut, wenn er, noch ein kleiner verträumter Junge, immer wieder mal im Geschäft Dinge aus den Regalen genommen und wie ein Geschenk den Kunden entgegengestreckt hatte. Die Kunden mochten es als drollig empfunden haben, Mutter erging es nicht so. Und wenn einem Kunden etwas herunterfiel, ein Tuch oder Zettel aus der Tasche beim Kramen nach Münzen etwa, dann stand sie nur da und beobachtete den Kunden, der sich bückend mühte, die Dinge wieder unter Kontrolle zu bringen. Solange niemand bat, sie möge helfen, tat sie nichts dergleichen. Ungebetene Hilfe brachte nur Ärger. Ein Kunde konnte denken, man habe sich heimlich etwas von seinen heruntergefallenen Dingen in die Tasche gesteckt, sagte Mutter. Oder er könnte es nicht wollen, das Fremde seine Dinge berühren.

Also hatte es auch Christian so gehalten und nie einen Gedanken daran verschwendet, ob das nun gut war oder schlecht. Es war einfach richtig. Egal ob es darum ging, ein Blatt Papier aufzuheben, eine Tür aufzuhalten oder im Bus für jemanden den Platz freizumachen. Wurde er um etwas gebeten, half er bereitwillig, es gehörte sich. Aber ungefragt? Ungebeten? Das Mädchen damals hatte nicht um Hilfe gebeten. Es war vielleicht das einzige Mal gewesen, dass er beinahe aus eigenem Antrieb geholfen hätte, ungefragt, nur einem Instinkt folgend. Doch dann war es, als hätte Mutter ihn zurückgehalten.

Und die alte Frau hier? Sie hatte ihm ungefragt helfen wollen. Und: Hatte es ihr etwas genützt?

Ihm schon. Sie war im richtigen Moment gestorben. Er grinste. Ein Problem weniger. Und eine Chance mehr, diesen Tag doch noch zu überstehen. Trotz der Kälte. Trotz der Schmerzen im Fuß.

Christian nahm den Hörer wieder in die Hand, jetzt schon entschlossener.

Er wählte die Nummer des Mannes. „Nein, nicht irgendwann. Sofort, spätestens in einer halben Stunde. Sonst gehe ich zur Polizei!"

Es schien zu wirken, der andere versprach mürrisch, gleich zu erscheinen.

Das wäre geschafft. Christian humpelte zum Herd, nahm den Wasserkessel vom Gas und goss sich einen Kaffee auf. Nachdenklich rührte er in der Tasse, ließ etwas Zucker hineinrieseln und betrachtete die reglose Frau auf dem Boden vor sich. „Mhm, so können Sie da aber nicht liegen bleiben! Das gehört sich doch nicht …"
Wenig später hatte er sie in den Flur, dann in das angrenzende Wohnzimmer geschleift, wo er sie auf die Couch legte und ihr eine Wolldecke über den Körper bis unters Kinn zog. „So ist es besser, stimmt' s?"
In die Küche zurückgekehrt, besah er sich jede Ecke sehr eingehend. In welcher würde der Heinzmann am Abend stehen und sich schämen müssen? Und würde er einsehen, dass er das musste? Für alle Fälle würde ja der Andere dann da sein und helfen, falls Heinz sich nicht sich sträuben sollte. Unwillkürlich strich Christian mit der Hand über seinen linken Oberarm. Er konnte Mutters harten Griff noch immer spüren, wenn sie ihn damals zum Schämen in die Ecke gezerrt hatte. Ein Griff wie eine Schraubzwinge.
Der Hund draußen in seinem Zwinger schlug an. Aus der Ferne drang Motorengeräusch durch das Fenster. Nicht das tiefe laute Brummen eines Lasters, mit dem Heinz unterwegs gewesen war.
Christian ging zum Fenster, starrte hinaus in die Auenlandschaft. Ein paar Hundert Meter entfernt, einwenig hangabwärts, konnte er die Elve ausmachen. Zwischen ihm und dem Fluss karges, beinahe unbewachsenes

Land, nur ein paar Sträucher und Krüppelkiefern. Ein Tier bewegte sich auf diesem Feld, vielleicht der Waschbär von vorhin. Aus der sicheren Entfernung jetzt wirkte er kein bisschen bedrohlich, einfach nur ein Wesen, dass die Nähe des Wassers suchte. Träge floss die Elve dahin. Einwenig links, auf einer kleinen Landzunge sah er einen Baum. Bestimmt ging die Sonne abends rot in der Elve unter, vielleicht würde er das später noch zu sehen bekommen. Dann würde die kahle Silberweide lange Schatten auf den schmalen Weg werfen, der das Flussufer begleitete. Es musste idyllisch sein, hier zu leben. Vielleicht sogar romantisch, mit dem richtigen Mädchen dazu ... „Romantik macht nicht satt, nur langes Leiden. Wer sie nicht hat, sei froh und sollt` sie meiden."

Christian seufzte und wünschte sich sein Tagebuch. ‚Wieder eine Lebensregel, die sich aufzuschreiben lohnte', dachte er, um den Gedanken sofort wieder abzuschütteln. Hier und heute würde er ein neues Tagebuch beginnen.

Es würde damit anfangen, dass ihn die Romantik hierher gebracht hatte, in diese Situation. Weil er so romantisch veranlagt war; weil er sich so leicht für Mädchen erwärmte, die seine Gefühle dann mit Füßen traten. Er würde gleich die Schubladen nach etwas Beschreibbarem und einem Stift durchsuchen. Nur noch einen Moment hier so stehen ... Je länger er auf die Landschaft starrte, desto vertrauter erschien sie ihm.

Das war ungewöhnlich, die einzige vertraute Landschaft, war in den letzten Jahren der Ausschnitt der Charlottenstraße gewesen, den er durch die Scheiben seines Geschäftes sehen konnte, wenn er hinter dem Verkaufstresen stand. Eine Landschaft aus Steinen und Menschen, so völlig anders als das hier.

Und trotzdem …

Vielleicht wäre alles noch aufzuhalten gewesen, wenn er sich hier und jetzt erinnert hätte. Daran, dass es genau dieser Baum gewesen war, diese Silberweide, die er damals gefilmt hatte, mit dem Mädchen darunter und dem Mann auf ihr. Aber all das war so lange her und Christian hatte das damals nicht aus dem Küchenfenster eines einsamen Hauses auf der Anhöhe beobachtet sondern hingehockt, kaum verborgen hinter einem nahen Busch am Wegrand. Und er hatte nie gelernt, sich in eine andere Perspektive hineinzudenken; eben sowenig wie er gelernt hatte, Bäume voneinander zu unterscheiden. Also stand er am Fenster, blickte hinaus und hielt das unbestimmte Gefühl, das ihm den Magen flaute, für Romantik.

Noch weiter links von ihm, auf dem Radweg, der am Wasser entlang führte, bis hin zur Landeshauptstadt, unsichtbar irgendwo rechts von ihm, bewegte sich ein Punkt, wohl auf den Baum zu. Jemand auf einem Fahrrad. Wäre Christian mit dem Ort und dem Wechsel der Jahreszeiten vertrauter gewesen, hätte er in diesem Moment mehr gedacht als nur: „Oh, ein Radfahrer!"

Er hätte gewusst, dass hier draußen Radfahrer an einem so frostigen Märztag etwas Besonderes waren, anders als in der Stadt, wo er Menschen auf Rädern ständig an seinem Geschäft vorbeifahren sah, bei Regen und Hitze, Schnee und Frost.

Wäre er selbst einmal Radfahrer gewesen, er hätte den Unterschied zwischen den geschäftigen Alltagsfahrten in der Stadt und einem Ausflug am Wasser entlang gekannt. Er hätte die Gefahr erkannt, die sich mit diesem Jemand auf dem Rad in seine Richtung bewegte: Heute war kein Samstag und kein Sonntag, kein Ferientag und kein Feiertag; es war ein verfrorener Tag Anfang März, Wochen zu früh im Jahr, für einen Fahrradausflug. Um diese Zeit lag der Weg die Woche über normalerweise verwaist am Fluss.

Davon wusste Christian nichts. Radfahrer gehörten zur Landschaft, die er kannte, bei jedem Wetter. Und so dachte er in diesem Moment nicht: „Achtung! Gefahr!", sondern eben nur: „Oh, ein Radfahrer!" Das unbestimmte Motorgeräusch schien näher zu kommen. Der Hund in seinem Zwinger bellte noch wütender, lauter. Etwas Unbekanntes näherte sich, kam von der Waldseite auf das Gehöft zu. Christian drückte das Gesicht an die Scheibe – aber von hier aus konnte er nicht erkennen, wer oder was da kam. Das Geräusch kam von der Giebelseite, aber hier hatte das Haus keine Fenster. Er hatte, verfroren hinter den Mülltonnen versteckt, genügend Zeit gehabt, das zu bemerken. Einzig oben auf dem Dachboden hatte er eine Fensterluke ausgemacht.

So schnell es sein geschwollener Fuß eben erlaubte, eilte er zur Treppe und stieg nach oben. Er musste eine Luke nach oben klappen, um auf den Dachboden zu gelangen. Er hatte nicht erwartet, hier aufrecht stehen zu können, aber so war es. Vielleicht hatten die Erbauer des Hauses einst geplant, hier weiteren Raum zum Wohnen zu schaffen; vielleicht auch wurde auch nur ein so großer Speicher benötigt. Es roch nach trockenem Holz und verstaubten Spinnenweben. Und nach Kaffee.

Christian war zu beschäftigt mit dem Gedanken an das Motorengeräusch und das Giebelfenster, als dass ihm das aufgefallen wäre. Zudem begleitete ihn ein ähnliches Aroma bereits seit er sich vorhin eine Tasse aufgebrüht hatte. So nahm er den Geruch war, ohne ihn zu registrieren. Trotz des Fensters war es dunkel hier oben; als er sich an das Dämmerlicht gewöhnt hatte, bemerkte er auch, warum. Jemand hatte einen alten Kleiderschrank nahe vor das Fenster gerückt. Christian zwängte sich daran vorbei, blies etwas Staub beiseite und konnte nun die Umgebung draußen erkennen; das Hoftor, ein Stück des Weges, der aus dem Wald kommend hier endete, zwischen ein paar Büschen den Carport mit den Mülltonnen. Er nahm ihm die Sicht auf die Parkfläche dahinter, auf der vorhin noch der Laster gestanden hatte. Was jetzt dort stand, konnte er nicht erkennen. Aber etwas musste dort gerade abgestellt worden sein – denn das Motorengeräusch war verstummt. Und wer auch immer dort angekommen war, er würde in Kürze den Sichtschatten des Carports verlassen und sichtbar werden.

CLAUDIA

„Fahren Sie immer so rasant über die Feldwege?"
Claudia sah Moritz an, der eben ziemlich unsanft gebremst hatte. „Ist alles Okay?"
Sie hatte während der Fahrt mit ihm sprechen wollen, aber dazu war es nicht gekommen. Sie war zu sehr damit beschäftigt gewesen, sich mit der einen Hand am Armaturenbrett abzustützen und mit der anderen am Fenstergriff festzuklammern, um nicht im Wagen hin und her geschleudert zu werden. Moritz fuhr sehr viel schneller, als dem Auto gut tun konnte. Keine Frage, er hatte es wirklich eilig. Dabei konzentrierte er sich spürbar nicht auf die Strecke, sondern auf Dinge, die mit Autofahren gar nichts zu tun haben konnten. Sie schienen ihn komplett zu beanspruchen. ‚Als hätte er Scheuklappen auf', dachte Claudia, ‚er hat vermutlich inzwischen sogar vergessen, dass ich neben ihm sitze.'
„Wie ... oh ... ja klar, alles in Ordnung. Nur einwenig in Eile ..."
„Ach, wirklich?" Claudia massierte sich das linke Handgelenk. Nach minutenlangem verkrampften Anklam-

mern an den Fenstergriff schmerzte es inzwischen ein-wenig. „Da bin ich ja beruhigt. Ich dachte schon, das ist ihr normaler Fahrstil …"

Claudia lächelte. Immerhin etwas Gutes hatte das Ge-holpere bewirkt. Sie war wieder einwenig zur Besin-nung gekommen, so als hätte das Auf und Ab der ver-gangenen Minuten den Fragestrom in ihrem Kopf zer-rissen, die Fragmente durcheinander geschüttelt und dadurch beruhigt. Claudia widerstand der Versuchung, diesem Phänomen mit Fragen auf den Grund gehen zu wollen, statt dessen blickte sie Moritz in die Augen. Sie hatte ihn doch etwas fragen wollen.

„Sagen Sie Moritz, da war doch heute früh ein Rocker am Straßenrand unterwegs. Glaube ich wenigstens." Moritz Augen weiteten sich, der Blick bekam etwas ungläubig Starrendes.

„Ja schon … Und deshalb rennen Sie aus dem Kranken-haus raus und mir beinahe ins Auto …?"In seinen Wor-ten schwang mehr Besorgnis als Verärgerung. „Das ist jetzt nicht ihr Ernst …"

Claudia war versucht, ihm zu erklären, warum diese eine Frage so wichtig war. Sie schwieg. Weil sie nicht sicher war, ob sie das wirklich tun sollte. Und weil ihr der Gedankengang plötzlich unsinnig erschien, den sie noch vor weniger als zehn Minuten für konsequent und schlüssig gehalten hatte. Dass auch Moritz den Rocker gesehen hatte, war gut. Soweit erinnerte sie sich. Also gab es diesen einen großen Zusammenhang zwischen dem Brand und dem toten Mädchen in der Elve. Soweit erinnerte sie sich. Wie sie darauf gekommen war? Sie hatte keinen Schimmer. Aber das konnte sie Moritz nun wirklich nicht sagen, also wechselte sie das Thema. Ein Automatismus, der ihr schon oft geholfen hatte, wenn sie beim Befragen Verdächtiger nicht mehr weiter gekommen war. Es entkrampfte die Situation, schuf Platz für einen neuen Versuch. Hauptsache es war ein Thema, das mit dem Vorhergehenden so gar nicht in Verbindung stand. Den Bogen zum eigentlichen Thema konnte man später immer noch schlagen, wenn man denn wollte.

„Ich hoffe, ihre Freundin Dine hat alles einigermaßen verkraftet …"

Moritz Blick entspannte sich, das Entschlossene, Angespannte wich aus ihnen und machte einer kraftlosen Schicksalsergebenheit Platz.

„Ach, ich weiß nicht …". Er war sichtlich unsicher, ob er reden sollte. Schweigend, nur mit einem leichten Kopfnicken, überredete ihn Claudia. Dann ließ er es raus.

„Es kommt irgendwie gerade alles Schlimme gleichzeitig. Erst der Stress wegen Manuela, damit fing alles an. Und dann der Brand. Und die tote Silke Scheuer, sie war so was wie eine Freundin für Dine, verstehen sie, ich meine, viel älter, aber irgendwie trotzdem Freundin. Und jetzt ist Omi Porsch tot. Manuela ist verschwunden und Dine… sie ist jetzt so gereizt und so aufbrausend, so kenne ich sie gar nicht .. nun hat sie sich in den Kopf gesetzt, unbedingt Manuela finden zu müssen, weil sonst ..."

„Sonst?", flüsterte Claudia, die gern gewusst hätte, wovon Moritz da gerade sprach und was es mit dieser Manuela auf sich hatte.

„Das ist es ja. Sie kann es selbst nicht sagen, was ‚sonst‘ passiert. Ich mache mir da echt Sorgen. Sie hat früher schon einmal versucht, sich selbst ..." Er sprach den Gedanken nicht zu Ende. Stattdessen zögerte er einige Sekunden und erzählte Claudia die Geschichte von Manuela, die eigentlich von Dine betreut wurde und die verschwunden war. Als wäre das alles nicht schon schlimm genug, hatte Dine nun die fixe Idee, dass die Unglücke der vergangenen beiden Tage mit Manuelas Verschwinden begonnen hatten und dass alles wieder gut würde, wenn sie nur Manuela wiederfand. Und dass sie die nun ausgerechnet jetzt und sofort suchen mussten, hier an der hohlen Weide am Elveufer.

Claudia schaute durch die Frontscheibe des Wagens. Erst jetzt nahm sie war, wo sie sich befanden. Vor dem Tor eines Grundstückes am Waldrand, mit einem Haus, von dem sie nur einen Teil des Daches und einen Schornstein erkennen konnte, der Rest des Ausblicks war durch einen Carport und Mülltonnen versperrt. Dennoch war sie ziemlich sicher: vorgestern, als die Wasserleiche gefunden worden war, ganz in der Nähe des Baumes, hatte sie einwenig den Hang aufwärts dieses Dach und diesen Schornstein schon einmal gesehen.

„Eigentlich wollte ich ja den Weg am Bahndamm entlang nehmen, aber den hatte die Polizei vorhin gesperrt. Deshalb bin ich durch den Wald gehetzt. Entschuldigung …" sagte er und machte Anstalten, aus dem Wagen zu steigen. „Ich muss jetzt da runter und Dine treffen."

„Ja klar, natürlich …", entgegnete Claudia einwenig abwesend. Diese vermisste Manuela und die Tote im Wasser … war das etwa? Und war das in der Stadt überhaupt schon bekannt?

„Ähm Moritz, Moment noch. An dem Baum da unten wurde vorgestern eine Wasserleiche gefunden … Ich weiß nicht, ob sie das schon wissen. Ich hoffe, dass das nicht ihre Manuela…"

Moritz lachte auf und entspannte sich für ein paar Sekunden. Dann versuchte er wieder ernst zu werden, es gelang ihm nur unvollständig.

„So traurig, wie das ist, mit der toten Frau im Wasser, ich hab das in der Klinik gehört, aber mit Manuela kann das nun wirklich nichts zu tun haben."

‚Natürlich nicht‘, durchfuhr es Claudia, sie soll ja schon wenigstens zwei Jahre im Wasser gelegen haben. Aber warum lachte Moritz sie deshalb aus?

„Manuela ist doch eine Waschbärin!"

Claudia prustete los. „Wie bitte?" Sie konnte gar nicht mehr aufhören. Immer wieder, wenn sie dachte, sie hätte sich jetzt wieder unter Kontrolle, kroch ihr der nächste Gluckser in den Hals und wollte raus. Nach wenigen Sekunden hatte sie Moritz damit angesteckt, zwei, drei Minuten lang saßen sie kichernd nebeneinander im Wagen. Schon begann das Lachen unter den Rippen zu schmerzen, Tränen traten ihr in die Augen. Und es tat so gut! Die Anspannung der letzten dreißig Stunden, die Ängste der um ihre Fragesucht, die Sorgen um ihre Tochter – alles weggeblasen, fortgelacht. Wenn Ihr Therapeut sie das nächste Mal fragen würde, wann sie eigentlich zuletzt richtig herzhaft gelacht hatte, dann würde sie es ihm sagen können. Es war hier und jetzt gewesen.

Und dann war das letzte Glucksen verhallt.

Moritz stieg aus dem Wagen, machte sich auf den schmalen Weg hangabwärts, hin zu der kleinen Landzunge mit der hohlen Weide. Claudia hatte angeboten, ihn zu begleiten, aber das war ihm nicht recht gewesen. „Sie sollten jetzt eigentlich in einem Klinikbett liegen und auf keinen Fall hier draußen rumlaufen. Also, bitte, bleiben Sie hier im Wagen sitzen, ich komme dann gleich, sobald ich Nadine gefunden habe. Sie kann ja nicht weit sein.

MANUELA

Vor drei Tagen war sie einfach losgelaufen. Sie hatte nicht erwartet, dass es draußen so viel kälter sein würde als in ihrem geschützten Gehege. Aber da sie nun schon mal draußen war, gab es kein zurück mehr.

Korrekterweise müsste man sagen: Sie hatte gar nichts erwartet.

Sie hatte etwas gerochen.

Ein Männchen. Irgendwo auf der anderen Seite des Gitters. Der Geruch war unwiderstehlich, jetzt in diesen ersten frostigen Märznächten. Er roch jedenfalls bedeutend aufregender als die Kinder, die ihr Apfelstückchen zuwarfen und hin und wieder vorsichtig auf den Rücken fassten. Der Drang, diesem Luftgeschmack zu folgen, kam irgendwie von ganz tief innen. Der richtige Moment war gewesen, als ihre Pflegerin in das Gehege trat und die Tür einen Spalt weit offenließ. Sie tat das oft, denn sie kannte Manuela und wusste, sie war ein eher behäbiges Mädchen, dass ihr kleines Paradies nicht freiwillig verlassen würde. Sie war schon im Zoo geboren worden und handzahm. So sehr, dass sie Manuela hin und wieder mit in das Streichelgehege nahm, wo Waschbären eigentlich nichts zu suchen hatten. Aber diese Manuela, berauscht von einem faszinierenden Männchengeruch, die kannte die Tierpflegerin nicht. Es war, als würde es sie verletzen, wenn sie diesem Duft nicht folgte. Die Witterung hatte Manuela bis an die Elve geführt. Dort verlor sie sich im Wasser, das Männchen war nicht zu entdecken, sie suchte nach ihm eine ganze Nacht lang. Als der Tag anbrach, verkroch sie sich in einem hohlen Baumstamm am Ufer, rollte sich zusammen und schlief ein.

Der Fluss rauschte monoton und beruhigend, der Baum schien sicher und bequem zu sein; in der Nähe gab es zu fressen, sie konnte Hühner riechen und altes Obst.

Es roch auch nach Mensch, aber Menschen kannte sie ja gut, sie waren groß und laut, aber auch behäbig und gar keine Bedrohung.

Wo Menschen waren, gab es Futter, und es war warm.

Dann war da plötzlich eine Menschenhand in ihrer Baumhöhle erschienen. Verschreckt hatte sich Manuela ganz klein gemacht und in den hintersten Winkel verzogen, sprungbereit und die Krallen ausgefahren. Ein Reflex, nichts weiter. Die Hand schien nicht nach ihr zu suchen. Sie legte etwas in die Höhle. Ein Päckchen.

Manuela war jetzt drei Jahre alt, sie hatte schon viele Menschenhände Dinge in ihrer Nähe ablegen sehen. Und es war immer etwas für sie Gutes gewesen. Und als die Hand verschwunden, das Päckchen aber noch da war, hatte sie getan, was sie in diesem Fall immer getan hatte: Nachschauen, was es zu fressen gibt. Sie versuchte, die Verpackung aufzufetzen, es war gar nicht so einfach. Nur eben ein winziges Loch hatte sie zunächst hineinbeißen können, aber schon das hatte ausgereicht, einen betörenden Duft in der Baumhöhle zu verbreiten. Es roch nach fremden Kräutern ... sie hatte die Kräuter mit der Zungenspitze versucht; einwenig bitter waren sie gewesen, kein Vergleich mit einem guten faulen Apfel oder einem schönen fetzen Hühnerfleisch. So richtig schmeckte es nicht.

Aber der Geruch ...

Das Verlangen, das er in ihr auslöste, war sogar noch größer als das nach dem Männchen. Manuela fühlte sich beruhigt und aufgeregt zugleich. Sie konnte plötzlich nicht mehr einfach in dem Baum herumliegen, sie musste hinaus, sie musste herumtollen, spielen. Sie kroch aus der Baumhöhle, stellte sich auf die Hinterbeine, wiegte den Kopf hin und her ... es war wie Wachsein und schlafen zugleich.

Manuela tanzte am Ufer entlang, bis der wunderbare Geruch nachließ und ein anderer Geruch aus dem Uferwasser ihn überdeckte. Sie roch fauligen Mensch.

Das war verwirrend. Entweder roch etwas angenehm faulig. Oder es roch nach Mensch. Beides zusammen? Manuela hatte damit keine Erfahrung. Ganz vorsichtig hatte sie sich dann dem Phänomen genähert, immer wieder mit gespitzten Ohren in die Stille hineingelauscht. Bis plötzlicher Lärm und ein Gestank nach Stadt sie verschreckten und zurück in den Baum trieben: Autos waren erschienen, mit zuckenden Lichtern in Himmelsfarbe auf dem Dach.

Und dann waren lauter Menschen da. Wieder hatte sie sich ganz eng zusammengerollt, soweit es ging vom

Eingang ihrer kleinen Höhle entfernt; zitternd hatte sie auf das Eingangsloch gestiert, bereit, jeden Moment aufzuspringen und zu flüchten.

Und dann war er wieder da gewesen, dieser wunderbare Kräuterduft. Draußen liefen die Menschen hin und her, sie gingen nicht wieder fort, und immer wieder kamen sie ihrer kleinen Höhle bedrohlich nahe. Dann gingen sie wieder, und kamen zurück. Und es fühlte sich einwenig so an, als würden sie immer weniger fortgehen und immer näher zurück kommen.

Und es wurde immer lauter ...

Die Beruhigungskräuter waren stark, aber Manuelas Instinkt war jetzt sehr viel stärker. In einem schreckhaften Moment übernahmen ihre Hinterläufe die Kontrolle, katapultierten sie aus der Baumhöhle. Manuela flüchtet. Hang aufwärts, ohne Ziel, nur schnell weg von dem Menschenlärm. Als sie einen Zaun erreichte, musste sie stoppen. Ein Hund bellte ganz in der Nähe, aber sein Bellen bewegte sich nicht. Es roch jetzt ganz stark nach Hühnern und altem Obst. In der Nähe stand ein Haus, mit einem Baum davor, von dessen Dach es qualmte.

Manuela wusste aus dem Zoo ganz genau, was das bedeutete: Wo es qualmte, war es warm. Und das war es hier am Zaun nicht. Sie fand einen Schlupfweg durch den Zaun, stürmte über den Hof zum Baum, war im nächsten Moment hinaufgeklettert und balancierte auf einem kräftigen Ast zum Giebel des Hauses, fand ein

Loch unter den Ziegeln und kroch hinein. Oh, es war angenehm hier, und warm. So warm, dass man gar nicht wieder fort wollte.

Manuela verschlief den Rest des Tages. Die Nacht kam und sie wurde unruhig und hungrig. Etwas fehlte ihr. Diese wunderbar duftendenden Kräuter. Es zog sie hin zu diesem Paket. Ach, noch einmal daran lecken und schnuppern, die Zunge hineintauchen und die Nase … Sie machte sich auf den Weg in die Nacht hinaus, zurück zum Baum. Sie würde ihr Päckchen mitnehmen in ihr neues Zuhause unter dem Dach. Und unterwegs erst einmal was fressen.

Merkwürdigerweise war das mit dem Fressen doch etwas komplizierter. Ja, es roch zwar schön verfault, ganz in der Nähe, aber der Geruch kam aus großen Tonnen, denen sie mit Krallen und Zähnen nicht beikommen konnte. Irgendwann ließ sie von den Mülltonnen ab und streifte den Rest der Nacht durch die Elveauen. Aber jetzt, am Ende des Winters, gab es nicht wirklich viel zu finden.

Längst war die Sonne wieder aufgegangen, als sie zurück zum Gehöft schlich, noch immer ohne gefressen zu haben. Zumindest aber hatte sie das ziemlich gewichtige Päckchen zwischen den Zähnen, der Geruch daraus vertrieb sogar einwenig den Hunger. Und er machte so schläfrig …

Bei den Mülltonnen dann hatte sie kurz verschnaufen müssen. Und war eingeschlafen. Bis ein lauter Motor sie weckte. Dann war da wieder ein Mensch erschienen, er roch einwenig blutig. Manuela hatte die Zähnchen gefletscht und war wütend ein paar Meter zur Seite gesprungen. Und hatte dabei das wunderbare Päckchen liegen lassen!

Der Mensch schien es nicht zu bemerken. Aber eine Ewigkeit lang versperrte er ihr den Weg zu dieser wunderbaren Leckerei, weil er einfach so da kauerte.

Er bewegte sich nicht bedrohlich, eigentlich gar nicht. Manuela hatte ihn in immer kleiner werdenden Abständen umkreist, angefaucht und ihre Krallen gezeigt. Bis er sich dann, ohne erkennbaren Grund, aufgerichtet hatte und zum Haus gegangen war. Und nun lag Unheil in der Luft.

Manuela witterte es. Jede einzelne Faser ihres Fells drängte sich an den Körper, statt wie sonst wuschig an ihr herumzuhängen. Etwas in ihr wollte flüchten vor dieser Anspannung, wenn es sein musste auch zurück in das alte Gehege mit den Kinderhänden, die ihr Apfelstücke zuwarfen und auf den Rücken grapschten.

Aber etwas anderes in ihr wollte noch mehr von diesen Kräutern. Es hielt sie fest. Gemischt mit dem Duft aus Huhn und Elvewasser war das Aroma einfach zu verlockend, als dass ein bisschen Menschenunheil in der Luft sie wirklich hätte abschrecken können.

Eine Weile nachdem der Mann in dem Haus verschwunden war, schnappte sich Manuela das Päckchen, zerrte es den Baum hinauf und mit sich in ihr neues, kuschelig warmes Domizil unterm Dach. Dort legte sie sich auf das Päckchen und schlief erschöpft ein. Weder das schrille Pfeifen eines Wasserkessels, das wenig später von unten herauf drang, konnte sie in diesem Moment verschrecken, noch der harte, dumpfe Aufprall eines Menschenkörpers, der zu Boden gefallen war. Und als etwas später eine Klappe geöffnet wurde, ein großer Mensch erschien und zum Bodenfenster humpelte, quittierte sie das nur mit einem schläfrigen Heben der Pfote. Es ging sie nichts an. Den Mann kannte sie ja bereits, seit er ihr den Weg zum Nest versperrt hatte, aber er war ungefährlich, das roch sie deutlich. Sie blieb in ihrem Nest und dämmerte vor sich hin. Dass sich der Mann wenig später veränderte, dass ihn eine sichtbare, fühlbare Erregung überkam, die dem zitternden Stück Mensch von vorhin etwas Bedrohliches, Raubtierhaftes verlieh, etwas, vor dem man sich besser in Acht nahem – Manuela bemerkte es nicht mehr. Kurz bewegte sie sich, als die Bodenluke zuklappte und leiser werdendes Poltern signalisierte, dass der Mann einwenig unbeholfen die Treppe hinabeilte, während draußen ein Auto gestartet wurde und mit dem beruhigenden Tackern eines gut geölten Dieselmotors vor sich hin dampfte.

Dann war die Welt verschwunden, Manuela war eingeschlafen. Dass sich dieses Geräusch später mit dem eines weiteren Motors mischte, der über den Waldweg auf das Grundstück zuraste, bemerkte sie schon nicht mehr. Nicht einmal die Telefonklingel hörte sie, die doch nur ein paar Meter unter ihr minutenlang in dem kleinen Flur lärmte wie ein Signal: „Wichtig! Wichtig! Wichtig!"

Immer weiter klingelte es, weil der Mann vor dem Apparat, der eben noch eilig über die Treppe vom Dachboden heruntergestürmt war, nun wie angewurzelt stand, den Hörer nicht abnahm und einfach wartete, bis der Lärm aufhörte, ehe er das Haus verließ.

Nichts davon bemerkte sie, berauscht von den wunderbaren Kräutern in ihrer Nase.

CLAUDIA

Claudia wusste, dass Moritz recht hatte. Sie sollte eigentlich in einem Krankenhausbett liegen, nicht draußen durch die Gegend laufen und nach Waschbären suchen. Aber hier herumsitzen, das konnte sie nun auch nicht. Zumal es im Wagen bereits unangenehm kühl geworden war. Sie stieg aus, um sich einwenig die Beine zu vertreten. An das Hoftor gestützt betrachtete sie das Gehöft. Hinter dem Haus gackerten Hühner, ein Hofhund bellte aufgeregt und heiser, ohne sich zu zeigen. ‚Da ist wohl jemand angekettet und kann nicht so, wie er will', dachte Claudia. Sofort war auch die Erinnerung an ihre Ketten wieder da. Verflogen die kurze Erleichterung, die das ihr Lachen gebracht hatte. Und verdammt kalt hier. Sollte sie doch einfach zum Haus

gehen? Feiner Rauch schlängelte sich aus dem Schornstein, drinnen war es bestimmt angenehmer als hier.
Aber es wirkte auch irgendwie verlassen. Niemand zu
Hause? Jetzt glaubte sie auch noch ein Telefonklingeln
zu hören. Wahrscheinlich schlug deshalb der Hund so
aufgeregt an, immer weiter, ohne sich zu beruhigen.
Oder bildete sie sich das ein?

Sie suchte nach einem Klingelknopf. Sie fand keinen.
Wenn überhaupt, dann war der wohl an der Haustür
angebracht. Aber deshalb jetzt das verschlossene Tor
öffnen, über dem Hof gehen, um vielleicht doch noch
einem gefährlichen Hund zu begegnen. Nein, das war
für hier und jetzt ein bisschen zu viel verlangt, fand sie.
Also ging sie zurück zum Wagen, ließ sich auf den Fahrersitz fallen, schloss die Türen, ließ den Motor an,
stellte Heizung und Gebläse auf volle Kraft, drehte das
Radio lauter, zog die Knie vor die Brust, umschlang sie
mit den Armen und beobachtete im Rückspiegel, wie
ihr Atem die Scheiben mehr und mehr benebelte. Als
sie Milchglasscheiben ähnelten, nur noch die Schemen
der Dinge von Draußen erkennen ließen, und es im
Wagen warm geworden war, glitt sie hinüber in den
Schwebezustand zwischen beinahe noch wach und
beinahe schon eingeschlafen. Sie lehnte Kopf und
Schulter an die Tür, im Zeitlupentempo schlossen sich
die schwerer und schwerer werdenden Lider.

Bomm! Eine flache Hand schlug dumpf neben Ihr an die
Scheibe. Vor Schreck ließ sie die Knie los, die Füße

rutschten vom Sitz auf den Fahrzeugboden und in die freigewordenen Stellen der Sitzfläche krallten sich ihre Finger. Kerzengerade, starr und hellwach saß sie auf dem Sitz, unfähig, auch nur den Kopf einwenig nach links zu drehen, wo, eine Handbreit entfernt und nur durch die vernebelte Scheibe von ihr getrennt, die schattigen Umrisse eines Menschenkopfes das Grau verdunkelten. Ihre Hand weigerte sich, den feuchten Film von der Scheibe zu wischen, um den Menschen da draußen erkennbar zu machen. Und sie waren erst recht unfähig, etwas Schützendes zu unternehmen, wie etwa die Tür zu verriegeln oder einen Gang einzulegen und loszufahren. Die Hände wollten in der geschützten Verkralltheit des Sitzpolsters bleiben.

Das Herz hämmerte lauter; viel lauter. Noch lauter sogar, als der Schlag eben geklungen hatte. Es ahnte bereits, nein, es wusste längst, dass es den Menschen da draußen kannte, dass es ihn kennen musste. An diesem Ort, an dem es nicht sein sollte, konnte es nur von jemandem aufgeschreckt werden, der ebenfalls hier nicht sein sollte.

Gefangen in dieser gefühlten und durch nichts zu beschwichtigenden Gewissheit blieb sie einfach sitzen. Wie damals als kleines Mädchen, dass sich die Bettdecke über den Kopf zog und so lange nicht rührte, bis die Gespenster aus dem Zimmer verschwunden waren, blieb sie auch jetzt einfach sitzen. Sie erwartete die Dinge, die mit ihr geschehen würden.

Damals musste sie nur einschlafen, dann zogen die Geister weiter. Einzuschlafen war schwer gewesen, aber wenn es ihr gelang und sie später im taghellen Zimmer wieder erwachte, waren sie fort gewesen. Immer. „Zwischen dem Kind unter der Decke und der Frau hier im Auto liegen Jahre", versuchte der Verstand ihr zu sagen. Doch er konnte in diesem Moment den eigenen, angstvollen Herzschlag nicht übertönen, der unablässig hämmerte: „Augen zu, alles wird gut! Augen zu, alles wird gut!". Ein paar Sekunden später gaben ihre Lider nach, folgten der erinnerten Hoffnung, das verschwinden würde, was sie nicht mehr sah.

Sie kniff die Augen zusammen, ganz fest. Fünf, sechs, sieben Sekunden. Und riss sie wieder auf. Und war plötzlich wach. Und erleichtert. Das Gesicht von der Scheibe war verschwunden, als hätte sie es tatsächlich nur geträumt.

Die Starrheit wich aus dem Körper. Wie einer Waage, die, einseitig belastet zunächst ins andere Extrem pendelt, sobald das Gewicht von der Schale genommen wird, erging es nun auch ihrem Körper. Die angstvolle Starre wich einem erleichterten Bewegungsdrang. Sie konnte jetzt nicht mehr sitzen bleiben. „A walk in the Park", sang es aus den Radioboxen. Entschlossen und kraftvoll stieß sie die Wagentür auf, so schwungvoll, dass sie womöglich aus den Angeln gerissen worden wäre, hätte da nicht, ein Mann neben dem Wagen gehockt, auf dessen Rücken die Tür mit voller Wucht auf-

schlug. Der Mann verlor das Gleichgewicht, fiel vorn-
über und auf einen am Boden liegenden anderen Mann
mit einer blutenden Wunde am Kopf, den er gerade
niedergeschlagen hatte. Er hatte sich gerade über ihn
gebeugt, um zu sehen, wie es ihm geht, als ihn die Wagentür im Rücken traf. Noch im Fallen drehte er den
Kopf und erkannte, was ihn da umgeworfen hatte. Und
Claudia war schon zu sehr in Bewegung, das Aussteigen
aus dem Wagen ließ sich nicht mehr abbrechen. Der
linke Fuß stand bereits außerhalb des Wagens, längst
ragte ihr Kopf über die Tür hinaus, es war nur eine Sache von Zehntelsekunden gewesen. Nun trafen sich
ihre überraschten Blicke. Beide Münder öffneten sich;
unisono entwich ihnen ein: „Oh!"

THORSTEN

Es war richtig gewesen, nicht mit der Maschine hier
raus zu fahren. Er hatte sie in der Stadt abgestellt, im
Keller eines leer stehenden Wohnblocks. Genau da, wo
es ihm sein Kurier beschrieben hatte. Er hatte einwenig
suchen müssen, bis er den richtigen Block gefunden
hatte; sie sahen ja alle gleich aus und sie standen alle
leer. Er fand dort das Fahrrad, mit dem sonst der Kurier
zur Weide rausfuhr, wenn er den Stoff holte und ein
paar „zivile" Sachen, um nicht so aufzufallen. Dass sein
Kurier nicht besonders helle war, wusste er ja. Aber wie
bekloppt musste man eigentlich sein, um auf ein rosa

Damenfahrrad zu benutzen? Und dann diesen hässlichen Parka!

Er zwängte sich in das Teil. Es schien für einen ziemlich großen ziemlich dicken Mann gemacht worden zu sein, war für Thorsten in den Schultern trotzdem zu eng, weil er noch die Lederjacke trug. Das hätte ihn nicht weiter gestört: Aber das Teil war auch noch ausnehmend hässlich. Auf der Rückseite schwarz, auf der Frontseite grau wie ein alter Arbeitskittel. ‚Wenn er den mal nicht aus einem Kleidercontainer gezogen hat', dachte er, einwenig angewidert. Er würde in dem Teil auch nicht halb so Furcht einflößend wirken, wie in seiner Lederjacke. Wenigstens waren die Taschen groß genug, um seinen Hammer und einwenig Panzerband einzustecken. Der Betongeruch in diesem Keller war ihm vertraut. Er erinnerte ihn noch einmal an die „Klamotten"-Kriege seiner Jugend. An seine allererste „Gang", eine Handvoll 10- bis 12-jähriger, die ihm blind folgten und taten, was er verlangte. Manche auch aus Furcht. Wer nicht spurte, wurde von ihm, dem viel größeren und mit 16 sehr viel älteren, gründlich diszipliniert. Mit so einem unförmigen Mantel am Leib hätte er sein Regime wohl nicht so einfach führen können: Zumindest hinter seinem Rücken hätten sie ihn wohl ausgelacht.

Aber er hatte jetzt ja keine andere Wahl. Er musste den Parka nehmen. In Rockerklamotten auf einem alten Damenfahrrad … da hätte er sich auch gleich ein Clownskostüm anziehen können. Und das Fahrrad musste er in jedem Falle nehmen. Mit der Maschine auf dem Radweg an der Elbe – auch das würde auffallen. Die Fahrt war eine Tortur gewesen. Das verletzte Knie ließ sich nicht beugen, also hatte er das Bein einfach herabhängen lassen und die ganze Arbeit mit dem anderen erledigt. Ein Stück vor dem Ziel hatte er dann den Radweg verlassen, das Rad abgelegt und war den Rest der Strecke durch die Büsche geschlichen, seinen Zimmermannshammer in der Hand. So hatte er den Anderen überraschen können. Der bemerkte ihn erst, als er bereits hinter ihm stand. Während der Andere noch versuchte, sich zu ihm umzudrehen, landete Thorstens Faust bereits an seiner Kinnspitze.

Es war mehr ein Wischer gewesen als ein ernsthafter Schlag. Aber der Hammer hatte seiner Faust zusätzliches Gewicht verliehen und den Schlag verstärkt. Der Andere ging zu Boden, blieb reglos liegen.

Thorsten beugte sich über ihn, holte Panzerband aus der Tasche. Er verklebte dem Mann Mund und Augen, dann drehte er den reglosen Körper auf den Bauch, verschnürte die Hände, wickelte Band um beide Knöchel … da berührte ihn etwas am Rücken. Er drehte sich um, eher überrascht als verärgert, sah schulterlange Haare, ein schmales Gesicht und sagte verwundert „Moh!", während sein rechter Arm bereits zu einem ungebremsten Rückwärtsschwinger unterwegs war; ein Reflex, der ihm in vielen Schlägereien den Hals gerettet hatte. Die Faust traf den Solarplexus. Kraftlos, wie ein

Sack, ging der Körper zu Boden und blieb, das Gesicht auf der Erde liegen.

Thorsten besah sich beide Körper. Warum hatte der Andere eine Frau mit zum Treffpunkt gebracht? Als Verstärkung? Thorsten grinste. Da hätte er nun aber wirklich andere Kaliber benötigt!

Als er das Mädchen umdrehte, um das auch bei ihr zu tun, erlebte er eine kleine Überraschung. „Ach, schau mal an…" sagte er und beließ es zunächst dabei

Was für ein verkorkster Tag bis hierher.

Er war vorhin dem Lastwagen noch ein Stück weit gefolgt, als der den Bauhof verlassen hatte und in Richtung Landeshauptstadt fuhr. Unterwegs war ihm plötzlich eine Frage in den Kopf gekommen: „Was tust Du eigentlich hier?" Er hatte sich das seit Jahren nicht mehr gefragt. Ein Wolf fragte sich so was nicht. War es nicht eigentlich ziemlich unsinnig, dem Lasterfahrer hinterherzujagen? Nur für seine eigene, kleine, private Rache? Wo er doch wichtigere Dinge zu tun hatte? Sehr viel wichtigere Dinge?

Ein paar Kilometer außerhalb der Stadt verließ der Laster dann die Fernstraße und bog an einem verwaschenen, kaum noch lesbaren Hinweisschild ab: „Holzfabrik". Auch Thorsten hatte schon den Blinker nach links gesetzt, bog dann aber nicht ab, sondern wendete und fuhr zurück nach Schönstadt. Schluss jetzt! Keine Zeit, dem Laster zu den Ruinen einer Fabrik zu folgen, die vor einer halben Ewigkeit stillgelegt worden war, schon, als Thorsten noch bei seiner Mutter gelebt hatte. Sie hatte dort im Büro gearbeitet, wie irgendwie aus jeder zweiten Familie von Schönstadt jemand dort gearbeitet zu haben schien. Das verwitterte Hinweisschild hatte ausgereicht, um Thorsten all die Schulhofstreitereien wieder vor Augen zu führen, die begonnen hatten, als die Holzfabrik geschlossen wurde und von einem Tag auf den anderen die halbe Stadt plötzlich ohne Arbeit gewesen war. Wie ein Film liefen sie vor ihm ab, die Prügeleien zwischen den „Coolen" in Markenklamotten und den „Assis", die sich so was nicht leisten konnten. Wie so oft in seiner Kindheit hatte er nirgends so richtig dazugehört. Schuld daran war natürlich seine Mutter gewesen, die ihm andauernd was Gutes tun wollte und ihm deshalb Schuhe, Hosen und Jacken kaufte, die sie sich eigentlich nicht leisten konnte, weil auch sie ihren Job verloren hatte. Und so war sie jeden Morgen in diesen peinlich billigen Klamotten zu ihrer Umschulung losgezogen, nicht ohne ihn vorher am Schulhof abzuliefern, in Lewisjeans und Nikeschuhen. Zu den „Coolen" hatte er nicht gehören wollen, ihm waren die „Assis" viel näher gewesen, mit ihrem unbedingten Zusammenhalt und dem rücksichtslosen Zorn, der sie so stark und Furcht einflößend machte. Andererseits: Wenn sie dann über ihn herfielen, um ihm die teuren Sachen „abzuziehen", ließ es sein Stolz nicht zu, einfach klein beizugeben. Nach den Prügeleien sah er in seinen „coolen" Sachen wie einer der „Assis" aus, weil sie von den Prügeleien zerrissen und verdreckt waren. Es hatte seine Mutter wahnsinnig gemacht.

Mutter. An sie zu denken fühlte sich merkwürdig an. Jahrelang hatte er sich an sie wie an etwas sehr Fernes, schon lange Totes erinnert, etwas, dass mit ihm und seinem Leben nichts zu tun hatte. Das war in Ordnung gewesen. Dass sie nun wirklich tot war, fühlte sich merkwürdig lebendig an. Er spürte, dass es ihn aus dem Tritt brachte. Als könnte es ihm helfen, wieder in die Spur zu kommen, trat er dem am Boden liegenden Mann in die Seite, zweimal, dreimal. Als wäre der Schuld am Tod seiner Mutter. Der Mann stöhnte auf.

Thorsten hockte sich neben seinen Kopf und betrachtete ihn eingehend. Also so sah der Mann aus. Dann klingelte dessen Telefon. Er taste ihn ab, fand es schließlich in der Jackentasche, ebenso wie einen Ausweis. Er betrachtete ihn kurz und konnte nicht anders, als unwillkürlich auszustoßen: „Scheiße!!

GRUBER

Die Krankenschwester warf den Hörer zurück auf die Gabel, drehte sich auf dem Bürostuhl einwenig und sah ihm ins Gesicht. „Ja, bitte?"

Die Stationszimmer in Krankenhäusern hatten Gruber schon immer fasziniert. Die Krankenschwestern verbrachten hier doch einiges an Lebenszeit, dennoch schien nie jemand interessiert daran zu sein, Spuren von sich zu hinterlassen. Als Polizist hatte er schon so viele Krankenhäuser von innen gesehen, dass er glaubte, sich hier ein Urteil erlauben zu dürfen. Und das hieß: Schwesternzimmer sind immer unpersönlich, kalt. Keine Amtsstube hatte so wenig „Eigenes" wie diese Schwesternzimmer. Vielleicht musste das so sein, vielleicht ging es für sie ja genau darum: eben nichts Persönliches, nichts aus ihrem normalen Leben mit zur Arbeit und zu den Kranken zu nehmen. Vielleicht waren deshalb auch diese Zimmer, trotz aller Unaufgeräumtheit der Schreibtische, immer nur dies: steril? Erst als er erfahrener geworden war, ging ihm auf, dass es womöglich doch einen anderen Grund dafür geben könnte, die Räume so karg zu belassen. Eitelkeit. Die Krankenschwester, die vor ihm saß, mochte ende zwanzig sein. Sie war hübsch. Aber das galt ja für alle Krankenschwestern, sofern man sie in einem Krankenhaus und allein traf. Es war eine Frage der Vergleichsmöglichkeiten. Zwischen all den rein zweckmäßigen, sterilen Dingen, die diesen Raum ausmachten, war ihr Gesicht das einzig Menschliche und schon deshalb das mit Abstand Schönste hier. Schönheit macht die Menschen freundlich – vielleicht war das der tiefere, wohlüberlegte Gedanke hinter der Unpersönlichkeit des Raumes. Gruber wusste zumindest, dass dieses Prinzip bei ihm sehr wohl wirkte und ließ sich darauf ein. Er musterte ihr Gesicht eine halbe Sekunde lang, gerade so intensiv, dass sie es bemerken musste, und er beendete diesen Moment mit einem ebenso entschuldigenden wie anerkennenden Kopfnicken und lächelte charmant.

„Oh, ich wollte nicht stören …"

„Kein Problem. Da ging sowieso keiner ran. Was kann ich für Sie tun?" ‚Da versucht aber gerade jemand tapfer, seinen Frust zu überspielen', dachte Gruber. Er stellte sich vor.

„Was soll ich sagen. Ihrer Kollegin scheint es hier bei uns nicht so zu gefallen. Sie ist schon wieder weg."

Grubers Lächeln wurde ein wenig steifer. Er hatte zwar keine Ahnung, was Claudia Herbst diesmal aus dem Krankenzimmer getrieben haben mochte. Aber dass sie das seltsame Talent besaß, sich selbst in Gefahr zu bringen, hatte sie beim letzten Mal ja sehr deutlich gezeigt. Und das war erst gestern gewesen.

Er war als Polizist an einiges gewöhnt, aber der Schreck, der ihm vorhin beim Blick in den Keller der toten Mädchen durch die Glieder gefahren war, hatte ihn noch immer nicht verlassen. Gut, dass er vorher in der Pizzeria was gegessen hatte; bei dem Gedanken, dass seine neue Kollegin um ein Haar das nächste Opfer des Mörders geworden wäre, hatte sogar ihm die Knie weich werden lassen. Schließlich war er es gewesen, der sie für die Ermittlungen nach Schönstadt geholt hatte, weil sie einem früheren Opfer so sehr ähnelte.

„Mhm, so schlimm, dass man gleich flüchten muss, fand ich das Krankenzimmer eigentlich nicht …" versuchte er die Situation zu entkrampfen. „Zumal sie ja doch auch eine freundliche Bettnachbarin hatte …"

„Ja, Omi Porsch …". Die Krankenschwester seufzte. „Die ist in der Nacht eingeschlafen. Ich habe gerade versucht, ihre nächste Angehörige zu verständigen, aber da nimmt niemand ab."

„Hatte sie nicht einen Verwandten, der hier arbeitet? Er war doch hier zu Besuch, der Herr …"

„Moritz, ja, von der Rettungsstation. Er weiß es schon. Aber Vorschrift ist Vorschrift, wir müssen ihre Schwester informieren, und die geht nicht ans Telefon."

„Ach wirklich? Eine Schwester? Na, die ist ja sicher auch nicht mehr die Jüngste …„

„Ganz bestimmt nicht, die ist auch sehr weit über 80, aber noch immer voll agil …" Die Krankenschwester lächelte in sich hinein.

„Sie kennen sich?"

„Das würde ich jetzt nicht sagen, nur vom Sehen und vom Hörensagen eben. Aber hier in Schönstadt kennt doch sowieso jeder jeden und alle wissen alles von über alle."

‚Oh Mädchen', dachte Gruber, ‚wenn Du wüsstest, was Du alles nicht weißt über Deine Schönstädter.' „Ich bin ja neu hier in der Stadt. Was weiß man denn so über die Schwester?"

„Ganz ehrlich? Manche sagen, sie wäre eine kleine, alte Hexe! Richtig giftig, wenn Sie verstehen, was ich meine."

„Und sie frisst kleine Jungen?", flüsterte Gruber, einen verschwörerischen Unterton in der Stimme.

„Ach natürlich nicht. Sie ist eben nur nicht so richtig freundlich, wie sich das für ältere Damen hier irgendwie ..." sie schien nach einem Wort zu suchen.

„... gehört?" versuchte Gruber auszuhelfen.

„geziemt!", beendete sie zeitgleich selbst den Satz. Und Gruber bemerkte einmal mehr, dass in Schönstadt wirklich einwenig anderes geredet wurde als in der Landeshauptstadt. ‚Geziemt!' Wer redete denn heute noch so? Es war schon die gleiche Sprache, aber eben doch in manchem so, als wäre sie einwenig älter, als spazierte sie der Redeweise in der Großstadt hinterher und benutze noch Worte, die mit dem Tempo nicht mithalten konnten. ‚Geziemt?!' Er schüttelte leicht den Kopf.

„Aber sie wohnt auch nicht in einem Lebkuchenhaus?"

„Das nicht ... aber immerhin ziemlich einsam, draußen, in dem Gehöft an der Elve."

„Na das ist ja`n Ding. Genau da wollte ich jetzt hin." Nein, das hatte er eigentlich nicht vorgehabt. Aber bei der Erwähnung des Gehöftes hatte es ihn durchzuckt, wie schon oft, wenn so viele, scheinbar zufällige Dinge zeitgleich auftraten, dass man gar nicht anders konnte, als einen Zusammenhang zwischen ihnen zu vermuten. Und es war auch gedanklich ein kurzer Weg von der Kommissarin Claudia Herbst, die ihn bittet, Ermittlungsunterlagen zur Wasserleiche ins Krankenhaus zu schicken und jetzt aus der Klinik verschwunden ist bis hin zu dem Gehöft, wo die Leiche gefunden wurde und auf dem die Schwester ihrer Bettnachbarin wohnt. Er fragte sich nicht, wie Claudia Herbst zum Gehöft gekommen sein mochte. Sie würde, wieder einmal, einen Weg gefunden haben.

Er fragte sich allerdings, wie er selbst dorthin gelangen sollte. Sein Fahrer Körting war nicht wie vereinbart zurück zur Pizzeria gekommen. Er hatte ihn auch über das Handy nicht erreicht. Das war schon untypisch. Vielleicht hat er im Archiv keinen Empfang und hatte über den alten Fallakten die Zeit vergessen ... Es gefiel Gruber nicht, aber er erinnerte sich nur allzu gut, wie oft ihm selbst das schon passiert war. Also war er nach dem Pizzaessen zunächst wieder zur Papeterie und in den Mädchenkeller gegangen; dann war er dem Weg durch den Keller zum Bahndamm gefolgt, hin zu der Stelle, an der Christian Wilsbach vom Zug erfasst wurde, wie sie gedacht hatten. Nur war von dem weit und breit nichts zu sehen. Die Spürhunde hatten einige unscheinbare Blutspuren in der Dornenhecke auf der anderen Seite des Dammes verbellt, dann aber auf der Straße seine Spur verloren. Es war merkwürdig, zumal dort Straßenarbeiter gewesen waren, die beschworen, dass sie Christian Wilsbach nicht gesehen hatten, ihn aber hätten sehen müssen, wenn er in ihrer Nähe aufgetaucht wäre. Die Ermittler würden die Arbeiter trotzdem noch einmal befragen.

Vom Bahndamm aus hatte er zum ersten Mal gesehen, wie nah die Klinik eigentlich war – wenn man zu Fuß und über den Bahndamm lief. Deutlich näher jedenfalls, als es einem erschien, wenn man mit dem Wagen fuhr. Also war er zu Fuß gelaufen. Jetzt allerdings brauchte er einen Wagen, um zum Gehöft zu kommen. Noch einmal versuchte er Körtings Handy zu erreichen, erneut sagte ihm eine Frauenstimme: „The person You are calling is temporary not available".

Auf dem Parkplatz immerhin hatte er vorhin einen Streifenwagen gesehen. Natürlich, der Zeitungsbote Michael Garnstädter, den sie bis vor ein paar Stunden noch für einen Brandstifter und Frauenmörder gehalten hatten, wurde ja auf der Intensivstation bewacht. Das war inzwischen unnötig geworden, fand Gruber. Er würde den Beamten abziehen und mit ihm zum Gehöft fahren.

„ … reden würden!" Die Schwester hatte gerade etwas gesagt.

„Wie bitte?"

„Ich sagte nur: Es wäre sehr nett, wenn Sie mit ihrer Kollegin einmal reden würden! Der Oberarzt hat Untersuchungen angesetzt, und die Termine am MRT sind eng geplant …"

„Ja, klar, natürlich. Danke."

Gruber verabschiedete sich und machte sich auf den Weg zur Intensivstation.

MICHAEL

Auf dem Monitor neben seinem Bett piepsend ein Punkt auf und ab, hinterließ eine wellenförmige Lichtspur. Er war das einzig fröhliche in diesem Zimmer. Daneben bewegte sich ein leise ächzender Kolben in einem Zylinder auf und ab, pumpte Luft in einen Plastikschlauch, dessen anderes Ende in einem Mund endete, an dem er mit Pflaster festgeklebt war.

Michael Garnstädter bemerkte nichts von dem, was um ihn herum und mit ihm geschah. Monate später, nach seinem Erwachen, würde er erzählen, dass er die ganze Zeit nur auf seine weiße Wolke gestarrt habe. Und noch einmal sehr viel später würde er versuchen, die Ereignisse dieser Tage nachzuvollziehen und daraus einen Schönstadt-Roman zu schreiben. Er würde einen trivialen Namen als Autoren-Pseudonym wählen, weil es ihm falsch erschienen wäre, diese Geschichte unter eigenem Namen zu veröffentlichen. Dazu, fand er, war er selbst doch zu sehr in das Geschehen involviert.

Er wollte wieder als Schriftsteller wahrgenommen werden, als jemand, der Literatur verfasste; er wollte nicht wirken wie jemand, der nur seine eigenen, unbedeutenden Erlebnisse niederschreibt und drucken lässt. Er wollte nicht das Risiko eingehen, dass jemand seinen Roman mit einem der vielen privaten Erlebnisberichte verwechselte, nur weil das Buch mit ihm selbst und seiner Zeit als Zeitungsbote begann und womöglich mit ihm enden würde. Über die Frage, ob ihm das gelungen war, würden sich die Literaturkritiker später streiten.

Er wird allerdings stets darauf beharren, dass er noch an diesem Tag auf der Intensivstation, nur die weiße Wolke vor Augen, eines gespürt hatte: „Ich muss literarisch beschreiben, wie hier alles zusammenhängt!" Einen ahnungsvollen Moment, wir er erzählen, habe er gewusst, wer hier wen und warum und wie bedrängte. Der Erfolg des Romans wird Einladungen zu Lesungen und Fernsehshows nach sich ziehen; immer wieder wird er von diesem einen Moment berichten; immer wieder wird er für diese Worte mitleidige Blicke der anderen Gesprächsteilnehmer ernten. Hin und wieder wird er man ihn deshalb sehr direkt angehen, mit Fragen wie: „Woher wollen sie wissen, dass es dieser Moment war? Sie lagen im Koma ..." Und natürlich wird er sich der Logik dieser Frage nicht verschließen können. Sein Versuch zu erklären, dass er eben all das in der weißen Wolke entdeckt hatte, dem scheinbar einzig unschuldigen Element in diesem schuldgeplagten Schönstadt, wird nicht sehr hilfreich sein. Schon gar nicht wird es die Kritiker verstummen lassen. Dennoch wird er an dieser Version festhalten, und zwar deshalb, weil er wirklich daran glauben wird.

Es wird nicht wichtig sein, dass die Ärzte anhand ihrer Aufzeichnungen anderes erklären. Es wird seine Gewissheit nicht erschüttern, wenn tatsächlich vorhandene Augenzeugen, wie etwa der für solche Fälle geschulte und deshalb über jeden Zweifel erhabene Polizeipräsident, zu Protokoll geben werden, sie hätten einen sehr tief schlafenden Menschen gesehen ohne physische Anzeichen von Bewusstheit.

Er wird dabei bleiben: Genau in diesem Moment sei in ihm der Entschluss gereift, alles aufzuschreiben, genau jetzt, als Gruber, dessen Namen und Funktion er erst viel später erfahren sollte, neben seinem Krankenbett erschien und dem dort stehenden Polizisten bedeutete, mit auf den Flur zu kommen. In dieser Sekunde habe sich ihm die Geschichte vollständig eröffnet, und ab diesem Moment habe er, den Blick weiter auf die weiße Wolke gerichtet, darum gekämpft, wieder aufzuwachen.

Das alles wird ebenso wenig einer wissenschaftlichen Überprüfung standhalten, wie viele der später im Buch beschriebenen vorgeblichen Fakten einer Überprüfung durch die Polizei. Einzig Michael Garnstädter wird darauf beharren, dass alles ganz genau so ablief.

Und weil, abgesehen von der Zahl der Toten, nur wenige Fakten dieser irgendwie zusammenhängenden und doch so völlig verschiedenen Fälle aus Schönstadt bis dahin öffentlich bekannt wurden, diese unfassbare Zahl jedoch bereits ausreichte, für Aufsehen zu sorgen, wird am Ende dem Publikum nichts übrig bleiben, als schaudernd ihm und seiner etwas verschrobenen Erzählweise zu folgen. Es wird nie wirklich sicher sein können, ob

Moritz Garnstädter das tatsächlich Geschehene präsentierte oder doch nur eine... Vision.

Vielleicht waren es ja doch nur die überspannten Fantasien eines leidlich begabten Literaten, der nach vielen Tiefschlägen und schweren Verlusten in seinem Leben die Chance sah, sich wieder ins Gespräch zu bringen, und der diese Chance auf zwar streitbare Weise, unbestreitbar jedoch mit aller Konsequenz ergriff. Wie auch immer.

Dass der Polizeipräsident auf der Intensivstation erschien, ist belegt und anhand von Aussagen bis in einige Details nachprüfbar.

Er hielt mit der einen Hand ein Telefon ans Ohr, mit der anderen mühte er sich, einige Aktenordner unterm Arm zu fixierte, die er zuvor aus dem Krankenzimmer von Claudia Herbst geholt hatte. Der Ordnung halber, weil so etwas nicht offen zugänglich herumliegen sollte. Die Akten wollten nicht so recht halten. Also presste das Telefon zwischen Schulter und Ohr, um wieder eine Hand freizuhaben. Ob er mit der freien Hand den Beamten zu sich heranwinken wollte, der als Bewachung neben Michael Garnstädters Bett stand, oder ob er einfach nur versuchte, die Akten unter Kontrolle zu bekommen, war schwer zu sagen. Das Telefon jedenfalls wollte nicht halten und fiel in Richtung Boden. Er gab einem schlimmen Reflex nach, versuchte, es aufzufangen, erreichte aber nur, dass wenig später die Aktenordner über den Boden rutschten. Zusammen mit dem Telefon, das er natürlich auch nicht zu fassen bekommen hatte.

Bei dem Versuch, alles eilig wieder zusammenzuklauben, hätte der Wachbeamte um ein Haar alle Apparaturen umgeworfen, die an Michael Garnstädters Bett standen, sie wackelten bereits bedrohlich. Aber der piepsende Punkt auf dem Monitor zeigte beim Patienten keine Änderung des Zustandes. Weil es nach diesem Tag noch mehrere Wochen dauerte, bis Michael Garnstädter wieder erwachte, sind Zweifel an seiner literarischen „Erweckungstheorie" durchaus verständlich.

Es gilt inzwischen als wahrscheinlicher, dass er sich an dieser Stelle einfach deshalb in die Geschichte hineinschrieb, um über dem tatsächlichen Geschehen nicht völlig in Vergessenheit zu geraten. Schließlich würde ihm in der näheren Zukunft noch eine nicht unwesentliche Bedeutung zukommen sollte.

Im Moment allerdings geschahen die spannenden Dinge woanders, während er in seinem Krankenhausbett lag und sie verschlief.

Wenn diese Szene überhaupt einwenig Bedeutung hatte, dann nur durch die heruntergefallenen Akten. Sie wieder einzusammeln, hatte eine Minute, vielleicht zwei Minuten gedauert. Es verzögerte Grubers Abfahrt zum und später seine Ankunft am Gehöft. Die Ereignisse, soviel ist sicher, hätten sich auf eine gänzlich andere Weise zugespitzt, wäre er bereits diese eine oder zwei

Minuten früher dort erschienen. Von all dem stand nichts im ersten Manuskript, das Garnstädter verfasste, er wurde erst später hinzugefügt, was die Zweifel an seiner Theorie noch verstärkte. Und dennoch ...

In der Urfassung stand lediglich dieser eine, vieldeutige Absatz: „Der Polizeipräsident betrat die Intensivstation und zog den bewachenden Beamten mit sich auf den Flur. Das änderte den Geruch des Raumes, den bisher dessen Rasierwasser bestimmt hatte. Und damit änderte er die Atmosphäre. Er änderte alles. Es war diese Veränderung, die dazu führte, dass Garnstädter die weiße Wolke ziehen ließ und wieder erwachte. Wenn auch erst mit einigen Wochen Verzögerung".

Nun ja: Richtig an dieser Beschreibung indes war Folgendes: Gruber kam. Gruber verließ gemeinsam mit dem Beamten das Krankenhaus. Gruber ließ sich zum Gehöft an der Elve fahren. Und, ja: Der Beamte hatte ein wirklich penetrantes Rasierwasser aufgelegt. Und richtig ist auch: Anschließend änderte sich alles.

HEINZ

Heinz sah ihn schon von Weitem. Auf dem Verladekai der Holzfabrik, beide Hände tief in den Hosentaschen vergraben, den Blick auf das Wasser geheftet stand er reglos da, wie eine Statue, die genau dort hingehörte. Als wäre er der letzte Arbeiter hier, der darauf wartet, dass endlich wieder ein Kahn anlegt und frisch geschlagenes Bauholz bringt. In Schönstädter Rat war vor Jahren tatsächlich über ein solches Mahnmal debattiert worden; es sollte den Wandel der Zeit versinnbildlichen. Schließlich hatte die Schließung der Holzfabrik die Stadt völlig unvorbereitet getroffen. Sie war dank des gewaltigen Werkes auf dem Weg gewesen, wenigstens regional bedeutungsvoll zu werden. Mehrere Tausend Arbeiter waren aus anderen Gegenden in die Stadt gezogen, hatten ihre Familien mitgebracht, eigens für sie waren neue Stadtviertel errichtet worden. Davon zeugten jetzt nur noch die beinahe vollständig menschenleeren Wohnquartiere. Die Arbeiter und ihre Familien waren inzwischen wieder fortgezogen. Eigentlich hatte keine der Parteien im Stadtrat Einwände gegen das Mahnmal. Aber es hatte auch niemand so viel dafür übrig, dass er Geld ausgegeben hätte. Also war es bei der Debatte geblieben. Dabei hatten die ersten Künstler schon begonnen, Entwürfe zu zeichnen. Für einen von ihnen hatte Heinz sogar Modell gestanden, fast genau an dieser Stelle. Damals allerdings hatte kein Kahn am Kai gelegen. Jetzt schon.

Heinz hatte nicht erwartet, die alte „Minna" heute schon wiederzusehen, das Schiff, auf dem er seine Kindheit verlebt hatte. Zusammen mit Hans, seinem jüngeren Bruder. Eigentlich hatte er erst in ein paar Tagen vorbeikommen wollen, für ihre gemeinsame große Tour. Aber aus heiterem Himmel hatte er eben angerufen, irgendwie gehetzt geklungen, so, als ginge es ihm nicht gut. Heinz sollte ihn sofort am alten Holzwerk abholen. Nicht einmal richtig zu Wort hatte er ihn kommen lassen. Es musste etwas wirklich, wirklich Dringendes sein. Und nun stand er da und stierte aufs Wasser.

Heinz hatte den Laster vor dem Werkstor abgestellt. Es war verschlossen. Wahrscheinlich wäre es einfach umgefallen, wenn er dagegen gefahren wäre, aber dafür gab es keinen Grund. Zumal die Gittertür direkt daneben offen stand.

Zunächst war er sehr eilig über den Hof in Richtung des Werkshafens gelaufen. Jetzt, nachdem er Hans entdeckt hatte, schlenderte er langsamer auf ihn zu. Kies knirschte unter seinen Sohlen, längst musste Hans ihn gehört haben. Aber er drehte sich nicht um. Heinz stellte sich neben ihn, schaute nun ebenfalls auf das Wasser, das träge an ihnen vorbei plätscherte. Hier im Hafen, einem künstlich angelegten Seitenarm der Elve, war die Strömung kaum spürbar.

„Und sonst so?"

„Muss ja. Und selbst?"

„Allens wie imma up de Minna. Muttern?"

„Läuft!"

„Tja…"

„Hm.. tja."

„Na denn. Und jetzt?"

Die beiden schauten sich an. Heinz grinste. Auch Hans versuchte zu lächeln. Es wurde nichts draus. Heinz kannte seinen Bruder gut genug, um längst zu wissen, dass, wie der es ausdrücken würde, „de Schiet im Mors am Blubbern wier". Dafür brauchten sie nicht viele Worte. Hans drehte den Kopf wieder zum Wasser, stierte darüber hinweg, als gäbe es in der Ferne etwas zu sehen.

„Musst Du heute noch mal zur Arbeit?"

„Naja, ich bin mit dem Laster gekommen, den muss ich schon noch irgendwie zurückbringen.

„Ja, das ist gut, mach das …" Heinz war sich nicht sicher, dass Hans ihm wirklich zugehört hatte. Er berührte ihn an der Schulter: „Hans?"

Er zuckte kurz zusammen, als hätte Heinz ihn aus einer tiefen Trance geweckt.

„Ach, alles in Ordnung. Soweit. Ich musste gerade daran denken, wie für früher immer auf dem Kahn verstecken gespielt haben, wir beide und Rudi, der Idiot …"

Sie sprachen nur selten über den verloren gegangenen, kleinen Bruder. Aber wenn, dann nannten sie ihn „Idiot". Das machte es irgendwie leichter, sich mit seinem Verlust und den eigenen Schuldgefühlen abzufinden. Heinz nickte. „Lange her … Aber deshalb hast Du mich doch nicht hergerufen, oder?"

„Ach, quatsch, natürlich nicht." Heinz konnte körperlich spüren, dass sein Bruder etwas sagen wollte, aber noch mit sich rang, ob er es auch sagen sollte.

„Du bist doch nicht etwa krank oder so was?"

„Nee, nee, mach Dir mal keine Sorgen… Bin wahrscheinlich nur so sentimental wegen der Wasserleiche, die ich gestern gefunden hab. Keine Ahnung. Wollte eigentlich schon viel weiter sein … Naja, da hat mich gestern erstmal die Polizei aufgehalten. Und dann hab ich bei Muttern was vergessen. Will jetzt bloß nicht extra deswegen mit dem Schiff zurück, wäre blöd …"

„Das muss ja was wirklich Wichtiges sein, Blödmann! Ich hab am Telefon schon gedacht, es ist was passiert …" Heinz wollte aufatmen, aber es wollte ihm nicht gelingen. Irgendetwas verschwieg sein Bruder ihm.

„Was hast Du denn heute wieder angestellt, Kleiner?"

„Heute nix …" Wie zur Bestätigung schüttelte er den Kopf. „Nicht heute."

„Und wann dann?"

„Du weißt ja, dass ich immer ein paar Päckchen Kaffee aus Holland mitbringe …"

„Ein paar ist gut. So viel können wir gar nicht trinken, die Pakete stapeln sich auf dem Dachboden!"

Heinz hatte ihm das schon vor Jahren sagen wollen, aber Mutter hatte immer beschwichtigt: „Lass ihn mal, es macht ihm doch so viel Freude, uns das mitzubringen …"

„Ach komm Heinz, Du hast doch nicht wirklich geglaubt, dass es dabei um Kaffee ging?"

„Natürlich nicht. Ist schon klar, dass du dazwischen immer ein paar Gramm Haschisch versteckt hattest. Ich bin ja nicht blöd. Aber wo ist das Problem? So was ist doch heute keine große Sache mehr.. "

„Na ja, es ist nach und nach immer mehr geworden, inzwischen reden wir da schon nicht mehr über ein paar Gramm, eher über ein paar Kilo jede Woche."

„Und das alles für Dich …?"

„Mami hat Dir tatsächlich nie davon erzählt, oder?" Heinz schaute ziemlich ratlos drein. Und dann erzählte ihm Heinz die ganze Geschichte. Es hatte in den Sechzigern begonnen, in der Zeit nach dem Zugunfall, als es schien, niemand könnte Heinz helfen, als würde ihn die Depressionen eines Tages umbringen. Mami hatte alle Ersparnisse zusammengenommen und das Grundstück an der Elve gekauft, um ihrem Sohn helfen zu können. Seitdem betrieb Hans das Transportgeschäft allein. Mit damals Anfang zwanzig war er zwar ziemlich jung dafür. Aber er hatte ja auch sein ganzes Leben auf dem Schiff verbracht, also mindestens so viel Erfahrung wie andere, die deutlich älter waren als er. Er würde das schon packen, hatte Mami gesagt. Und er hatte es gepackt. Als er irgendwann in Amsterdam davon hörte, dass das Haschisch seinem Bruder womöglich helfen könnte, besorgte er welches. Und bemerkte sehr schnell, dass der Stoff womöglich nicht nur seinem Bruder, sondern auch seinem schwächelnden Transportgeschäft auf die Beine helfen könnte.

Haschisch war in Holland leicht zu bekommen, es per Schiff über die Grenze zu bringen und hier weiter zu verkaufen, war einfach und es funktionierte lange Zeit problemlos. Vor allem in der Landeshauptstadt, wo sich haufenweise Studenten an den verwaisten Kais des Elvehafens herumtrieben, ließ sich das Zeug gut verkaufen. „Im Grunde begann das also alles mit diesem Zugunfall damals …"

Heinz zuckte zusammen. Das war so lange her, warum fing Hans jetzt davon an? Und warum wurde er heute schon zum zweiten Mal daran erinnert?

„Du hast davon damals nicht viel mitbekommen, warst ja viel zu sehr mit Dir beschäftigt …"

„Lass das!" Heinz hob abwehrend die Hände, als könnte er damit die Worte zurückdrängen, die er nicht hören wollte. „Was willst Du damit sagen?" Hans holte tief Luft und sprach dann ruhig weiter:

„Entspanne dich, ich will gar nichts sagen, außer: So war es eben. Und es ging Dir ja auch wirklich nicht gut damals, oder? Hast Du eigentlich gemerkt, dass Mami Dir immer wieder mal ein paar besondere Kekse gebacken hat, damit Du schlafen kannst?" Hans grinste und klopfte ihm aufmunternd auf die Schultern. „Ist nicht schlimm, Großer, echt, das macht nicht süchtig …"

Heinz fühlte sich wie vor den Kopf gestoßen. Vierzig Jahre – und er hatte nichts von dem Familiengeschäft bemerkt. War er wirklich so ignorant gewesen oder hatte er es nur nicht sehen wollen? Der Kaffee. Kekse? Ja, es hatte eine Zeit gegeben, da lagen bei ihnen immer frischgebackene Kekse. Wann hatte das aufgehört? Und warum?

„Warum habt Ihr mir nie davon erzählt?"

„Ach, das musst Du Mami fragen. Ich glaube, sie hielt dich für zu ehrlich, mein Lieber. Aber das ist im Moment auch nicht so wichtig."

„Für mich schon!" Heinz sah seinen Bruder in die Augen, mit einer Mischung aus Wut und Enttäuschung. Sein Bruder wich dem Blick aus. Er ließ sich auf der Kaimauer nieder, ließ die Beine über dem Wasser baumeln. Mit der rechten Hand klopfte er auf den Boden neben sich, schaute zu seinem Bruder auf: „Na komm, es geht noch weiter ..."

Kraftlos setzte Heinz sich neben Hans. Eigentlich wollte er nichts mehr hören. Er wäre mit sich und seinen Gedanken jetzt gern allein gewesen.

„Kommst Du gleich zu dem Punkt, an dem ich Dir helfen soll? Ich glaube, noch mehr Details verkrafte ich jetzt nicht."

„Tut mir leid, Großer, ehrlich. Aber wir haben das mit Dir echt nur gut gemeint, wirklich."

„Ja klar, ganz bestimmt ..." Heinz hatte längst aufgegeben, sich gegen das Gefühl der Kraftlosigkeit zu wehren. „Also?"

„Okay, den Rest kann ich Dir dann ja erzählen, wenn wir unsere Tour machen. Die machen wir doch ... oder?" Zum ersten Mal schien nun Hans verunsichert zu sein. Fragend sah er den Älteren an, der resigniert vor sich hin stierte.

„Ja klar ..., natürlich."

„Ist auch tatsächlich Urlaub, keine Lieferungen, keine Drogen, echt, versprochen!"

„Wenn Du es sagst ..." Heinz raffte sich auf. „Und, was soll ich nun für dich machen?"

„Wirklich nur nach Hause bringen, alles Andere kläre ich dann schon. Du kannst dann gleich wieder zu deiner Arbeit und deiner Abschiedsfeier ..." Heinz taumelte einwenig. Den Rückweg zum Werkstor nahm er nur wie durch einen Schleier wahr. Er bemerkte nicht, dass sein Bruder ihm die Hand auf die Schulter gelegt hatte; er sah, dass sich der Mund seines Bruders bewegte, aber er hörte nicht mehr, was er sagte. Erst als er sich auf dem Fahrersitz seines Lasters wiederfand, kam er allmählich zu sich. Leicht vorgebeugt, die Arme auf das Lenkrad gestützt, musterte er seinen Bruder, der auf dem Sitz neben ihm saß.

„Irgendwann, Kleiner, irgendwann, haue ich Dir dafür aber so was von eine rein ..."

Die Aussicht schien Hans zu erleichtern. „Wenn dann alles wieder gut ist, machs lieber gleich!"

Heinz startete den Motor. Sie fuhren eine Weile schweigend weiter, immer wieder warf Heinz kopfschüttelnd skeptische Blicke auf Hans, dem das nicht zu behagen schien.

„Also los, erzähl den Rest. Wo ist jetzt das Problem?"

„Naja, wir sind schon seit einer Weile nicht mehr selbstständig in dem Geschäft. Im Grunde fungieren wir nur noch als eine Art Zwischenhändler. Hat Mami irgendwann so beschlossen, keine Ahnung wieso. Kennst sie ja, ich hab nicht widersprochen. Ich hole das Zeug, andere verteilen es weiter und gut. Da ist jetzt aber irgendetwas schief gelaufen. Der Stoff für den einen Großkunden war nicht da, wo er liegen sollte. Und deshalb gibt es jetzt Stress."

„Na, dann sollte ich wohl besser bei Dir bleiben, oder?"

„Nein, es ist schon alles gut, ich habe da noch Reserven auf dem Dachboden. Für harte Zeiten. Schlimmer ist, dass ich nicht weiß, wo die eigentliche Lieferung hin ist."

„Meinst Du, die Polizei hat die gefunden? Die war heute Morgen in heller Aufregung mit Sondereinsatzkommando und so. An der Bahnstrecke."

„Das kann dann mit uns nichts zu tun haben. Aber gut, dass du es sagst." Hans schien erleichtert. „Die haben also wohl gerade was Anderes im Kopf als unser Päckchen. Sicher gibt`s für das Problem ne eine einfache Erklärung ... Weiß der Fuchs!"

„Wenns nur der Fuchs weiß, dann weiß es keiner." Auch Heinz versuchte, die Situation einwenig zu entkrampfen. „Hab schon ewig keinen mehr gesehen. Hier gibt`s nur Waschbären!"

„Dann eben: Weiß der Waschbär!" brummte Hans.

„Wie läuft das eigentlich ab, wenn ihr liefert?" fragte Heinz. Irgendwie fühlte es sich richtig an, sich für das Familiengeschäft zu interessieren, jetzt, da er davon wusste. Auch wenn es sich merkwürdig anfühlte, plötzlich mitten im Drogenhandel zu stecken.

Hans griente belustigt, „Naja, wo du schon so fragst: streng genommen bist Du inzwischen der Lieferant."

„Wie jetzt?"

„Du bringst doch Mami immer mal zu Tante Waltraud…" Ungläubig weiteten sich Heinz' Augen. „Nein!"

„Doch!"

„Im Leben nicht!"

„Na ich sag' s mal so: Mami nimmt dann immer ein Paket Kaffee mit. Obwohl Tantchen schon seit Jahren keinen Kaffee mehr trinkt, seit ihr Friedrich damals beim Kaffeetrinken gestorben ist."

„Omi Porsch als Dealerin? Jetzt verarschst Du mich!"

„Okay … also sie selbst hatte davon wahrscheinlich auch keinen Dunst. Aber in echt: Mami deponiert das Päckchen in einem Briefkasten, sofern das Geld dafür drin liegt. Sie hat einen Schlüssel dazu. Schlüssel rein. Briefkasten auf. Geld raus. Kaffee rein. Zuschließen, fertig. Und dann Teetrinken bei Tantchen."

„Ihr seid echt kriminell. Allerdings habt Ihr dann jetzt ein richtiges Problem. Das Haus steht nicht mehr. Es ist gestern abgebrannt."

„Heilige Scheiße!" Mehr brachte Hans nicht über die Lippen. Den Rest der Strecke fuhren sie schweigend.

Erst als Heinz den Blinker einschaltete, um in den Waldweg zum Gehöft einzubiegen, meldete Hans sich wieder.

„Lass mich einfach hier vorne raus, ich gehe den Rest zu Fuß. Und du verabschiede dich mal von deinen Kollegen. Tut mir leid, dir den Tag versaut zu haben, ehrlich!"

Heinz ließ ihn aussteigen und machte sich auf den Weg zum Bauhof, wo ihn eine kalte Pizza und jede Menge unangenehmer Fragen erwarten würden. So brütete er den Rest des Weges nur noch darüber, was er sagen sollte, wo er gesteckt hatte und warum er dorthin unbedingt so eilig und mit dem Laster hatte fahren müssen. Als er den Bauhof erreichte, war sein Bruder bereits am Gehöft angekommen, vor dem ein Fiat mit offenen Türen stand. Er näherte sich dem Wagen vorsichtshalber nicht direkt, vom Weg her, sondern geduckt schleichend durch die Büsche.

HANS

Er hatte nicht erwartet, dass der Andere in so einem kleinen „Mädchenauto" erscheinen würde. Am Telefon hatte er bedrohlich geklungen, sagte Mami, die mit ihm gesprochen hatte. Nicht unbedingt wie ein brutaler Mensch, aber doch sehr entschlossen. „Dir werden die Konsequenzen nicht gefallen, wenn du nicht sofort den Stoff nachlieferst!", soll er gesagt haben. Es musste sie erschreckt haben, sonst hätte sie wohl kaum ihn angerufen und gebeten, zu ihr zu kommen, um das Problem zu lösen. „Warum deponiert sie nicht einfach eine Ersatzlieferung?", hatte er sich gefragt, als sie aufgelegt hatte. Jetzt wusste er es. Und dann hatte auch noch der Wilsbach angerufen. Vom Gehöft aus! Das ging Hans eigentlich noch mehr auf die Nerven. Die kleinen Gefälligkeiten, die er seit Jahren für ihn erledigte, Ansichtskarten aus Amsterdam mitzubringen und später, beschrieben, dort in einen Postkasten zu stecken, das war zwar etwas schräg, aber was soll' s. Wenigstens hielt Wilsbach im Gegenzug die Klappe über seine kleine Verfehlung, damals, vor fast dreißig Jahren. Der junge Wilsbach hatte ihn dabei beobachtet. Und dann später in seinem Geschäft wiedererkannt. Hans verfluchte heute noch den Tag, an dem es ihm eingefallen war, für seinen Bruder ein paar neue Tagebuchhefte zu kaufen. Das konnte der nun wirklich selber tun. Aber nein, er wollte ja der freundliche Bruder sein. Blöde Schuldgefühle! Seit so vielen Jahren inzwischen musste er sich Wilsbachs Schweigen „erarbeiten". Immerhin mussten sie sich dazu nie treffen, es hatte gereicht, sich gegenseitig Päckchen zukommen zu lassen. Trotzdem: Mami sollte nichts davon erfahren. Und nun kam der ausgerechnet in Mamis Haus und wollte ihn ganz dringend, sofort sehen? Das war alles sehr merkwürdig. Im Grunde hätte er längst reinen Tisch machen sollen. Er hatte sich erkundigt: Die Sache war verjährt. Aber dann hätte er es auch Heinz erzählen müssen. Und Mami. Und das: lieber nicht.

Er hatte noch die Worte im Ohr, die sie gesagt hatte, als der Rudi verschwunden war, damals und er gefragt hatte, ob sie ihn nicht suchen sollten.

„Er hat nicht gehorcht. Zur Strafe ist er im Fluss ertrunken. Und wer noch einmal nach ihm fragt, den werfe ich hinterher!" Was immer sie seitdem sagte oder tat: Hans hat es nie wieder hinterfragt.

Und auch das von damals mit dem Mädchen an der Weide … Nein. Sie sollte davon nichts wissen.

Natürlich hatte sie recht, als sie meinte, er sollte jetzt erstmal ein paar Wochen aussetzen mit den Lieferungen. Wegen der Wasserleiche.

Er hatte damit zwar nichts zu tun, abgesehen davon, dass er sie entdeckt hatte. Aber die Polizistin, mit der er gesprochen hatte, die war schon irgendwie … hintergründig gewesen, bei ihrem kurzen Plausch. Nett, aber hintergründig. So, als hätte er sich durch irgendwas verraten. Nein, die Lieferungen würden erst einmal ein paar Wochen aussetzen. Im Moment konnte man nie sicher sein, wann die Polizei auftauchen und Fragen stellen würde. Hans hatte genügend Fantasie, um sich sofort die Situation auszumalen, wie die Polizistin bei ihnen in der Küche erscheint, um über die Wasserleiche zu reden, während er gerade ein Paket Haschisch in der Hand hält oder Mami Päckchen abwiegt. Solange die Polizei an ihnen interessiert war, aus welchem Grund auch immer, mussten die Geschäfte warten. Auch wenn es dem Anderen nicht gefiel. Er würde das schlucken müssen. Punkt.

Zumal sie sich ohnehin neue Übergabemodalitäten überlegen mussten, jetzt, da der Briefkasten in der Charlottenstraße zusammen mit dem ganzen Haus abgebrannt war. War dabei vielleicht auch das hinterlegte Päckchen in Rauch aufgegangen? Vermutlich hatte der Andere ebenfalls Kunden zufrieden zu stellen. Doch das war nun wirklich nicht sein Problem, damit musste der schon selber fertig werden.

Dennoch blieb die Sache eigenartig. Warum stand das Auto hier vor dem Gehöft? Hatte Mami nicht gesagt, dass er ihn an der Weide treffen sollte? Ausgerechnet dort! Wilsbach dort, den anderen hier – das hätte er verstanden. Aber so?

Und was machte nun das Auto hier? Normalerweise nahm man den Weg unten am Wasser entlang, wenn man aus der Stadt kam und zur Weide wollte. Von hier oben aus musste man hangabwärts ein paar Hundert Meter quer über den Acker laufen und war dann weithin sichtbar. Konnte der andere tatsächlich so unvorsichtig gewesen sein?

Hans richtete sich ein wenig auf, um mehr erkennen zu können. Er sah den Wagen, ein kleines Stück des Hofes, das Haus, die Haustür. Die Sicht auf den größten Teil des Hauses war vom Carport verdeckt; er sah das Haus, die Haustür. Und dann die Polizistin. Unfassbar. Was machte die denn jetzt hier? Hatte sie etwa schon mit seiner Mutter gesprochen? Sie kam vom Hoftor, ging zum Wagen, stieg ein, startete den Motor. Und fuhr nicht los. Hans konnte hören, dass ein Radio eingeschaltet wurde und erwartete, dass die Frau jetzt wegfahren würde. Aber nichts geschah. Sie blieb einfach bei laufendem Motor im Wagen sitzen, dessen Scheiben sich mehr und mehr von innen her vernebelten, bis nichts mehr zu erkennen war. Vom Haus her drang leises Telefonklingeln herüber. Also hier klang es leise. Im Flur, wo der Apparat stand, musste es gerade förmlich dröhnen. Weil Mami seit einiger Zeit Probleme mit den Ohren hatte, das aber weder sich selbst noch anderen gegenüber zugab, stand der Telefonapparat auf einer umgedrehten Glasschüssel, die den Schall verstärkte. Dennoch schien Mami das Klingeln nicht zu hören. Zumindest ging sie nicht ran. Auch das war merkwürdig. Hans grübelte. Was sollte er jetzt tun? Versuchen, ungesehen am Auto vorbei und über den Acker zur Weide zu kommen? Aussichtslos. Überhaupt: Warum auch? Wahrscheinlich war sie nur wegen der Wasserleiche hier. Darüber konnte er doch entspannt mit ihr reden. Problematisch würde es nur werden, wenn sie mit ihm ans Wasser wollte, um sich alles noch mal anzuschauen. Da würde sicher schon der Andere warten. Und sie? Worauf wartete sie eigentlich?

Und dann wusste Hans, was er zu tun hatte. Das, was er in Zweifelsfällen immer getan hatte: Drauf zu gehen.

Er würde die Polizistin einfach fragen, was sie hier tat. Also ging er zum Wagen, klopfte mit der flachen Hand auf die Scheibe. Er war selbst einwenig überrascht, wie dumpf das Klopfen klang. Er hatte erwartet, dass sie nun die Scheibe herunterlassen würde. Aber nichts geschah. Durch das beschlagene Fenster sah er ihre Silhouette, regungslos und aufrecht hinter dem Lenkrad sitzen. Nicht einmal den Kopf hatte sie ihm zugedreht. ‚Wie zugedröhnt‘ dachte Hans und beugte sich einwenig herunter, um besser sehen zu können. Es raschelte hinter ihm. Er wandte den Kopf um. Etwas Hartes, Schweres zertrümmerte sein Kinn, warf ihn auf den Rücken. Noch eher er auf dem Boden aufschlug, sogar noch bevor er einen Schmerz spürte, wurde es dunkel.

VAN GERSTENBORN

Es war ein guter Plan, das wusste er. Und trotzdem schien sich schon wieder alles irgendwie anders zu entwickeln, als erwartet. Van Gerstenborn saß wieder in seinem offiziellen Büro über Paolos Pizzeria. Auf dem Tisch vor sich ein Laptop, von dessen Bildschirm ihn das Gesicht von Thorsten anstarrte. Der hockte neben einem am Boden liegenden Mann, dem er Augen und Mund verklebt hatte. Van Gerstenborn erkannte auch diesen Mann, konzentrierte sich aber dennoch ausschließlich auf Thor. Und das, was der jetzt tat. Er hätte jetzt nicht mehr erklären können, warum er begonnen hatte, mit ihm Geschäfte zu machen. Es war eine komplexe Geschichte, in der sich ein Puzzleteil ins andere gefügt hatte, bis sie plötzlich perfekt erschien und wirkte, wie ein perfekter Plan. Auch wenn sie, bei Licht betrachtet, nichts anderes war als das perfekte Zusammentreffen sich ergänzender Zufälle.

Er hatte Thorsten vor etwa zwei Jahren in Schönstadt gesehen und er hatte ihn natürlich sofort erkannt. Silke Scheuer hatte schließlich überall in ihrer Wohnung Fotos ihres Sohnes zu stehen gehabt. Nicht in dieser Kluft einer Rockerbande. Er bezweifelte, dass sie überhaupt etwas von seinem Leben bei „Wotans Wölfen" wusste, nach so vielen Jahren ohne Kontakt. Und auch die Gesichtszüge waren härter als bei dem blonden fünfzehn – oder Sechszehnjährigen, an den sich seine Mutter erinnern mochte. Dieser Mann hatte ganz offenkundig schon einiges vom Leben gesehen und sich, wie mehrere Narben zeigten, nicht einfach nur mit dem Zusehen zufriedengegeben. Dennoch hatte van Gerstenborn sofort gewusst, wer da mitten in der Nacht beinahe unbeweglich auf der Elvebrücke stand, zusammen mit diesem nuttigen Mädchen, das um irgendetwas zu betteln schien.

Van Gerstenborn hatte seine neueste Errungenschaft testen wollen: eine Achtmillimeter-Kamera mit Nachtsichtaufsatz, die er unlängst auf einem Trödelmarkt erstanden hatte. „Da ist sogar noch ein frischer Film drin", hatte ihm der Verkäufer erklärt. Van Gerstenborn hatte seine Zweifel daran, dass der Film wirklich „frisch" war, aber ausprobieren wollte er es doch. Also hatte er sich am Abend aufs Fahrrad gesetzt und war ein Stück aus der Stadt hinausgefahren, zur Elve, dorthin, wo es wirklich noch dunkel wurde. In der Stadt mit ihren unendlich vielen Lichtern aus Fenstern und Laternen hätte er den Nachtsichtaufsatz schwerlich testen können. Dann hatte er die beiden Silhouetten auf der Brücke stehen sehen. „Ein Pärchen!", dachte er zunächst, richtete mit voyeuristischer Neugier die Kamera auf die beiden und drückte auf den Filmauslöser. Der Nachtsichtaufsatz funktionierte wirklich tadellos, auch der Film surrte leise, während der Mann dem Mädchen einen Schlag versetzte, es sich über die Schulter legte und wenig später von der Brücke ins Wasser warf.

Um so überraschter war van Gerstenborn später, als er den Film entwickelte. Er bestand eigentlich aus drei Teilen. Da war die kurze Sequenz, die er selbst gefilmt hatte. Direkt davor fand sich, ebenfalls nur wenige Sekunden lang und erst nach nächtelanger Kleinarbeit auf dem Computer erkennbar, ein Mann am Flussufer, der sich über eine Frau hermachte, durch irgendetwas aufgeschreckt plötzlich den Kopf drehte und direkt in die Kamera schaute. Und dann war da ein dritter, noch einmal sehr viel älterer Filmteil, der irgendeine beiläufige Familienszene zu zeigen schien. Mit diesem Teil konnte er gar nichts anfangen. Er hatte zwar auch diese

Szene digitalisiert, jedoch nie herausgefunden, was es damit auf sich hatte.

Die beiden anderen Filmteile allerdings, die waren richtig wertvoll. Purer Goldstaub sozusagen. Und er war der richtige Mann dafür, diesen Goldstaub zu Geld zu machen.

Das war sein Spiel! Ein Kinderspiel, wie er fand.

Nur wenige Wochen später wusste er, wer der Mann war, der sich unter einer Weide am Fluss an dem Mädchen zu schaffen gemacht hatte. Das Gesicht des Mädchens hatte er zwar nicht erkennen können, aber auch so waren die gefundenen Informationen nützlich. Sie führten ihn zu dem Gehöft vor der Stadt. Nach ein paar Tagen verdeckter Beobachtung wusste er: Hier floriert ein kleiner Handel mit Haschisch aus Holland.

Er beschloss, dass er daran beteiligt werden wollte. Also steckte er einen Bildausdruck, auf dem der Mann besonders gut zu erkennen war, in einen Briefumschlag und deponierte den im Briefkasten am Gehöft. Zwei Telefonate später waren er mit im Geschäft. Ab sofort wurde deutlich mehr Haschisch von Amsterdam aus nach Schönstadt transportiert. Den größten Teil davon überließ man ihn zum Schnäppchenpreis. Warum er ausgerechnet den Briefkasten von Silke Scheuer ausgewählt hatte, in dem Drogen und Geld ausgetauscht wurden, hätte er nicht sagen können. Abgesehen davon, dass es sinnvoll war, weil dessen Mutter regelmäßig Omi Porsch besuchte … Und auch er freien Zugriff darauf hatte. Hätte er doch bloß darauf verzichtet, die Wohnung der Porsch überwachen zu wollen. Hatte er wirklich geglaubt, die beiden alten Tanten würden über das Drogengeschäft reden? Das war sein erster Fehler gewesen. Den konnte er nicht mehr rückgängig machen. Er musste jetzt darauf hoffen, dass es keinem der Brandermittler aufgefallen war. Das war eine heikle Sache, aber er durfte sich davon jetzt nicht ablenken lassen. Die Drogen weiter zu verkaufen, war dann nicht sonderlich schwer gewesen.

Er hatte „Wotans Wölfen" in der Landeshauptstadt ein Angebot gemacht, die bis heute nicht wussten, von wem es gekommen war. Weil aber Preis und Ware stimmten, hatten sie auch nicht weiter nachgefragt. Und dann war er, zumindest nach außen hin, zum Naturfreund mutiert.

Seitdem war er täglich mit dem Fahrrad zur Elve gefahren, am Wasser entlang bis zu der kleinen Landzunge mit der hohlen Weide, von der aus man auf der Anhöhe das einsame Gehöft sehen konnte. Jeden Tag hielt er dort kurz an, saugte scheinbar das Panorama in sich auf. Wer ihn beobachtete, sah einen Mann, der sich viel Zeit ließ, jeden Baum einzeln zu begrüßen. Tatsächlich wechselte er, aus der Ferne nicht erkennbar, Batterien in einer verborgenen Kamera aus, die auf die hohle Weide ausgerichtet war und von einem Bewegungssensor gesteuert alles aufnahm, dass sich dort veränderte und per Funk ihn sendete. Einmal pro Woche hatte er zusätzlich ein kleines Päckchen aus Silke Scheuers Briefkasten dabei, das er im Baum deponierte.

Am nächsten Tag fand er an derselben Stelle jeweils ein Bündel mit Geldscheinen. Das System war perfekt. Er verdiente gut daran – und war eigentlich mit der Sache nicht in Verbindung zu bringen. Seine größte Sicherheit dabei: Keiner der Beteiligten wusste, wer er war.

Sollte zufällig jemand das Päckchen im Briefkasten entdecken, würde der Verdacht auf Silke Scheuer fallen. Schließlich war ihr Sohn der Chef von „Wotans Wölfen", einer Bikergang, die inzwischen den Drogenhandel in der Landeshauptstadt kontrollierte.

Und falls jemand durch einen dummen Zufall das Päckchen im hohlen Baum finden sollte. Nun ja: Er würde auf kurzem Weg zum Gehöft gelangen. Es gab nichts, was ihn selbst mit der Sache in Verbindung brachte. Abgesehen von der Funkkamera natürlich. Aber auch daran hatte er gedacht. Die Bilder, die sie aufnahm, landeten auf einer offen zugänglichen Seite im Internet, die sich angeblich mit der Fauna der Elveauen befasste. So ergaben auch seine täglichen Fahrten dorthin für Außenstehende einen gewissen Sinn.

Die Gefahr, dass im Netz zufällig jemand bemerkte, wie der Drogenaustausch von statten ging, war gleich Null. Die Internetseite nämlich zeigte öffentlich nur veraltete Bilder, auf denen nicht mehr passierte, als dass ein streunender Hund an den Baum pinkelte oder sich mal ein Waschbär daran zu schaffen machte. Wer einen zeitsynchronen Zugang wollte, musste sich mit Namen und Password anmelden. Bisher gab es genau einen Nutzer dieses Angebotes. Ihn.

Alles war perfekt gewesen. Aber dann hatte er sich Fehler geleistet. Die Kamera bei Omi Porsch, das war schon unnötig gewesen. Dass er später aber tagelang zugeschaut hatte, was Christian Wilsbach in der Wohnung von Silke Scheuer getrieben hatte, ohne daran zu denken, dass es seine Geschäfte beeinträchtigen könnte, beeinträchtigen musste, das war unverzeihlich.

Es war ihm ergangen wie jedem Spieler, der seine Gegner komplett beherrscht, jede Bewegung vorhersieht und deshalb keinen Nervenkitzel mehr erlebt, sondern nur noch sattsam bekannte Routine.

Ihm wurde langweilig.

Bei Computerspielern führt das häufig zum Verlust virtueller „Leben". Seine Verluste hier waren real. Wie ja auch sein Spiel ein reales war.

Immerhin: Der Nervenkitzel war jetzt wieder da. Und er wurde gerade noch größer. Der Plan war noch einfach gewesen. Er hatte mit Thor und mit Hans telefoniert und beide zur hohlen Weide bestellt, wo sie aufeinandertreffen und sich in die Haare kriegen mussten. Hans würde nicht verstehen, was Thor von ihm will, er hatte ja nie Päckchen in der hohlen Weide platziert. Und Thor würde ihm kein Wort glauben. Natürlich nicht. Es würde handgreiflich werden. Und er hatte die Bilder davon. Je nachdem, wie die Sache ausging, würde er diese

Bilder selbst behalten und weiter verwenden. Oder er ließ sie der Polizei zukommen. Dann müsste er zwar die Haschischgeschichte endgültig hinter sich lassen, aber das konnte er verschmerzen. Es war ja ohnehin nur ein Zusatzgeschäft gewesen. Einträglich, das ja, aber doch nur nebensächlich. Einen Drogenring im Rockermilieu auszuheben würde das Interesse der Polizei jedenfalls von seinem Haus und seinen kleinen Geheimnissen ablenken.

Hatte er gedacht.

Aber dann war schon wieder etwas Unerwartetes passiert. Er hatte das kaum glauben können. Denn nicht der Käpt'n war an der Weide erschienen. Sondern der Polizist, den er heute Morgen durch die Scheiben von Paolos Pizzeria gesehen hatte, Grubers Fahrer. Körting. Nun lag er hilflos auf dem Boden. Neben ihm auf dem Boden lag noch jemand, den er nicht erkennen konnte, das Gesicht zum Boden gedreht, schulterlange offene Haare. Eine junge Frau, vermutete van Gerstenborn. Die beiden gehörten so gar nicht in seinen Plan; dass sie hier auftauchen würden, war nicht vorhersehbar gewesen.

Gerade tastete Thor den am Boden liegenden Körting ab, zog schließlich ein Telefon aus dessen Jacke und betrachtete es einwenig ratlos. ‚Wahrscheinlich klingelt es und er weiß nicht, ob er rangehen soll oder nicht‘, dachte van Gerstenborn, während er zusah, wie Thor weiter an dem Mann herumnestelte. Suchte er das

Päckchen? Was er fand, war der Dienstausweis des Mannes, den er bis eben für seinen Lieferanten gehalten hatte. Was Thor dann sagte, konnte van Gerstenborn auch ohne Ton deutlich von Thors Lippen ablesen. „Scheiße!"

Er wusste jetzt also Bescheid. Unwillkürlich rückte van Gerstenborn ein Stück näher an den Bildschirm, als könnte er dadurch noch tiefer in das Geschehen eintauchen. Er bemerkte nicht einmal, dass er das tat. Er sah, wie der Polizist am Boden sich regte, wie Thor nach seinem Hammer griff, über dem Kopf des Polizisten weit ausholte und mit voller Wucht zuschlug. Nein, es gab keinen Ton, aber van Gerstenborn hätte in diesem Moment beschwören können, dass er das Knacken und anschließende Knirschen gehört hatte. Nur ein einziger Schlag. Dann erhob sich Thor, drehte der Kamera den Rücken zu. Etwas auf der Anhöhe schien sein Interesse geweckt zu haben. Van Gerstenborn rutschte aufgeregt auf seinem Stuhl hin und her, nach links, nach rechts und wieder nach hinten: Doch aus welchem Winkel er auch auf den Laptopbildschirm starrte, es änderte nichts daran, dass Thors Parka den Blick auf das weitere Geschehen versperrte. Natürlich nicht. Mehr noch: Thor machte ein paar Schritte rückwärts, so als wollte er sich vor etwas verbergen, das von der Anhöhe aus auf ihn zu kam. Einwenig wirkte es, als ob er etwas mit sich zog. Und mit jedem Schritt näherte er sich der Kamera mehr, bis er direkt davor stand, reglos stehen blieb und das Bild vollkommen schwarz wurde. Die Kamera registrierte keine Bewegung mehr und schaltete ab. „No signal", schrieb der Computer unten rechts auf den Monitor, wo ein Protokoll sämtliche Aktivitäten seiner Internetseite aufzeichnete.

Van Gerstenborn ließ dennoch die Aufnahme am Rechner weiter laufen. Thor konnte ja nicht ewig so stehen bleiben. Hin und wieder schien er sich zu bewegen, vielleicht tief ein und aus zu atmen. Zumindest registrierte die Kamera immer wieder Bewegungen. Das kleine Protokollfenster, acht Zeilen hoch, schrieb immer wieder: „Sending" „No signal" „Sending" „No signal". Jedes Mal begleitet von einem feinen Piepsen. Es war das Einzige, das sich auf seinem Bildschirm tat. Das Videofenster selbst blieb schwarz. Aber irgendwann würde Thor zur Seite treten und die Sicht auf das Geschehen freigeben.

Die Anspannung hatte ihm Lippen und Gaumen ausgetrocknet. Van Gerstenborn stand auf, holte sich ein Wasser aus dem Kühlschrank. Das rhythmische Piepsen des Protokolls ging weiter. Für einen Moment schien es ihm, als wäre der Rhythmus unterbrochen worden, zwei kurze Geräusche nur, mehr nicht. Dennoch hatte er sofort vom Kühlschrank aus Richtung Computer geschaut. Das Video war immer noch schwarz. Dass auf dem Protokoll zwei neue Textzeile erschienen waren, konnte er von dort aus nicht sehen: „neuer benutzer" und „zugangsdaten gesendet".

Nur Sekunden später saß er wieder vor dem Rechner, trank mit großen Schlucken Wasser aus der Plastikflasche und starrte weiter auf den schwarzen Bildschirm. Aber da waren die beiden ungewöhnlichen Zeilen längst wieder verschwunden, Pieps für Pieps nach unten gerückt von den Statusmeldungen: „no signal". „sending." „no signal". „sending".

Er begann zu überlegen, was er mit den aufgenommenen Bildern anfangen sollte. Dass er nicht der Einzige war, der das noch Folgende sehen würde, hatte er nicht bemerkt.

CLAUDIA

„Lauf! Lauf sofort weg!" Ihr Kopf wusste ganz genau, was zu tun war, sofort als sie den Mann sah, der da vor ihr auf dem Boden kniete, halb gebeugt über den Anderen, der mit blutender Kopfwunde daneben lag. „Lauf, los, weg hier, nur weg!" Im Zwinger hinterm Haus bellte noch immer der Hund, als wollte er sie hetzen, vor ihr lag der Abhang. Und Abhang war gut, wenn man flüchten wollte, man war schneller, wenn man bergab lief. Menschen flüchten immer bergab, niemals bergauf. Zumindest, wenn der Abhang vor ihnen liegt.

Da vor ihr saß Christian Wilsbach und er hatte gerade einen anderen Mann erschlagen oder niedergeschlagen, jedenfalls zu Boden gestreckt.

„Weg hier, jetzt, sofort, hörst Du! Ab, renne! Renne!"
Ihre Gedanken schrien sich heiser in diesen wenigen
Sekunden. Die Beine gehorchten nicht. Sie blieben einfach stehen, beinahe so, als wären sie noch immer in
seinem Keller angekettet. Da saß Christian Wilsbach.
Hatte sie nicht gesehen, wie der Zug ihn mit sich gerissen hatte? Er musste doch tot sein. Sie hatte daran
glauben wollen. Er war es nicht.

Er erhob sich langsam, in der Hand ein klobiges Holzscheit, mit dem er wohl den Mann am Boden erschlagen hatte. Und setzte ein Lächeln auf.

Das Lächeln, dass Claudia einmal für die unbeholfene
Grimasse eines leicht schrulligen Kauzes gehalten hatte. Er trug noch immer den grauen Kittel, den er schon
anhatte, als sie ihm das erste Mal begegnete. Aber in
dem Lächeln sah sie nichts Schrulliges oder Kauziges
mehr. Sie fühlte sich, als stünde sie schutzlos eine Hyä-
ne gegenüber, ohne Chance, zu entkommen. Mochte
der Kopf auch noch so laut rufen. Die Beine hatten sich
längst ergeben. Willenlos ließ sie sich von ihm zum
Haus zerren, widerstandslos in der Küche auf einen
Stuhl drücken, schicksalsergeben blieb sie dort sitzen,
während er Schranktüren und Schubladen aufriss, bis
er endlich etwas fand, womit er sie an den Stuhl fessel-
te. Eine Rolle Paketschnur.

„Wie kann das sein?" Wieder und wieder flüsterte sie
die Frage vor sich hin, hörte nicht, was er sagte, redete
einfach weiter, als er sie mit ihrem Stuhl in die Küchen-

ecke schob und dort stehen ließ wie ein Kind, das sich schämen soll. Sie bemerkte nicht einmal, wann er die Küche verließ und wieder auf den Hof hinaus lief. Minutenlang blieb sie allein. Sie müsste jetzt eigentlich versuchen, mit dem Stuhl hin zu den Schubladen zu rücken, versuchen, an ein Messer zu gelangen, die Fesseln irgendwie durchzuschneiden, zu fliehen, Hilfe zu holen, oder ihn überwältigen, sie war schließlich Polizistin. Sie wusste das alles, sie versuchte nichts davon. Ihr Körper war zu nichts anderem in der Lage, als die Lippen zu bewegen und die immer gleiche Frage zu hauchen: „Wie kann das sein? Wie kann das sein?"

Das Telefon riss sie aus der Lethargie. Es klingelte so schrill, so unfassbar laut, sie konnte es nicht sehen, aber es musste ganz in ihrer Nähe stehen. Und Wilsbach war noch immer draußen, was er da tat, war nicht wichtig, nicht für sie, nicht jetzt. Wichtig war nur: Da war ein Telefon und Telefon hieß: Hilfe. Und dann rief sie, mehr zu sich als zu irgendjemandem sonst: „Hilfeeee!" Zu schwach noch, um auch nur das Telefon zu übertönen, aber laut genug, dass sie selbst es hören konnte. Und angetrieben vom eigenen Hilfeschrei, holte sie tief Luft und schrie noch einmal, lauter jetzt, viel lauter als das Telefon jemals klingeln könnte. „Hiiiilfeeeeee". Was tat es schon, dass auch Wilsbach draußen ihn sicher hören würde. Auch jemand anderes würde ihn hören, musste ihn hören und würde ihr zu Hilfe eilen. „Hilfeee!" Vielleicht Moritz. Bestimmt, er würde sie hören und sofort kommen. Aber konnte er es mit Wilsbach aufnehmen? „Hilfeee!" Bestimmt, ja, bestimmt würden sie gleich zu zweit kommen, Nadine musste ja auch in der Nähe sein. Und zu zweit, würden sie doch sicher etwas ausrichten können, oder?

„Hilfeee!" Ein Handy, natürlich, er hatte ein Handy dabei. Und konnte sofort die Polizei rufen, klar, war ja kein dummer Junge. Er wusste doch, dass nur sie hier oben sein und rufen konnte, ganz klar! „Hilfeee!"

Noch einmal holte sie Luft, ganz tief, bis in die Lungenspitzen, so viel, dass ihr die Brust schmerzte, bis nichts mehr hineinpasste.

Noch einmal wollte sie rufen, als sie im Flur Schritte hörte, die Angst ihr wieder die Kehle verschloss und die Blase öffnete und die näherkommende Stimme fragte: „Wer soll denn das hier draußen hören?"

CHRISTIAN

Auf einmal war alles ganz schnell gegangen. Er hatte die Frau vom Fenster aus gesehen. DIE Frau. Wegen der dieser Tag so fürchterlich war. Er hasste sie. Und er liebte sie, irgendwie. Wenigstens sagte ihm das dieses wachsende Druckgefühl im Schritt, das sofort wieder da gewesen war, als er sie erblickte.

Das erste gute Gefühl dieses Tages. Versonnen hatte er die Hand in den Hosenbund geschoben, den Penis gestreichelt, ganz langsam erst, dann immer schneller werdend, dann hatte er die Hose geöffnet: längst schon sah er nicht mehr, was draußen passierte, er hatte die Augen geschlossen und stöhnte leise vor sich hin. Ja, das alles hätte sie erleben können …

Als er die Augen wieder öffnete, war die Frau verschwunden. Aber hinter dem Carport ließ sich das Tuckern eines Wagens hören und feiner Rauch kräuselte sich. Bestimmt war sie noch da.

Er hatte dann nicht mehr groß nachgedacht. Sich einfach einen auf dem Boden herumliegenden groben Holzscheit geschnappt und dann war er zur Treppe gehumpelt; er war hinuntergeklettert, so schnell er mit seinem Fuß eben konnte und dann über den Hof zum Carport. Ein paar Sekunden lang hatte er innegehalten, weil das Telefon im Flur ihn verwirrte. Aber dann war er weiter gerannt, hatte das Auto gesehen – und einen Mann, der versuchte, durch die Seitenscheibe hinein zu schauen. Er hatte ausgeholt und zugeschlagen. Der Mann war wie ein Sack zu Boden gegangen und liegen geblieben. Er hatte sich die Frau gegriffen, mit sich ins Haus gezerrt und für`s Erste in der Küche angebunden. „Gleich mein Schatz, gleich bin ich wieder bei dir, nur schnell noch den Mann da draußen …"

Er hatte ihr nicht gesagt, was er mit dem Mann vorhatte. Denn er hatte nichts mit ihm vor.

Erst einmal zuzuschlagen vorhin war ein Reflex gewesen. Eine unwillkürliche Reaktion darauf, dass der Mann in der Nähe dieser Frau gestanden hatte, die ihm gehörte! Dann, als der Mann am Boden lag und er erkannte, wen er da ausgeknockt hatte, war ihm doch der Schrecken in die Glieder gefahren: Den Mann, der ihm eigentlich helfen sollte, von hier zu verschwinden.

Im selben Moment war die Frau ausgestiegen, und er hatte sich mit ihr befassen müssen. Hans lag noch immer bewegungslos neben dem Wagen. Was sollte er jetzt mit ihm tun? Erst einmal ins Haus bringen, ganz klar. Der Mann musste wieder zu sich kommen. Er griff ihm unter die Achseln, versuchte ihn wegzuzerren. Er kam nur langsam vorwärts, zunehmend genervter von dem Krach, der inzwischen aus dem Haus zu ihm herüberdrang. Erst dieses viel zu laute Telefon und dann, noch viel lauter, die Frau, die um Hilfe schrie. Er war gerade bis zum Hoftor gekommen, als in der Ferne ein Blaulicht durch die Baumreihen zuckte. Ein Polizeiwagen. Wie hatte die Polizei die Hilferufe hören können?

Wenn er wenigstens Auto fahren könnte… Christian hielt sich nicht mit dieser Frage auf, er folgte seinem Instinkt. Verstecken.

Er ließ Hans liegen, wo er war, humpelte zurück zum Haus, wo die Frau immer lauter schrie. Und kletterte zurück auf den Boden, hin zum Schrank vor dem Fenster. Und kroch hinein, wie er es als Kind so oft getan hatte, kauerte sich zusammen, hielt die Luft an. Vor dem Schrank regte sich ein Tier, Christian konnte es, unruhig hin und tapsen hören, so als wäre es unschlüssig, was nun zu tun sei.

GRUBER

Die Sache mit den heruntergefallenen Akten nervte ihn immer noch. Nicht so sehr, weil er glaubte, dadurch wertvolle Zeit verloren zu haben. Erst etwas später bei der Rekonstruktion des Hergangs würde er bemerken, wie viel diese verlorenen zwei Minuten auf der Intensivstation tatsächlich ausgemacht hatten. Nein, im Grunde war er sauer auf Körting, der spurlos verschwunden war. Erst hatte er auf seine Anrufe nicht reagiert und jetzt war das Telefon offenbar ganz abgeschaltet. Normalerweise hätte er ihn die Akten tragen lassen, sie wäre ihm nicht beim Versuch, zu telefonieren, heruntergefallen und er hätte nicht anschließend auf dem Boden herumkrauchen und sie wieder einsammeln müssen. Mittendrin kam ihm der Gedanke, dass er ja gar nicht versucht hätte, mit Körting zu telefonieren, wenn der bei ihm gewesen wäre, er ihm also auch nicht die Akten hätte in die Hand drücken müssen und … Das alles war so schwachsinnig. Er war allmählich richtig sauer auf Körting. Und dass der Beamte, der ihn statt Körting nun raus aufs Gehöft fuhr, dieses penetrante Rasierwasser trug, nach dem der ganze Wagen stank und nach dem er selbst bestimmt auch noch ein paar Tage riechen würde, verbesserte seine Laune kein bisschen. Er war in dieser Beziehung sicher nicht kleinlich: Aber wonach er roch, das bestimmte er doch gerne selbst.

Während er noch vorhin einwenig besorgt, zumindest aber professionell entspannt an die Kommissarin Claudia Herbst gedacht hatte, die schon wieder aus der Klinik verschwunden war und ganz sicher zufällig auf einer heißen Spur landete, mit der sie sich selbst in Gefahr brachte, hatte sich auch dieses Gefühl inzwischen in etwas Negatives verwandelt.

In das Gefühl, den Chef raushängen zu müssen.

Scheinbar machte hier in Schönstadt jeder Polizist, was er wollte und nicht das, was er sollte.

„Damit ist jetzt Schluss!" hatte er laut gesagt und dafür einen ziemlich irritierten Blick des Beamten neben ihm am Steuer geerntet. „Wie bitte?"

„Die Herbst gehört ins Bett. Der Körting gehört ans Steuer. Und Sie…" Gehören geduscht! Hatte er sagen wollen, während er das Fenster einen Schlitz weit öffnete, sich die Worte aber im letzten Moment verkniffen. Allerdings: schon sie gedacht zu haben, tat richtig gut und entspannte ihn spürbar.

„Was ist mit mir?"

„Und Sie … Ach, nichts. Sind sie sicher, dass das hier der richtige Weg ist?" Gruber hatte beim Einsteigen lediglich gesagt: „Wir müssen dahin, wo die Wasserleiche gefunden wurde. Wissen sie, wo das Ist?"

Der Beamte hatte natürlich davon gehört, genickt und gesagt: „Beim Gehöft, nicht?" Gruber hatte nicht widersprochen. Und jetzt waren sie zwar auf einem Waldweg, aber die Strecke fühlte sich irgendwie anders an als die, die er unlängst mit Körting gefahren war. Es ging leicht aufwärts. Weil sie nun wirklich, direkt zum Gehöft unterwegs waren, nicht zu der Weide.

Gruber öffnete das Fenster nun ganz, er brauchte dringend frische Luft.

Dann glaubte er, eine Stimme zu vernehmen.

„Hören Sie das? Hat da gerade jemand um Hilfe geschrien?"

Der Polizist zuckte mit den Schultern.

Da, da war es noch einmal.

„Na los Mann, machen Sie jetzt das Blaulicht an! Wir haben es eilig!"

Sollte sich der Fahrstil des Beamten in diesem Moment verändert haben, dann bemerkte es Gruber zumindest nicht. Ihm kam es so vor, als würde ihr Wagen über den Waldweg schleichen. ‚Den habe ich jetzt wohl komplett verunsichert. Vermutlich will er bloß nichts falsch machen und mir jetzt beweisen, dass er vorsichtig mit der Technik umgeht'.

Gruber konnte es später nicht beweisen, aber seinem Gefühl nach hatten sie wegen dieser Verunsicherung noch einmal wenigstens drei Minuten verloren. Körting hätte die Strecke wesentlich rasanter genommen, das war klar.

Und so ging er später davon aus, dass man wohl dem Käpt'n einen schmerzhaften Kieferbruch hätte ersparen können, wäre die Sache mit den Akten nicht passiert, die ja nur geschehen war, weil sich seine Beamten alle

ziemlich unvorschriftsmäßig verhielten. Und Körting …
Naja Körting wäre gar nicht in Gefahr geraten, hätte er
sich an das gehalten, was sie abgesprochen hatten.
Zum Archiv fahren und dann wiederkommen. Von
einem Spaziergang am Wasser war nie die Rede gewesen.

Als sie das Gehöft erreichten, fanden sie den ohnmächtig am Hoftor liegenden Käpt'n, neben ihm ein Fiat mit
laufendem Motor. Aus der offenen Haustür kreischten
noch immer Hilferufe.

Gruber hatte sich mit einem flüchtigen Griff an den
Hals des Käpt'ns vergewissert, dass der noch lebte und
schon waren er und der Beamte zum Haus geeilt. Je
näher sie kamen, desto sicherer wurde Gruber, dass er
die Stimme kannte. Claudia Herbst. Und dann hatte er
sie gefunden. Festgebunden an einen Küchenstuhl, in
die Küchenecke geschoben wie ein unartiges Kind, dass
nun die Wände anschrie. Und unverletzt war.

Sie hatte aufgehört zu schreien, als er sich näherte.
Natürlich, sie musste ihn ja nicht anschreien. Die
schlechte Laune von eben mischte sich mit der Erleichterung darüber, dass seine Kollegin noch lebte. Und,
wenn er ganz ehrlich war, auch mit einem Hauch
Selbstzufriedenheit, weil er richtig vermutet hatte: sie
hatte sich mal wieder in Gefahr gebracht.

Zur Wahrheit gehörte zwar auch, dass er noch nicht so
recht zusammenbrachte, was hier los war. Aber das
würde sich finden. Hoffte er. Für den Moment hatte die

Zufriedenheit durchaus etwas Gutes: Sie beruhigte ihn. Statt eines von allem und jedem genervten und unzufriedenen Polizeipräsidenten, der er im Auto eben noch gewesen war, bekam Claudia Herbst den ihr bekannten, abgeklärten Gruber zu sehen, der sie mit einer etwas spöttischen Bemerkung begrüßte: „Wer soll Sie denn hier draußen hören?"

In einer Schublade fand er ein Messer, löste ihre Fesseln.

„Geht es ihnen gut?"

„Psst!"

„Was denn?"

„Hören Sie das?"

Gruber lauschte. Über ihnen schien Füße über den Boden zu tapsen, kleine, flinke Füße.

„Irgendein Tier da oben?" fragte er.

„Nein, nicht oben. Da", und sie wies zur Wand, „da hat vorhin jemand gestöhnt."

„Ist noch jemand im Haus?"

„Ich weiß es nicht, aber es kam von dort."

Sie fanden Erika. Von dem Schlaganfall, den sie vorhin erlitten hatte, würde sie sich nie so ganz erholen. Sie würde das rechte Bein nachziehen, den rechten Arm kaum noch benutzen können, die rechte Gesichtshälfte würde gelähmt bleiben. Nur wenige Menschen in Schönstadt würden sie in ihren letzten Lebensjahren noch zu sehen bekommen. Aber ihre auf einem Teil des Gesichtes zur Grimasse erstarrten Züge, das leicht verrutscht wirkende Auge mit der hochgezogenen Braue und der herunterhängende Mundwinkel würden diese wenigen Menschen davon überzeugen, dass Erika Kruse tatsächlich und ganz bestimmt gewissermaßen irgendwie so was wie eine alte ... Hexe ... war.

Und weil diese Wenigen davon anderen erzählten und die Anderen wiederum anderen, würde bald ganz Schönstadt überzeugt sein. Kinder werden später mit leichtem Gruseln um das Gehöft an der Elve herumstreichen und sich Nachts, die Decke über den Kopf gezogen und die Gesichter von Taschenlampen bestrahlt immer neue Geschichten zuflüstern, von dieser Hexe, die einen ausgewachsenen Mann in einen Waschbär verwandelt hatte, weil er so viele Schönstädter Mädchen umgebracht hatte.

Bis dahin waren es noch ein paar Jahre.

Der Mann, der diese Legende erfinden und literarisch zu einem Bestseller verarbeiten würde, lag noch ein Stück entfernt im Krankenhaus im Koma.

Aber Gruber war bereits hier, wusste noch nichts vom Waschbär, war sich ziemlich sicher, dass er den Mädchenmörder zu fassen kriegen würde und tat deshalb weniger literarische als sehr praktische Dinge.

Er rief einen Krankenwagen für Erika und Hans.

Er schickte den Beamten auf den Dachboden, von wo er vorhin die Geräusche gehört hatte.

Er trieb den Waschbären aus dem Haus, der dort gehaust hatte und, wohl aufgeschreckt durch die Schreie von Claudia Herbst, fauchend die Treppen herunter gepoltert war, sobald der Beamte die Bodenluke öffnete. Dann war das Tier eine Weile zwischen Wohnstube, Flur und Küche hin und her gestürmt, ehe es Gruber gelang, es mit einem Stuhl in Richtung der Haustür zu dirigieren. Das alles dauerte ein paar wilde Minuten und es glückte auch erst, als der Beamte seinerseits wieder vom Dachboden herunterkam und dem Waschbären den Weg zur Küche versperrte. Der Waschbär, der bei seinem ziellosen Gerenne ein ums andere Mal bereits durch Grubers und Claudias Beine geschlüpft war, hatte vor dem Beamten plötzlich gescheut, als wäre da eine unsichtbare Wand gewesen.

‚Wenigstens dafür war das Rasierwasser offenbar gut!', dachte Gruber, als er dem im Zickzack über den Hof davonstürmenden Waschbären hinterher blickte. Aufgeregtes Hühnergegacker und wütendes Hundegebell begleiteten dessen Flucht. Wenig später war er irgendwo unter dem Zaun hindurchgekrochen und dann in Richtung des Flusses verschwunden.

Verschwitzt sahen sich die Polizisten an.

„Auf dem Dach was gefunden?" fragte Gruber.

„Abgesehen davon? Nö!", sagte der Beamte, „da oben ist nix! Ich schaue mich mal draußen um."

„Ich habe vorhin auch gehört, wie Wilsbach nach draußen gelaufen ist.", sagte Claudia, „er wollte sich um den Käpt`n kümmern. Wie geht's ihm denn eigentlich?"

„Der wird schon wieder. Aber: Sagten sie Wilsbach?"
Den hatte er hier nun wirklich nicht erwartet.

Sie erzählte Gruber, was sie von dem Geschehen mitbekommen hatte. Der schüttelte ungläubig den Kopf.

„Das müssen sie mir mal erklären. Ich war eigentlich davon ausgegangen, dass Sie wegen der Wasserleiche hier sind ... also nicht hier, sondern bei der Weide."

„Aha? Weil ...?" Claudia verstand nicht recht. Sie fand es auch einwenig peinlich. Eigentlich war sie ja nur von einem im Nachhinein wenig logischen Fragensturm aus der Klinik getrieben worden, der mit dem, was hier geschah, so gar nichts zu tun haben konnte.

Gruber holte einen Zettel aus der Tasche. „Ich hatte ja keine Ahnung, dass sie auch noch Gedichte schreiben, während sie ermitteln. Aber, naja, den hier habe ich auf ihrem Nachttisch gefunden.".

Und er begann vorzulesen „Unter dieser Weide lagen Antworten auf alle Fragen." Er ließ die Worte kurz wirken. „Und das bedeutet bitte was?"

„Eigentlich hat es nichts mit dem Fall zu tun. Also nicht wirklich. Außer natürlich, wenn alles, was Omi Porsch gesagt hat, mit dem Fall zu tun hat. Sie muss mir das erzählt haben, als ich im Halbschlaf lag, keine Ahnung, wie es weiterging."

Gruber schüttelte nachdenklich lächelnd den Kopf. „Zufälle gibt's ... Ich versuche, das mal zusammenzufassen. Wir haben...", er holte tief Luft, „...zwei im Halbschlaf gehörte Verszeilen, aufs Geratewohl aufgeschrieben, die ich für einen Hinweis gehalten habe. Dann haben wir einen Fahrer, der den falschen Weg nimmt und voilà, schon wieder rette ich sie vor einem Massenmörder, vor dem ich sie heute Morgen schon einmal gerettet habe und nach dem fast alle Beamten von Schönstadt inklusive Verstärkung aus der Landeshauptstadt fieberhaft suchen, allerdings an einer völlig anderen Stelle. Und …" er hob den Zeigefinger und schaute Claudia eindringlich an, „jetzt kommt's: der mit dem Fall, an dem Sie herumrecherchiert haben, während sie diesen Vers aufschrieben, überhaupt nichts zu tun hatte. Soweit korrekt?"

Er war lauter geworden, während er das sagte, jetzt sackten seine Schultern ab und schienen für einen Moment kraftlos an ihm herumzuhängen. Claudia schwieg. „Mal ganz ehrlich, Kollegin: Haben Sie eine Idee, wie ich das der Presse erklären soll?"

Claudia schüttelte den Kopf. Sie versuchte ein Geräusch auszumachen, das ihr seit einer Weile im Ohr war. Etwas, wie ein klingelndes Handy, nur so weit weg, dass man es mehr ahnen, als hören konnte.

Auch Gruber hatte es inzwischen scheinbar vernommen. Beide folgten sie dem Geräusch über den Hof, vorbei am Käpt`n, der inzwischen wieder zu sich gekommen und mithilfe des anderen Polizisten aufgestanden war und nun an der Hauswand lehnte, mit der einen Hand das geschwollene Kinn haltend. Mit der anderen schien er dem Beamten einen Weg zu beschreiben.

„Alles klar, er ist da lang gelaufen, den Berg runter zum Wasser."

Eine Frage zuckte in Gruber auf, nur kurz, wie ein Blitz: „Woher konnte der Mann wissen, wohin Wilsbach gerannt war. Er war doch ohnmächtig gewesen, als wir ihn fanden." Aber der Wunsch, jetzt endlich eine Spur von Wilsbach zu bekommen, war stärker als der Zweifel. So gab er sich fürs Erste damit zu frieden, der Frage selbst eine einfache Antwort zu geben: „Vermutlich hat er erst das Bewusstsein verloren, als der andere weg war."

Der Gedanke, dass der Käpt`n Gründe haben könnte, ihn in die Irre zu schicken, kam ihm nicht. Dass sich Hans, als sie ihn fanden, nur ohnmächtig gestellt und in Wahrheit sehr genau beobachtet hatte, wie Christian Wilsbach zurück ins Haus gelaufen war, wäre ihm in diesem Moment nicht eingefallen. Warum auch? Hans war hier ein Opfer, das hatte seine Kollegin aus eigener Anschauung berichtet und das konnte man gut erkennen.

Erst Tage später, als die fieberhafte Suche nach Wilsbach erfolglos eingestellt worden war, würde es Claudia Herbst sein, die mit einer ihrer Fragen den Fokus auf den Käpt'n lenken würde. Mit der Frage: „Warum war er mit seinem Schiff nicht längst weitergefahren? Er hatte es doch angeblich so eilig gehabt?"

Doch das war im Moment noch nicht abzusehen.

Im Moment war Gruber auf der Jagd und dieser Hans hatte ihm eine Fährte gezeigt, der er folgen würde. Er griff nach dem Handy in der Jackentasche und sprach mit der Einsatzleitung, um die Suche nach Wilsbach nun in eine neue Richtung zu leiten. Dabei ging er weiter neben Claudia her, die immer noch dem Klingeln folgte, dem sie sich hörbar genähert hatten, und das gerade, zum wiederholten Mal, für einen Moment verstummte. „Sagen sie mal", wandte er sich anschließend an Claudia, sie standen inzwischen neben dem Fiat „wo ist eigentlich ihr freundlicher Chauffeur geblieben, der … Moritz?" Da war das Klingeln wieder, ganz nah jetzt. Claudia fand das Telefon schließlich in der Fahrertür des Fiat. Auf dem Display war ein Foto von Dine zu sehen. Und wie um es jemandem zu erklären, der sie nicht kannte, stand unter dem Foto blinkend der Text: „Dine ruft an!" Sie drückte auf den Hörer und meldete sich mit belegter Stimme: „Hallo Dine!.."

Dann ließ sie den Hörer sinken und sah Gruber an.

„Da runter gegangen, vorhin. Wo jetzt Wilsbach..."

Es war keine Frage, dass sie da runter mussten. Sofort. Moritz war in Gefahr. Sie würden nicht auf die Suchtrupps aus der Stadt warten können. Es gab auch nichts zu bereden. Gruber nickte nur kurz, rief: „Warten sie", eilte dann noch einmal auf den Hof zurück.

„Meinen Sie, sie können allein auf den Krankenwagen warten? Er muss jeden Moment hier eintreffen und bringt dann Sie und Ihre Mutter ins Krankenhaus..." Der Mann nickte. Gruber griff den Beamten an der Jacke und zog ihn mit sich.

„Los jetzt, wir müssen ans Wasser. Kommen wir mit dem Wagen da runter?" Der Beamte blickte skeptisch, schien sich das nicht zu zutrauen.

„Schon gut, ich fahre!" Er sprang hinter den Fahrersitz, schlug die Tür zu und schien bereits abfahren zu wollen, noch bevor Claudia Herbst die Hintere Tür aufreißen konnte. Ihr blick war entschlossen und eindeutig: „Denken sie nicht einmal daran, mich hier lassen zu wollen." Dann saßen sie zu dritt im Wagen. Und Gruber gab Gas.

NADINE

Es gab zwei Dinge, die Nadine wirklich, wirklich liebte. Eigentlich drei, wenn sie Moritz dazu zählte. Die anderen beiden aber liebte sie schon sehr viel länger. Computer und Tiere. Und schon lange vor Moritz, in der Schulzeit war ihr eines klar gewesen: Sie würde später irgendwas mit Computern oder Tieren machen. Dass sie nach dem Abitur eine Lehre zur Tierpflegerin im Schönstädter Zoo begann und nicht das Informatikstudium in der Landeshauptstadt, zu dem ihre Lehrer sie gedrängt hatte, lag vielleicht auch daran, dass Moritz hier arbeitete. Vor allem aber an ihrem Vater, der sie nicht ziehen lassen wollte. Er sprach nie offen darüber, aber Nadine glaubte zu wissen, warum: Die Geschichte, eine Legende vielleicht, dass immer wieder Mädchen aus Schönstadt zogen und dann nie wiederkamen, beschäftigte ihn mehr, als er zugeben wollte. Da sie selbst auch noch unentschieden war, fiel es ihr jedoch nicht schwer, ihm zuliebe in der Stadt zu bleiben. Ob sie nun hier tagsüber mit Tieren arbeitete und abends am Computer saß, oder in der Landeshauptstadt tagsüber am Computer und Nachmittags mit Studentenjob im Zoo oder Tierheim: Es machte im Grunde keinen Unterschied. Sie würde auch weiter beides tun. Und sie würde in beiden Dingen gut sein.

Aktuell fühlte sie sich in beiden Dingen schlecht. Ihre Waschbärin war verschwunden, ihr Computer und alles, was dazugehörte, waren mit dem Wohnhaus verbrannt. Sie wohnten jetzt erst einmal auf der anderen Straßenseite, in ihrem alten Kinderzimmer bei den Eltern, das eigentlich inzwischen Vaters „Arbeitszimmer" war. Ihre Eltern hatten die Ausziehcouch vom Wohnzimmer hier hereingestellt, damit sie und Moritz Platz hatten; durch die plötzliche Leere wirkte nun auch das Wohnzimmer ihrer Eltern einwenig unvollständig, während man im Arbeitszimmer nicht mehr treten konnte. Nadine wusste, dass sie zumindest deshalb kein schlechtes Gewissen haben musste.

Ihr Vater benutzte den Computer entweder als Schreibmaschine für Briefe, die er hin und wieder an Ämter und Behörden schickte, oder um Solitaire zu spielen. Was für eine alte Möhre! Aber zumindest hatte sie hier Internetzugang. Seit sie wieder hier wohnte, hatte sie beinahe stündlich eMails an ihre Kollegen im Zoo geschickt: „Ist sie wieder zurückgekommen?" Natürlich eine unsinnige Hoffnung, das wusste sie.

Und dass sie schließlich beschlossen hatte, in den Elveauen nach Manuela zu suchen, wer eher Ausdruck von desillusioniertem Aktionismus als von Hoffnung, sie zu finden. Sie hatte sich das selbst eingestanden, schon Minuten, nachdem sie Moritz am Telefon die Hölle heißgemacht und ihn verpflichtet hatte, ihr bei der sinnlosen Suche zu helfen und sofort zur Weide zu kommen. Sie war zurzeit besonders reizbar, und auch das hatte mit Moritz zu tun: Nadine war drei Wochen drüber. Eigentlich kamen ihre Tage pünktlich wie ein Uhrwerk. „Mein Papi ist eben Beamter!", hatte sie Frau Scheuer erklärt, da war sie gerade drei Tage drüber gewesen. Mit wem sonst hätte sie auch darüber sprechen sollen. Und nun war sie tot.

Ein Grund mehr, deprimiert und unglücklich zu sein. Auch deshalb wollte sie an die Elve.

Es hatte auch damit zu tun, dass sie wusste, wie deprimierend es dort um diese Zeit aussah. Keine Blätter an Bäumen und Büschen, kein klares Licht vom Himmel, schmutzige Schneefetzen auf dem Hügel, der zu dem einsamen Gehöft führte, das man von hier aus ahnen konnte. Das alles passte zu jetzt zu ihrer Stimmung. Und dass sie Moritz dabei haben wollte … naja, vielleicht wäre dort am Wasser die richtige Gelegenheit, ihm zu sagen, dass sie wahrscheinlich schwanger war. Immerhin hatten sie beide da auch ihr erstes Mal …

Und dann war sie auf die Internetseite gegangen, auf der irgendein Naturfreund Webcam-Bilder von der Landzunge an der Elve einstellte, wo die Weide stand.

Sie war schon so oft auf dieser Seite gewesen, wenn Moritz Nachtdienst hatte und sie sich einsam fühlte. Und einwenig auch immer mit diesem kleinen Schaudern, den kleine Ungewissheiten einem hin und wieder über den Rücken jagen. „Was wäre wenn damals jemand Moritz und mich beobachtet hätte?" Es war einwenig gruselig und irgendwie auch schön, sich vorzustellen, dass es diesen Moment womöglich irgendwo verewigt gab. Wenn es ihn gab, dann zumindest nicht im Internet. Das hatte sie nun wirklich gründlich genug danach durchsucht.

Jetzt allerdings war es einfach der Versuch, sofort in der grauen Tristesse zu versinken, die so sehr zu ihrer Stimmung passte, die sich ja kein bisschen gebessert hatte, als sie sich eingestand, dass sie Moritz die Hölle heiß gemacht hatte, der ganz sicher gar nichts dafür konnte. Und weil sie ihn erst in einer halbe Stunde dort treffen würde.

Surfen mit Papis altem Computer war kein Genuss. Sie hatte schon vor einer ganzen Weile versucht, ihn zu einem neuen Rechner zu überreden. „Papi, Du hast jetzt DSL, eine ganz schnelle Verbindung ins Internet.

Aber Dein Computer kann damit nichts anfangen, weil er zu alt ist. Hol Dir einen neuen!" Vati tat ja gern, worum seine kleine Prinzessin ihn bat. Aber weil er nicht einsah, was ihm das nutzen sollte, hatte er den neuen, wirklich richtig guten Computer zwar gekauft, aber dann Dine geschenkt. „Du machst doch sowieso mehr damit!"

Jetzt lag der Neue verbrannt in den Trümmern der Charlottenstraße 33, während sie sich mit dem uralten Teil quälte. Allein schon das Warten, bis sich der Internetbrowser geöffnet hatte! Natürlich hatte Papa die Programme nie aktualisiert. Nadine startete ein Update nach dem anderen, beobachtete zunehmend unruhiger werdend, wie sich die Balken der Statusanzeige im Schneckentempo vorwärts bewegten. Gott, das war ja nicht zum Aushalten! „Nun mach schon!" Genervt tippte sie mit dem Mittelfinger immer wieder auf die Rauf- und Runter-Tasten. Nicht, um etwas zu bewirken, nur um sich abzureagieren. „Hallo, Computer! Wird`s heute noch was?"

Und dann funktionierte der Browser endlich. Langsam rollte das Bild von der Landzunge ein, Nadine konnte dabei zuschauen, wie sich Bildpunkt für Bildpunkt und Zeile für Zeile von links nach Rechts auf dem Monitor aufbauten. Und dann, endlich, war das Bild da.

Nadine war enttäuscht. Was sie jetzt sah, war ganz sicher kein Video von heute. Um das zu erkennen, brauchte sie keine Computerkenntnisse. Dazu genügte

ein kurzer Blick aus dem Fenster. Die Bäume und Sträucher auf dem Bild bewegten sich ruckartig hin und her,
wie von einem Sturm gepeitscht. Vor ihrem Fenster
herrschte Windstille. Aber vor allem: Die Bäume auf
dem Video waren voller Blätter. Eine Aufnahme vom
Herbst.

Eigentlich war Nadine immer davon ausgegangen, dass
die Webcam Livebilder zeigen würde. Ja, da stand es
doch auch im Text. „Das Leben im Elveauenbiotop,
rund um die Uhr beobachten." Vielleicht wurde die
Seite ja nicht mehr gepflegt. Nadine klickte sich einwenig durch die Seite, sie wirkte irgendwie „inhaltsleer".
Es gab zwar reichlich Text auf einer Menge von Unter-
seiten, aber der bestand im Wesentlichen aus Belang-
losigkeiten. Ob man ihn nun las oder nicht, spielte keine Rolle. Vielleicht hätte sie deshalb beinahe den ver-
steckten Link übersehen. Er war nicht farblich hervor-
gehoben, auch nicht unterstrichen, wie es die Macher
solcher Seiten üblicherweise hielten, wenn die Nutzer
darauf klicken sollten. Es war einfach nur ein geschrie-
bener Satz: „Wenn ich ihr Interesse für die Schönheiten
geweckt habe, klicken Sie hier, um sie rund um die Uhr
bestaunen zu können."

,Da muss aber jemand ein arger Baumumarmer gewesen sein', dachte sie, klickte und begann, die Informationen für die Anmeldeprozedur einzugeben. Name.
Anschrift. Sie hatte sich schon in der Schulzeit längst
abgewöhnt, ihren Namen in solche Masken einzuge-

ben, dazu wurde im Netz viel zu viel Schindluder mit solchen Informationen getrieben. Also schrieb sie einfach, was ihr gerade einfiel. „Manuela Waschbär" Adresse: „An der Weide 7". Dazu ihre eMail-Adresse, die sie für solche Zwecke benutzte. Wenig später erreichte sie dort ein Nachricht mit einem Benutzernamen und einem Passwort. Einwenig später war sie tatsächlich auf der Seite, die Livebilder versprach.

Und sie erschrak. Nicht über das, was sie auf dem Bildschirm sah. Der war zunächst einfach nur schwarz.

Aber ein Blick auf die Uhr zeigte ihr, dass sie eigentlich längst an der Weide hatte sein wollen. Sie hatte total die Zeit verpeilt.

Sie nahm das Handy, schon wählte der Apparat die Nummer von Moritz. Jetzt klingelte es. Einmal. Zweimal. Fünfmal. Ob Moritz sauer war? Er musste doch auf dem Handy sehen, dass sie es war, die versuchte, ihn zu erreichen. Ging er deshalb nicht ran? Achtmal. Neunmal. Eine Computerstimme meldete sich. „The person…" Nadine wählte erneut. Wieder klingelte es unendlich lange. „The person …" Wieder legte sie auf. Wieder wählte sie neu. Fünfmal, sechsmal. Moritz, geh ran.

Und dann kam in das Bild auf ihrem Monitor Bewegung. Das Schwarz verschwand zur Seite hin und gab schließlich, ruckelnd und stotternd den Blick frei, auf die Weide, den Weg und den Hügel und das Dach des Hauses, das dort oben stand. Nadine bemühte sich, die

Details des Bildes zu erfassen, es war nicht sehr scharf und das Ruckeln und die schwarzen Querstreifen, die wohl der schlechten Verbindung geschuldet waren, erschwerte das doch erheblich. „War das etwa …? „Konnte das denn…?" Dann ein kurzes Knacken im Telefonhörer. Und Claudia war am Telefon.

„Wo sind sie?", rief sie und klang dabei ziemlich besorgt."Geht es ihnen gut?" Nadine konnte sie nur schwer verstehen, weil offenbar direkt neben Claudia eine Polizeisirene bläkte. „Ich bin zu Hause … wo ist Moritz?"

„Wir suchen ihn gerade, keine Sorge, sind bestimmt bald bei ihm." Claudias Stimme klang, als würde sie gehörig durchgeschüttelt, während sie sprach.

Nadine starrte auf den Bildschirm, wo ein Auto einen Hang herunter polterte. Auf dem Dach des Wagen blitzte es immer wieder.

„Sie fahren jetzt nicht zufällig über einen Acker in Richtung Elve?" Die Frage hatte einfach auf der Hand gelegen.

„Doch, warum, hört man das?"

„Auch. Vor allem, glaube ich: Ich kann Sie sehen."

Nadine bekam keine Antwort von Claudia. Die Verbindung brach ab. Die letzten Worte hatte Claudia Herbst schon nicht mehr gehört. Sie war bei der holprigen Fahrt mit dem Kopf an die Wagendecke gestoßen. Schon wieder hatte sie dabei die Besinnung verloren. Und diesmal war es richtig ernst. Sie würde erst im

Krankenhaus wieder zu sich kommen; die Ärzte würden in einer Notoperation den Tumor entfernen, der Schuld daran war, dass ihr Gehirn, wie sie es die Mediziner vereinfachend ausdrückten, „immer wieder hieß lief".

Es würde nichts daran ändern, dass sie sich für fragsüchtig hielt und auch weiterhin Fragen stellte, vor allem: die wichtigen Fragen, die scheinbar aus dem Zusammenhang gerissen das große Ganze sichtbar machten. Es würde ein paar Wochen dauern, bis man sie wieder an den Ermittlungen beteiligen könnte, die bis dahin sehr unbefriedigend verliefen und nicht recht von der Stelle kamen. Weil der Mädchenmörder Christian Wilsbach weiterhin verschwunden bleiben würde.

Erst ein paar weitere Tage später, auf einem Spaziergang mit Claudia zum Grab von Omi Porsch, würde Nadine ganz nebenbei von dieser Internetseite erzählen und damit den entscheidenden Anstoß geben, den großen Schuldstau aufzudecken, unter dem Schönstadt seit Jahren litt.

Sie würde das nicht bewusst so lange zurückhalten. Nur würde in den nächsten Stunden so viel auf sie einprasseln, dass die Internetseite schlicht unwichtig würde. Manuela würde, unfassbar das, von selbst wieder zu ihrem Gehege im Heimatzoo zurückkehren. Nur ein paar Minuten, nachdem Moritz sie anrufen und ihr sagen würde, dass es ihm gut geht, würde das Telefon wieder klingeln und sie losstürmen, hin zum Zoo, wo ihr kleiner Liebling verängstigt kauerte. Der Veterinär würde sie untersuchen, eine Blutprobe nehmen und nach deren Untersuchung erklären: „Soweit scheint ihr nichts zu fehlen. Nur: Ich weiß nicht, wo das Mädchen war, sehr weit weg kann sie ja nicht gewesen sein. Aber sie muss da irgendwie mit Drogen in Kontakt gekommen sein. Komische Sache." Und dann war ja auch noch die Sache mit der Schwangerschaft, die sie Moritz erzählen musste. Und ihren Eltern. Und. Und. Und. Ja, es würde gute Gründe geben, die Internetseite erst einmal für unwichtig zu halten.

Noch viel später, wenn es scheinen würde, als hätte Claudia Herbst alle Fragen geklärt, würde Nadine beginnen, sich mit einer Schuldfrage zu plagen, nämlich der, ob nicht doch einige Menschen noch leben könnten, hätte sie nur früher von der Internetseite erzählt. Oder von dem Untersuchungsergebnis bei Manuela. Zu der Zeit würde sich auch Claudia mit Schuldfragen plagen: Wäre sie im Krankenhaus geblieben, statt unbedingt einen Rocker finden zu wollen, vielleicht wären dann ... Sie würde mit dieser Frage eben sowenig weiterkommen wie Nadine. Selbst der Schriftsteller Michael Garnstädter würde in seinem Buch keine Antwort darauf finden, sondern lediglich konstatieren: „Nun, ebenfalls mit Schuld beladen, waren die beiden Frauen wirklich zu einem Teil von Schönstadt geworden, jenem Kaff, in dem jeder jeden kennt, und alle alles von allen wissen." Aber das lag nun wirklich noch sehr weit in der Zukunft.

Im Moment war daran nicht zu denken.

Nadine saß einfach nur vor diesem uralten Computer, starrte auf ruckelnde Videobilder und hoffte, etwas zu entdecken, dass Ihr sagte: Moritz geht es gut.

MORITZ

Es ging ihm gut. Abgesehen von dem leichten Druck in der Magengegend.

Das hatte Thorsten schon früher gekonnt. So zuschlagen, dass man das Gefühl bekam, die Faust ginge durch einen hindurch bis zum Rückgrat. Dieser eine Schlag vorhin hatte Moritz daran erinnert, wie Thorsten damals seine Gang „diszipliniert" hatte. Er war damals elf, Thorsten sechzehn, der unangefochtene King. Aber auch der Beschützer.

Er war ein schmächtiges Kind gewesen, dünne Ärmchen, zarte Gesichtszüge. Schon im Kindergarten ein beliebtes Opfer, von den Stärkeren gern hin und her geschubst. Das wurde auf dem Schulhof noch schlimmer. Zumal man bei den „Kriegen" zwischen „Assis" und „Coolen" ständig zwischen die Fronten geriet, selbst wenn man einfach nur in einer Ecke stand und sich klein machte. Und eines Tages, in der fünften Klasse, war es dann passiert. Wieder einmal stand er da, umringt von sechs oder sieben Dreizehnjährigen. Sie machten sich einen Spaß daraus, ihn zu schubsen, zu kneifen, in die Kniekehlen zu treten. Sie würden ihm wohl wieder das bisschen Geld abknöpfen, dass er in der Hosentasche hatte. Und wenn sie ihn danach laufen ließen, statt ihm auch noch mit kräftigen Ruck den Schlüpfer zu zerreißen und aus der Hose zu zerren, würde er das sogar für einen Glücksfall halten.

Aber dann war Thorsten erschienen und hatte erklärt: „Abhauen. Der gehört zu mir!" Es gab auf dem Schulhof niemanden, der Thorsten widersprochen hätte. Ab diesem Tag hatte er Ruhe. Auf dem Schulhof. Nach dem Unterricht trafen sie sich dann in einem der leeren Neubaublocks am Stadtrand. Und Thorsten bestimmte, was getan wurde. Und was nicht. Wenn er sagte: „Zigaretten klauen!" dann ging man Zigaretten klauen und ließ sich dabei besser nicht erwischen. Sonst disziplinierte er einen mit der Faust. Sie verbrachten ihre Zeit damals mit kleinen Kellereinbrüchen, ab und zu mal einem Zug durch Gartenlauben oder kleinen Kokeleien in der alten Holzfabrik. Nichts Aufregendes eben.

Moritz war nur ein knappes Jahr Teil dieser Gang gewesen, dann war Thorsten aus der Stadt verschwunden, von einem Tag auf den Anderen. An diesem Nachmittag waren sie alle wie immer in den Keller gekommen, Thorsten war nicht erschienen und sie hatten zunächst getan, was sie immer getan hatten. Nichts. Als Thorsten auch am nächsten Tag nicht zu sehen war und nichts von sich hören ließ, hatte sie begonnen, wild herum zu spekulieren. „Der hat einen umgebracht, jetzt ist er im Untergrund" über „der ist im Knast" bis hin zu „Der ist jetzt als Söldner in der Fremdenlegion". An dritten Tag waren schon nicht mehr alle erschienen. Nach einer Woche hatte es auch Moritz gewagt, zu Hause zu bleiben. Und dann gab es die Gang nicht mehr.

Erstaunlicherweise blieben er und die anderen aus der Thorsten - Gang auch danach auf dem Schulhof unbehelligt. Man ließ sie in Ruhe. Vermutlich waren sich auch die anderen nicht sicher, ob Thorsten nicht vielleicht doch wieder auftauchen würde.

Und jetzt war er wieder aufgetaucht. Moritz hatte ihn schon aus einiger Entfernung erkannt. Während er noch den Abhang herunter lief und das Geschehen wie ein Film vor ihm ablief. In der Nähe der Weide stand ein Wagen, ein schwarzer Audi, A6. Einer dieser Dienstwagen für wichtige Leute, auf dem Dach eine blaue Rundumleuchte. Die Fahrertür stand offen. Moritz hatte den Wagen am Morgen schon gesehen, er war ihm vom Bahndamm aus bis zur Klinik gefolgt: Er gehörte zum Polizeipräsidenten Gruber. Von dem war nichts zu sehen. Ein paar Meter vom Wagen entfernt allerdings, näher zur Weide hin, stand ein älterer Mann, den Blick flussabwärts auf die Elve gerichtet und rauchte eine Zigarette: Auch den hatte Moritz am Morgen bereits gesehen. Grubers Fahrer. Selbst aus dieser großen Entfernung konnte Moritz das riechen. Er fand es immer wieder erstaunlich, wie weit man an frischer Luft einen Raucher ausmachen konnte. Als Nichtraucher. ‚Ob das wohl Rauchern auch so geht?', fragte er sich, kam aber nicht zu einer Antwort, denn jetzt ging alles ganz schnell.

Der Fahrer schien ihn nicht zu bemerken, ebenso wenig wie er Thorsten bemerkte, der in einem merkwürdig engen, schwarzen und grauen Parka durch das Gebüsch schlich. Moritz hatte ihn sofort erkannt. Trotz dieser Jacke, die nicht zu ihm passte. Körperhaltung, Kopfform, das markante Kinn. Selbst bei Nacht und nur als vom Mond beschienene Silhouette hätte er ihn wieder erkannt.

Für einen Moment hatte Moritz mit dem Gedanken gespielt, sich zu verstecken. Aber dann: Er war ja hier mit Dine verabredet, die er noch nirgends gesehen hatte. Und er war nicht mehr elf!

Natürlich würde er bei einem Streit mit Thorsten immer noch den kürzeren ziehen, das war klar. Aus dem schmächtigen Jungen war ein Mann geworden, der mit seinen schulterlangen Haaren und den leicht femininen Gesichtszügen zwar in der Klinik manche Krankenschwester dazu brachte, ihm schmachtende Blicke hinterher zu werfen, der aber körperlich mit einem „Thorsten" nie würde mithalten können.

Andererseits hatte er von Thorsten eigentlich nichts zu befürchten.

Also war er einfach weitergegangen. Schon hatte er den Wagen erreicht, Thorsten richtete sich hinter dem Polizisten auf, da drehte der sich um. Wenigstens versuchte er es. Dann lag er auch schon auf dem Boden,

Thorsten hatte sich über ihn gekniet, Panzerband aus der Tasche gezogen, ihm Hände, Mund und Augen verklebt, da hatte Moritz auch ihn erreicht, ihn vorsichtig am Rücken berührt. „Thorsten…", hatte er sagen wollen. Er kam nur bis zum „Tho…" Dann lag auch er am Boden. In Thorstens Augen glaubte er noch, ein Wiedererkennen zu bemerken, wenigstens rundete sich sein Mund, so als hätte er „Mo …" sagen wollen. Als er, wieder Luft bekam, hatte Thorsten ihn längst wieder auf den Rücken gedreht, noch immer ein Rolle Panzerband in der Hand. „Ach, schau mal an…", hatte er gesagt, „der Moritz ist da! Bleib mal kurz so liegen!"

Und da war sie wieder gewesen, die Furcht vor ihm, vor dem nächsten Schlag. Moritz blieb liegen.

Dann hatte in der Tasche von Grubers Fahrer ein Telefon geklingelt, Thorsten hatte es herausgefingert, eine Weile ratlos betrachtet und − weil das Klingeln nicht enden wollte − neben dessen Kopf auf dem Boden gelegt und mit dem Hammer draufgeschlagen. Einmal nur. Moritz hatte das Gefühl, das Knacken und Knirschen immer noch hören zu können.

Danach hatte sich Thor ihm zugewandt. Ihn mit einer Faust am Kragen gepackt. Moritz war aufgestanden, eigentlich mehr hochgezogen worden, und dann hatte Thor ein paar Schritte rückwärts gemacht, leicht humpelnd, so als hätte er ein Problem mit seinem Bein, bis er schließlich mit dem Rücken an einem Baum lehnte und ihn losließ.

„Lange nicht gesehen, Moritz!" hatte er gesagt, und eine Gänsehaut hatte seinen Körper komplett überzogen. Thorsten grinste. ‚Wölfisch irgendwie' hatte Moritz noch gedacht.

Thorsten hatte ihn ausgefragt, über Haschisch und Kuriere und warum er einen Polizisten mitgebracht hatte... Moritz verstand kein Wort, schüttelte nur immerzu stumm den Kopf. Er spürte, wie ihm die Knie zitterten, wie es in seiner Magengegend flau wurde. Das waren nicht die Nachwirkungen des Schlages von eben. Das war pure Angst. Immer wieder schüttelte Thor ihn, nur mit einer Hand und so, als würde Moritz gar nichts wiegen. Dann endlich hatte er gestammelt:

„Ehrlich, ich weiß nicht, was Du meinst. Ich wollte mich hier nur mit meiner Freundin treffen, echt..."

Er hätte nicht sagen können, ob Thorsten ihm geglaubt hatte. Denn in diesem Moment hatten sich dessen Augen zu weiten begonnen. Thorsten hatte, nur schwach zu sehen aber doch zu erkennen, auf der Anhöhe ein zuckendes blaues Licht ausgemacht. Und dann hatte er Moritz weggestoßen: „Wir sprechen uns noch! Und wenn Du irgendwem erzählst, dass ich hier war, bist Du tot, verstanden!" Er hatte nur stumm genickt und dann Thorsten hinterhergeschaut, wie der zum schwarze Audi lief, hineinsprang, startete und davonraste, auf dem Radweg, der in Richtung der Holzfabrik und dann weiter bis fast in die Landeshauptstadt führte.

Vielleicht eine halbe Minute später hatte dann Moritz den Streifenwagen kommen sehen. Da war Thorsten bereits hinter der nächsten Biegung verschwunden und nicht mehr zu sehen. Er war aufgestanden und zu Körting gegangen. Er hatte das Panzerband an den Füßen noch nicht restlos entfernt, da hatte ihn der Streifenwagen erreicht, Gruber und ein unbekannter Beamter sprangen heraus.

„Wo ist er?" hatte Gruber gerufen. Einem ersten Impuls folgend hatte Moritz sofort in die Richtung gezeigt, in der Thorsten eben verschwunden war. Gruber war wieder in den Wagen gesprungen – dann aber doch nicht losgerast. Weil er die bewusstlos dasitzende Claudia Herbst entdeckte. Er hatte dann einwenig telefoniert und sich um Körting gekümmert.

Erst einige Tage später ging Moritz auf, dass Gruber gar nicht nach Thorsten sondern nach Wilsbach gefragt hatte. Und als es ihm dann aufgegangen war, schien es nicht mehr so wichtig zu sein. Da hatte längst jemand in der Nähe der Landeshauptstadt einen abgefackelten schwarzen Audi auf dem Feld stehend entdeckt. In der Asche fanden sich auch graue Stoffreste, die, wie Laboruntersuchungen später zeigen sollten, von einem ziemlich billigen und ausnehmend hässlichen Parka stammten.

Er wusste nicht, was ihm in diesem Moment peinlicher war: dass man ihn niedergeschlagen hatte? Dass er nicht wusste, wie lange er ohnmächtig da gelegen hatte? Dass er seinen Angreifer nicht beschreiben konnte, weil er außer einer grauen Jacke nichts gesehen hatte? Dass der sein Auto geklaut hatte?

Das ging alles gegen seine Berufsehre.

„Wo ist Wilsbach?", hatte Gruber gerufen, sofort, nachdem er aus dem Streifenwagen gesprungen war. Körting hatte die Schultern gezuckt und dabei aufgestöhnt. Schon diese kleine Bewegung des Oberkörpers quittierten seine gebrochenen Rippen mit schmerzhaften Stichen. Auch den Mund zu bewegen, schien aktuell unmöglich zu sein. Genau da hatte ihn der Andere erwischt.

Gruber hatte sich die Verletzung angeschaut und gemurmelt: „Wie beim Käpt'n da oben. Das ist also Wilsbach's Handschrift."

Also war der Papierhändler noch auf der Flucht. ‚Und ich hätte ihn schnappen können!', dachte Körting, ‚aber stattdessen ist der jetzt mit meinem Wagen unterwegs.'

Er hatte es für eine gute Idee gehalten, den Ort noch einmal anzusehen, an dem Silke Scheuer vor fast 30 Jahren angeblich vergewaltigt worden war. Natürlich hatte er nicht erwartet, plötzlich Spuren zu finden, die damals nicht gefunden worden waren. Trotzdem hatte sich das Ganze gelohnt. Zunächst hatte es ihm noch einmal vor Augen geführt, dass dies tatsächlich dieselbe Stelle war, an der gerade gestern eine Wasserleiche gefunden worden war. Dazwischen konnte es eigentlich keinen Zusammenhang geben, natürlich nicht. Dennoch hatte es ihn in jene eigenartige Stimmung versetzt, die einen sein Umfeld viel genauer aufnehmen lässt, als man es gemeinhin tut. Und dann sah er den Unterschied: das Haus auf der Anhöhe. Damals, da war er sicher, hatte er das Haus nicht gesehen. Es war ja auch Sommer gewesen, alles hatte geblüht, alle Bäume waren voll belaubt. Jetzt jedoch war alles karg und klar erkennbar. Hatten sie damals eigentlich die Bewohner des Hauses auf der Anhöhe befragt, von dem man kaum mehr als die Spitze des Daches sehen konnte? Vermutlich, dachte, vermutlich ja. Jetzt wäre es gut, die alten Protokolle noch einmal lesen zu können. Hatte die „Hexe" damals eigentlich schon oben gewohnt? Er müsste das nachschlagen. Hätte es die Verzögerung im Archiv nicht gegeben, wüsste er längst, was in den alten Vernehmungsprotokollen stand, ob und von wem die Leute befragt wurden und was sie damals zu sagen hatten. Andererseits wäre er ohne diese Verzögerung wohl nicht noch mal hier raus gefahren und würde sich diese Frage vermutlich nicht stellen. Und er hätte den Audi noch! Je länger er über das alles nachdachte, desto mehr verschlechterte sich seine Stimmung. Vielleicht, auch dieser Gedanke kam ihm, vielleicht wäre das alles nicht geschehen, hätte man ihn bereits damals zu Ende ermitteln lassen. Aber die Erinnerung daran, dass dieser Fall ihm die Kriminalisten-Karriere versaut hatte, verbesserte seine Stimmung auch nicht. Er hätte ein gefeierter Kriminalist werden können. Doch was war er statt dessen? Ein Kraftfahrer, der sich das Auto klauen ließ!

Da half es auch nichts, dass ihn Gruber später auf die Ironie der Sache hinwies, dass er von einem gesuchten Mörder niedergeschlagen worden war, an dessen Fall er nicht einmal gearbeitet hatte.

GRUBER

Ironie half diesmal auch ihm nicht weiter.

Noch während er mit der Leitstelle telefonierte und die Fahndung nach seinem Dienstwagen raus ging, hatte er gewusst: Das wird nichts.

Woran es lag? Darüber brütete er auch noch, als er sich zurück ins Büro bringen ließ.

Im Grunde hatte er zu wenig Personal. Oder besser: Das Personal, das er hatte, war irgendwie komplett an der falschen Stelle. Noch immer suchte ein großer Teil seiner Leute am Bahndamm nach Spuren und Hinweisen. Das war kriminaltechnisch sinnvoll, half aber bei der Fahndung gerade gar nicht weiter. Und bis die Leute, die dort im Einsatz waren sich an der Fahndung beteiligen konnten, würde wertvolle Zeit verstrichen sein.

Es gab kaum noch frei Einsatzwagen, die sofort starten und Straßen absperren konnten. Die, die das konnten, standen auf dem Fahrzeughof, mitten in der Stadt. Bis die draußen sein würden, hatte Wilsbach garantiert schon zehn Minuten Vorsprung. Wenn das mal reichte! Und bei dem Glück, das er heute hatte, würden sie garantiert von einer heruntergelassenen Schranke aufgehalten werden, um einen vertrödelten Regionalzug durchzulassen.

Nein: Heute war einer dieser Tage, an denen man immer ein bisschen zu spät dran ist. Gruber sah auf die Armbanduhr und lachte kurz unfroh auf: Natürlich, auch zu der Pressekonferenz, die er selbst angesetzt hatte, würde er zu spät erscheinen. Die Journalisten würden so tun, als hätten sie Verständnis, am Ende aber würde sich das auf den Grundton ihrer Berichte sehr wohl auswirken. Das tat es immer.

Andererseits: Was sollte er auch erzählen?

Sie hatten den Brandstifter und Mädchenmörder ermittelt. Toller und schneller Erfolg. Nur gefasst hatten sie ihn nicht. Er konnte die Nachfragen von der Presse schon hören: „Obwohl alle verfügbaren Polizisten im Einsatz waren?" „Wie war das möglich, dass er verschwand?" Es war ziemlich wahrscheinlich, dass irgendwer sich für die Schlagzeile „Serienmörder in Schönstadt unterwegs" entscheiden würde. Was tat es da schon, dass die Stadt von seinen Morden nie etwas mitbekommen hatte? Weil sie nie zu Ermittlungen führten, denn niemand hatte die Frauen als vermisst gemeldet. Schließlich gab es, wenigstens zu Weihnachten und zu Ostern, immer wieder Lebenszeichen von ihnen. Ansichtskarten aus Amsterdam mit lieben Grüßen an Mami und Papi ... Jetzt, nachdem die Sache aufgeklärt war, würde sich die Stadt noch unsicherer fühlen als vorher. Dabei war ziemlich sicher: Jetzt hielt sich Wilsbach nicht in Schönstadt auf.

Wenn er dann noch erzählen würde, dass Christian Wilsbach, statt gefasst zu werden, eine Kriminalkommissarin in seine Gewalt gebracht und einen Polizeifahrer krankenhausreif geschlagen hatte, zwei Kollegen übrigens, die an völlig anderen Fällen gearbeitet hatten, dann, ja, dann fiel es womöglich gar nicht mehr ins Gewicht, dass ihm auch noch sein Auto gestohlen worden war. Aber das Image seiner Beamten wäre völlig hinüber.

Gruber beschloss, etwas zu tun, das er eigentlich hasste. Er würde unter Verweis auf „Ermittlungstaktische Gründe" gar nichts zu den Details sagen. Außer:

1. Der Zeitungsbote Michael Garnstädter war nicht der Mörder und Brandstifter.

2. Der wahre Täter ist bekannt, im Keller seines Hauses wurden weitere Frauenleichen gefunden. Er ist flüchtig, aber mit großer Sicherheit nicht in der Stadt, die Fahndung läuft auf Hochtouren.

3. Sonstiges: Ein Dienstwagen wurde gestohlen, der Fahrer des Wagens dabei verletzt. Täter unbekannt.

Es war schließlich alles wahr, auch wenn es dem Geschehen des Tages nicht wirklich nahe kam.

Die Journalisten nahmen es hin, wie meist in solchen Fällen.

Nur ein Hobbyreporter vom Offenen Kanal, den man eigentlich nur eingeladen hatte, damit es im Raum nicht so leer aussah, meinte, nachhaken zu müssen. Er hielt sich dabei auch noch für ziemlich witzig. Die Aufzeichnung seines Gespräches mit Gruber sendete er am selben Abend in der wöchentlich ausgestrahlten Sendung „SchönSchau". Sie hatte in der Regel keine zwanzig Zuschauer, aber, und das gehörte wohl zu Grubers „Glück" an diesem Tag, diesmal war unter den zwanzig ein Volontär des Tageblatts, der noch am selben Abend vor Redaktionsschluss seinen Chef informierte, sodass am nächsten Morgen die ganze Stadt Bescheid wusste.

„Herr Gruber, sie sagten, der Verdächtige ist nicht in der Stadt?"

„Das sagte ich".

„Wissen Sie, wo er sich aufhält?"

„Dazu kann ich aus ermittlungstaktischen Gründen nichts sagen."

„Aber in der Stadt ist er ganz bestimmt nicht?"

„Da sind wir ziemlich sicher."

„Dann ging es also heute früh bei dem Großeinsatz am Bahndamm nicht um den Mörder und Brandstifter?"

Gruber schwieg vielsagend. Sollte sich doch der Reporter seinen Reim darauf machen.

„Dann schätze ich mal, sie haben alle Polizisten der Stadt auf die Suche nach der entlaufenen Waschbärendame Manuela geschickt, oder?"

„Das können sie so sehen, wenn sie wollen …"

Eigentlich hatte er damit gar nichts gesagt, außer, dass sich der Reporter natürlich zurechtreimen durfte, was immer er wollte. Eine Sekunde später allerdings hatte sich Gruber darüber geärgert.

Da wurde ihm bewusst, dass er sich und seine Beamten gerade zum Gespött für die Medien gemacht hatte. Eine Frauenleiche im Fluss. Eine Brandstiftung mit einer Toten in der Charlottenstraße. Und er hatte nichts Wichtigeres zu tun, als eine Waschbärendame zu jagen. Das war peinlich – und nicht mehr zurückzunehmen.

Er würde damit für die nächsten Wochen leben müssen.

Er verlor kein Wort über Claudia Herbst. Kein Wort über das rosa Damenfahrrad, das in der Nähe der Weide lag. Und das die Bauarbeiter wohl schon einen Tag vorher gesehen hatten, mit einem Mann im Sattel.

Die Ermittler vermuteten, dass es Wilsbach mit diesem Rad gelungen war, so schnell vom Bahndamm zu entkommen. Jetzt würde man den Besitzer dieses Rades suchen. Das war zumindest ein kleiner Anhaltspunkt für die weiteren Ermittlungen. Und man würde die Straßenarbeiter nochmals befragen, die doch steif und fest behauptet hatten, sie hätten natürlich jeden Menschen bemerkt, auf ihrer Seite des Bahndammes über die Straße gelaufen wäre. Aber auch das würde erst morgen geschehen. Er hätte das gern noch heute geklärt – aber die Männer hatten Feierabend und den Bauhof verlassen, um irgendwo mit ein paar Kästen Bier den Abschied eines Kollegen zu feiern. Wo? Ihr Abteilungsleiter konnte es den Beamten nicht sagen.

Und was die möglichen Fluchtziele anging: Da würden sich natürlich Anhaltspunkte in einem der vielen Tagebücher finden, die Wilsbach im Keller hinterlassen hatte. Auch wenn sich das ebenfalls noch eine Weile hinzog.

Sie würden ihn schon kriegen, das war sicher.

Nur eben: noch nicht heute.

NACHTRAG

Gruber war ein kluger Mensch, ein erfahrener Polizist. Dennoch: Als ihm Wochen später aufging, welche Zusammenhänge und Verstrickungen diesen Fall wirklich ausmachten, tat er etwas, dass niemand erwartet hätte: Er bekam einen hysterischen Lachanfall.

Nicht, dass irgendetwas daran komisch gewesen wäre, zwei Leichen auf dem einsamen Gehöft zu finden.

Auch zu bemerken, dass die halb verweste Frauenleiche aus der Elve auf gewisse Weise doch ganz erheblich mit den Mädchenmorden zu tun hatte, war beileibe nicht lustig. Es stellte sich heraus, dass Elena, so hieß das Mädchen, eben doch nicht zufällig vor „Wotans Wölfen" ausgerechnet nach Schönstadt geflüchtet war, sondern mit gutem Grund: In der Hoffnung nämlich, genau hier jemanden zu finden, der Thor, den Chef der Wölfe, besänftigen und überreden könnte, sie ziehen zu lassen. Er selbst hatte dem Mädchen in einer gemeinsamen Nacht erzählt, dass seine Mutter hier lebte. „Und eine Mutter muss mir doch helfen, oder?", habe sie zum Abschied gefragt.

So wenigstens meinten sich einige Prostituierte aus der Landeshauptstadt zu erinnern, als sie vom Tod Elenas hörten. Ob sie gewusst hatte, dass sie damit zugleich die Großmutter des Kindes meinte, mit dem sie schwanger war, konnten sie nicht sagen. Die Laboruntersuchungen sprachen da eine klare Sprache: Ja, sie war schwanger mit einem Kind, dessen Vater mit hoher Wahrscheinlichkeit Thor war. Die genetische Ähnlichkeit zwischen Silke Scheuer und dem Kind Fötus im Bauch der Frau aus der Elve, würde einem Kriminalbiologen eher zufällig ins Auge stechen. Und dieser Zufall würde die weiteren Ermittlungen ins Rollen bringen.

Eigentlich war das der Grund für Grubers hysterischen Lachanfall. Er, der immer wieder anderen und sich selbst predigte: „Es gibt keine Zufälle. Nur Kriminalfälle!", musste zugeben, dass es tatsächlich nichts anderes war, das letztlich genau das zur Aufklärung der ganzen Geschichte führen würde: Ein Zufall.

Der Zufall, dass beide Leichen, deren Morde in keiner erkennbaren Verbindung zueinander standen, am selben Tag in Schönstadt gefunden wurden und zeitgleich von denselben Pathologen untersucht wurden.

Am Ende wird es diese Erkenntnis sein, die ihn das Ausmaß des Schuldstaus in Schönstadt erkennen lässt.

Und wie vermeidbar alles gewesen wäre, hätten sich die Betroffenen ihrer Schuld gestellt.

Oder zumindest ihrer Verantwortung dafür.

Wäre Hans der Bruder gewesen, der er immer sein wollte, er hätte offen mit Heinz geredet und ihm klargemacht, dass der, mit damals dreißig, keinesfalls eine sexuelle Beziehung zu einer Vierzehnjährigen haben dürfte. Nie wäre es zu diesem Abend unter der Weide gekommen, an dem er sie abgepasst hatte, als sie auf ihrem Fahrrad nach Hause fuhr. Er hatte gewusst, dass sie kommen würde. Heinz hatte ihm erzählt, dass sie sich zuvor im Kulturhaus treffen wollten und wann der Film, den sie sich ansehen würden, zu Ende wäre.

Hans hatte sie zur Rede stellen, an ihre Vernunft appellieren wollen: „Du bringst meinen Bruder ins Gefängnis, wenn Du dich weiter mit ihm triffst!", hatte er ihr gesagt. Und sie? Hatte hochmütig „Ph" gesagt, auf diese aufreizende Weise, wie es nur Vierzehnjährige können. Da hatte er sie am Oberarm gepackt. Er wollte ihr nicht wehtun, sie ganz sicher nicht verletzen. Sie versuchte, sich loszumachen, es gab ein Gerangel, beide stürzten, er lag auf ihr und dann hörte er ein Geräusch; ein mechanisches Surren, wie im Kino, nur sehr viel entfernter und leiser. Hans war aufgeschreckt, sich umgedreht, ein Stück entfernt einen Jungen im Gras entdeckt. Der Junge richtete eine Kamera sie beide. Und als er sich bemerkt fühlt, war er aufgesprungen und davongelaufen. „Warte …", hatte Hans ihm noch hinterher gerufen, „es ist nicht so, wie es aussieht …" Erfolglos, natürlich. Er kannte den Junge nicht, eigentlich kannte er niemanden aus der Gegend, abgesehen von Mami und seinem Bruder Heinz. Er lebte ja auf dem Boot, Schönstadt war für ihn nur eine Stadt von vielen, in denen er anlegte. Mal abgesehen von Heinz und Mami.

Mami: Hätte er wenigstens mit ihr darüber geredet: Der erste kleine, von niemandem bemerkte Schlaganfall vor zwei Jahren, von dem sie sich ohne fremde Hilfe erholte, er wäre ihr erspart geblieben. Hätte Hans ihr die alte Geschichte erzählt, nie hätte man sie mit diesem Foto erpressen können, das sie eines Tages in ihrem Briefkasten fand und das ganz unzweifelhaft ihren Hans zeigte, wie er auf einem Mädchen lag, dass sich, ebenfalls erkennbar, heftig dagegen wehrte.

So aber …

Sie musste ihren Sohn schützen: ‚Hans ist der einzig Vernünftige von meinen Jungs.' Hatte sie bis dahin gedacht. ‚Einer springt ins Wasser. Der andere ist im Kopf bisschen durcheinander'.

Aber plötzlich stimmte auch mit Hans etwas nicht. Nein, sie musste ihn schützen. Auch, weil der Erpresser Wind bekommen hatte von dem Haschischgeschäft. Und dieser kleine Schlaganfall?

Hätte sich jemand die Zeit genommen, die Zeitabläufe zu rekonstruieren, er hätte vielleicht festgestellt, dass seit diesem Tag mit dem Foto im Briefkasten, ihr Gehör so viel schlechter geworden war, eine folge dieses kleinen, ersten Hirninfarktes. Dass sie schließlich diesen zweiten, wirklich schlimmen Schlaganfall hatte, der es Christian Wilsbach erst ermöglichte, der Polizei zu entkommen: es hing schon sehr direkt mit ihrem Gehör zusammen. Aber das ist vielleicht zu viel Spekulation.

Und Heinz? Seinetwegen hatten Hans und Mami den Haschischhandel begonnen. Seinetwegen auch wurden sie nun von Unbekannten erpresst und gezwungen, zu dessen Konditionen zu arbeiten. Doch was tat Heinz? Er lebte ahnungslos vor sich hin, bemerkte nichts. Er schien ständig nur mit sich beschäftigt zu sein, wie damals, als die Vierzehnjährige von einem Tag auf den Anderen nichts mehr mit ihm zu tun haben wollte.

Sie hatte eben doch zugehört, als Hans mit ihr redet.

So gut zugehört, dass sie sogar später noch, als sie die Schwangerschaft bemerkte, um nichts in der Welt jemandem von Heinz erzählen wollte. Lieber erfand sie, von ihren Eltern gedrängt, eine Geschichte von K.O.-Tropfen und Vergewaltigung.

Wie anders wäre Körtings Leben verlaufen, hätte sie das nicht getan, hätte sie nicht gelogen, um den Mann zu schützen...

Und hätten ihre Eltern nicht darauf bestanden, dass sie, nach der Geburt des Kindes, erst einmal außerhalb von Schönstadt die Schule beendete und einen Beruf lernte, weil sie ihre Tochter doch schützen wollten, vor der Schande und dem Getuschel der Leute: Vielleicht hätte sie es ja doch irgendwann dem Heinz erzählt und es wäre womöglich alles schön geworden und hätte ein Happy End gehabt. Aber so gingen die Jahre ins Land,

Vielleicht hätte sie es später trotzdem noch getan:

Doch sie lernte diesen jungen Arzt kennen, Dr. Kaufmann. Und das war auch irgendwie ein schöner Traum gewesen, die Frau eines Arztes zu werden:

An dem Tag, als er ihr sagte, das er eine andere Frau heiraten würde, eine Schwester aus der Klinik, die von ihm schwanger war, wollte sie nicht aufhören, davon zu träumen. Sie hielt sich an ihm fest. Thorsten war vierzehn gewesen, gerade hatte er begonnen, sich an den Mann im Leben seiner Mutter zu gewöhnen… Sie beschloss, um diesen Arzt zu kämpfen, den sie liebte, mit allem, was sie hatte: Ihre Attraktivität, ihren Charme. Ihr Großherzigkeit. Und er blieb bei seiner Familie und blieb auch bei ihr. Zwei Jahre danach nahm sie sich eine neue Wohnung in dem Haus in der Charlottenstraße, in dem auch der wohnte; um ihm näher zu sein. Längst mochte Thor das nicht mehr mit ansehen. Er war abgehauen.

Vielleicht reagierte Dr. Kaufmann, inzwischen Oberarzt am Klinikum, nur deshalb so gereizt auf die Frage von Claudia Herbst nach Prostituierten, weil er der Mann geblieben war, der mehr als eine Frau wollte, das aber vor seiner Frau geheim hielt. Und weil er sich eben doch auch weiterhin mit Silke Scheuer traf. Er schwieg auch wegen der beiden Töchter, die er natürlich liebte und an sich presste in jener Nacht, als sie vor dem brennenden Haus auf der Straße standen und er sich bei allem Unglück auch einwenig befreit gefühlt hatte, jetzt, da sein Doppelleben mit Silke Scheuer in Rauch aufging. Ein kurzes Aufatmen nur. Er wusste in diesem Moment noch nicht, dass Ruud van Gerstenborn, dank seiner Kamera in Silke Scheuer's Wohnung längst im Bilde war und schon Pläne schmiedete, dieses Wissen zu Geld zu machen. Wie gefährlich das für Patienten im Krankenhaus noch werden würde, konnte Gruber selbst zum Zeitpunkt seines hysterischen Lachanfalls noch nicht einmal ahnen. Und auch nicht, dass all sein Zuspätkommen auf der Suche nach Christian Wilsbach streng genommen an dem Tag begonnen hatte, an dem Omi Porsch beschloss, niemals wieder pünktlich sein zu wollen, in ihrem ganzen Leben nicht.

Aber das ist schon wieder ein anderer Teil der Schönstadtchronik.